나를 아는 남자

懂我的男人

[韩]都振棋 著

钟 菲 译

新华出版社

图书在版编目（CIP）数据

懂我的男人／（韩）都振棋著；钟菲译.
——北京：新华出版社，2014.12
ISBN 978-7-5166-1343-6

Ⅰ.①懂… Ⅱ.①都… ②钟… Ⅲ.①长篇小说—韩国—现代
Ⅳ.①I312.645

中国版本图书馆CIP数据核字（2014）第278637号
著作权合同登记号：图字：01-2014-3515

懂我的男人

作　　者：（韩）都振棋	译　　者：钟　菲
出 版 人：张百新	责任印制：廖成华
选题策划：黄绪国	责任编辑：曾　曦
封面设计：图鸦文化	

出版发行：新华出版社
地　　址：北京石景山区京原路8号　邮　　编：100040
网　　址：http://www.xinhuapub.com　http://press.xinhuanet.com
经　　销：新华书店
购书热线：010－63077122　　**中国新闻书店购书热线**：010－63072012

照　　排：图鸦文化
印　　刷：河北高碑店市德裕顺印刷有限责任公司

成品尺寸：135mm×200mm　1/32
印　　张：11.125　　　　字　　数：180千字
版　　次：2014年12月第一版　　印　　次：2014年12月第一次印刷

书　　号：ISBN 978-7-5166-1343-6
定　　价：28.00元

图书如有印装问题请与出版社联系调换：010-82951011

一个看似离奇却充满现实感的故事。

在充满憎恶、贪欲和不信任的人间百态之中，真相不是唯一的。

——编者

1

凌晨1点多钟，犹如点点星辰散落的灯光将城市漆黑的夜晚照得混浊不已。振久站在金湖洞的某一幢破旧经济适用房前，虽然已是初春，裹着羽绒夹克的振久还是感到了异常的寒冷，他抖了抖衣服好赶走身上的寒气。环顾四周一番后，振久推开入口的玻璃门，大胆地走进楼里。因为早在几天前，他已经调查得知这里没有摄像头了。

他的目标是朴民书的家，201号。从入口到玄关微弱的灯光映衬着几级台阶，运动鞋很好地隐去了他的脚步声。他连玄关使用的钥匙种类也已经弄得一清二楚，再加上朴民书这个单身独居的男人，似乎对安全防范工作做得也不是很足。玄关的锁，还是那种从外面才能上锁的老式锁，用已经准备好的工具和一根铁丝就能轻松搞定。

玄关前，黑暗中的振久蜷着身子，将注意力都集中在自己手中的工具上。但奇怪的是，本应听见开锁时的"咔嗒"一声没有响起，锁芯却明明在空转着。他撤走工具，握着圆圆的门把手使了把力，门锁竟然自己转动起来，振久突然间感到阴森森的。难道朴民书没给门上锁就出门了？但他不像是那种疏忽大意的人呀！振久拉开门走进屋里，鞋柜上方的传感器自动把灯打开了，正好，省得自己还得在黑暗中摸索开关在哪儿。虽然灯光有些昏暗，但足以让振久将屋子大致扫视一遍了。在传感器的灯灭掉之前，他找到了开关，打开了客厅的灯。

宁静整洁的客厅将振久之前的奇怪感觉扫得一干二净。这是一套连独立浴室都没有的单身公寓，有一间比普通房间宽敞的客厅兼厨房。现在呈现在眼前的客厅和厨房很显然不会对振久此次的造访的目的有什么建设性的帮助。与公寓破旧的外观不同，客厅里满满当当摆放的组合音响吸引了振久的目光。前级放大器和功率放大器（功放）、音响设备，还有几乎要触到天花板的立式音响，给人一种莫名的压迫感。设备上面放置的像英国 Arcam，天朗 tannoy，audio analog 的一些振久只听过名字的高端品牌设备的 logo 正闪耀着高贵冷艳的光。靠墙的橱窗里放满了 CD 和 DVD，还有很多感觉像是古董的 LP 盘，其中很大一部分都是古典音乐和爵士乐的唱片，以及有名的管弦乐团音乐会实况演出的 DVD。甚至，在某个角落里，还能看见几张现在几乎绝版了的 LD。

"就连他对音乐的喜好也跟他平日的形象差不多嘛！"

对于平时只会通过一些非法途径下载 MP3 或者电影，用来充实自己那少得可怜的精神生活的振久来说，这些东西一瞬间让他羡慕不已，但今天晚上他到访的目的绝不是这个。他也只好先断了这些念头，不再继续参观下去。

他将视线转向客厅最里面的厨房。小小的餐桌上面还摆着两个玻璃杯和一瓶啤酒，难道今天晚上有客人来过了？不对，现在已经过了 12 点，应当说是昨晚。振久并不关心朴民书的饮食习惯问题，也就没再把心思放在厨房上。

委托人文圣熙一心想要的只是证物。一个能逼迫即将成为自己前夫的朴民书的物证。虽然不知道什么东西将会是线索，但振久知道，能够成为线索的东西应该会在那间卧室里。从客厅里没有电脑这一点来看，电脑应该是放在了卧室里。现在，振久要进到朴民书的卧室，翻一翻电脑，搜一搜房间。垃圾桶也是调查的对象，专业人士都很清楚地知道，垃圾桶其实就是情报的宝库。

卧室的门是锁上的，振久没有丝毫犹豫地拧开了门把手。因为他知道朴民书现在百分之百不在家里。

文圣熙，朴民书的妻子，也就是委托振久去调查朴民书的人。她通过电脑，随时监视着即将与她离婚，已经搬出家单住的丈夫的手机短信。朴民书家里空无一人，他现在应该在仁川附近。振久就是收到文圣熙的短信后，趁着屋主外出的空当展开调查的。

转动门把手时，振久突然意识到了大晚上偷偷摸摸进到别人家里这一行为的不道德，一瞬间觉得心里像打翻了五味瓶似的，不是个滋味儿。

"妈的，最终我还是降到了这个水平啊！"

原来说过要让自己过上有品位生活的振久，之所以会沦为这类偷盗之流，全都是因为二十几天前，他的女朋友朱海美给他带来的委托。

"好哥哥，你就帮我一个忙吧，这可是圣熙姐姐拜托我的呢……"这是黄昏时分，海美在振久位于王十里山顶的单身公寓，没头没脑说出的第一句话。

"我还琢磨着，这是刮的什么风，能让你光临寒舍。原来是过来求我办事儿来了？"

振久坐在客厅的沙发上，头也不抬地盯着电视屏幕，不乐意似的酸酸地顶了一句。海美性急地往他身边儿一坐，眼里闪着自信的光芒回答道：

"这对哥哥来说，也会是一件好事儿。"

"但是我看着你这自信满满的表情，怎么反倒觉得会是一件非常有难度的事儿呢……"

"你听都不听就打算直接拒绝不干了吗？"

"我现在光白天打工就能累得半死了，你还想让我做什么？虽然我很感谢圣熙婶儿帮忙，让我能够进入公司，谋个打工仔的职位，但到头来还是为了让我干这些事儿，才发的善心啊？"

白天光分内的工作，振久的身体就已经有点儿吃不消了。如今，只要一听见有什么"拜托"、"请求"之类的话，他就恨不得找个地缝钻进去逃跑。

"你怎么在每件事情上都这么斤斤计较呢？圣熙姐姐并不是为了使唤你做一些其他的事儿而帮你牵线搭桥，求了这个职位的。而且，这又不是单纯的拜托。哥哥你是那种会为了不挣钱的事情费心的人吗？姐姐说了，会给你丰厚的报酬的。你现在不也是除了打工，就再也没有别的收入来源了吗？"

"有报酬的啊？"

振久那双眼睛终于有了点儿光彩。他扔掉电视遥控器，在海美那肥嘟嘟的脸上狠狠地掐了一把。

"我们家海美真的是把女朋友该干的事儿全都做了啊，还帮我揽活儿。好吧，说吧，是什么事儿啊？"

"哥哥你打工的那家公司，圣熙姐姐的老公不也在那里上班嘛，叫朴民书科长来着，你知道的吧？"

"嗯，那是当然。"

直爽大方的海美认识的人很多，文圣熙现在是 30 出头的年纪，比海美年长了近 10 岁，却还是和海美以姐妹相称，两个人关系处得特别好。这个朴民书就是文圣熙的丈夫。

文圣熙因为海美的请求，向丈夫朴民书提起了帮忙给整天无所事事的振久找个正经活儿干。正好朴民书所在的那家 veritas 证券公司的乙支路分公司在招聘一名打工仔，条件也还不错，他便推荐振久过去试试。振久颀长的身材，白净的脸蛋，温顺的面容给别人的第一印象都不错。刚好原本把钱看得挺重的振久又为这次面试特别准备了一套海军蓝的套装，连领结都给系上了，留下了与众不同的印象。毕竟是在需要经常和客户打交道的证券公司，就算是一个打工仔，个人的气质形象也是很重要的。这让振久在一群穿着休闲服，顶多是穿着夹克就过来面试的那些乳臭未干的小孩儿里面显得鹤立鸡群，就算没有朴民书的推荐，他也很是显眼。分公司的总经理在面试结束之后立即录用了振久，托那次的福，万年失业者振久也有了一份正式的工作，在公司上班至今也已经有 4 个月了。只有参加过像最近这种经济不景气时的公开招聘，才知道作为一个打工仔，虽然是在卖场里为客人做做引导，整理整理文件，或是帮别人跑跑腿，干些杂活，但这种时薪不错的职位也是很抢手的。尽管这只是一个临时的职位，很多大学毕业生也会来竞争，而对于大学中途退学的振久来说，能应聘上，不能不说是他幸运。在别人眼里，他是个在证券上班的体面职员，只要完成别人交付的简单任务，既不用动什么脑子，也不用负什么责任。尝试过这种生活之后，振久觉得还挺不错的呢。

"其实，最近圣熙姐姐和她老公的关系好像不怎么样，听说他们两个月前就分居了。"

"那我倒还真的不怎么清楚。所以呢？"

"好像都快要离婚了呢……现在，圣熙姐姐似乎在怀疑她丈夫是不是出轨了。所以夫妻关系在不知不觉间就慢慢疏远了，甚至到了要离婚的地步。姐姐也是对这个问题很苦恼，所以我就跟她推荐了你。我在姐姐面前说你长了一张模范生的脸，以前又在侦探事务所做过一段时间，干这种暗地调查最在行。刚好，你现在在朴民书科长底下做事，正是探听情报的最佳人选啊。"

"切！"

振久抓起遥控器，显得没什么兴趣。

"咦？你的反应怎么这么冷淡，这是怎么啦？"

"你不是说他们都已经分居了吗，真到了要分开的时候就直接离婚呗。管他有没有外遇呢，还暗中调查个什么劲儿。这人也真是的！"

"哎哟，看看我这好哥哥哟。这种事当然是女人更吃亏啦。按你的意思说，男人搞了外遇要离婚，我们就得安安静静，不哭不闹的让他走？那就是洒脱吗？"

"她即使证实了她老公有外遇，又能怎么样呢？"

"拿到证据之后当然就不能轻易把他给放走啊，一定要狠狠敲上一笔！"

"所以，最后还是因为抚恤金的问题啊。看来，朴科长还挺有钱的吗？"

"那我就不太清楚了。要说钱的话，姐姐也挺多的啊。姐姐的父亲退休前可是警察，据说通过房地产挣了不少钱呢。姐姐肯定不是因为钱的关系，只是想确认她老公是不是有外遇，然后让他赔得倾家荡产，好好地给他一个教训。"

"就算是那样，我也一点儿都不赞成这么做。朴科长看起来是做事很踏实的一个人呢。"

"做事踏实和搞外遇那是两码事！"

"……所以你就跟她一丘之貉，过来当说客了，是吗？"

"你就只当是帮助一个很可怜的女人，不行吗？更何况你还可以因此而赚钱呢。"

"切！那可是我以前吃不饱、穿不暖时，为了糊口才在侦探事务所干的活，我都干腻了。那可是肮脏又下流的事，我是十二分的不愿意。"

振久拧巴着身子，一脸不情愿的模样。

"哥哥，我看你最近好像吃得挺饱啊，怎么看着越来越没出息了。"

海美冷冰冰道。

"但是朴科长平时待我很不错，这么好的人，让我暗中调查他，总觉得有点对不起他。"

振久再次磨磨蹭蹭的时候，海美就瞪着一双快要冒火的眼睛定定地看着他。

海美老是对振久的人生和未来感到不安，也始终相信振久除了那些小聪明以外，一定还有一些不为人知的才能，或者说是他能够注意到别人并不上心的某些事物的另一面。他还很大胆，这是从他的面相上很难看出来的。但就在每次海美想踏踏实实过日子的时候，振久又不会随大溜，总说要以自己的方式获得成功，却总是重复自己的一纸空言。海美常常因为自己总是沉浸在振久这个因为大学不对自己胃口便中途退学，毫无未来的男人的魅力之中不能自拔，而感到凄凉悲伤。在与振久初次相遇时，他还住在某个考试院的一间后房里。现在，他已经在不知不觉中购置了往十里山顶的一套公寓。振久往往只是炫耀一下，但到底是怎么赚了这么多钱的，他却只字不提。至少他应该不是通过早出晚归努力工作挣来的。

海美一直希望行事可疑的振久能够有一份正式的工作，而不是给别人做盯梢的。这次的工作正好可以成为一个出发点。信奉"千里之行，始于足下"这句话的海美对现在每天按时上下班的振久感到很满意，对给了他帮助的文圣熙也十分感激。这次的请求虽然有一部分原因是出于对她的感激，但她接受这一请求也是因为这件事不仅是振久十分熟悉和适合的事务，还有丰厚的报酬，这无疑是锦上添花。所以，她就一口应承了下来。好不容易得到了这么好的机会，振久要是拒绝的话，她自己的面子也挂不住。对圣熙所说的老公搞外遇的话，海美深信不疑。同样作为女人，她对这件事也感到很气愤。她望着振久那没有阳光照射而略显苍白的脸，态度坚决地说：

"这次是最后一次发挥你的能力的机会啊！"

我们可以把"最后一次"这句话当作海美给振久的最后一

次机会。他没有勇气从海美的视线中找到自己可以拒绝的缝隙，知道自己这回躲不掉的振久立刻换了张脸，给自己打了打气。

"好吧，只管交给我吧。咱们好好干完这一笔，拿了钱出去旅游去！"

振久用双手捏了捏海美那胖嘟嘟的脸颊。

虽然是一次偶然的机会，但是文圣熙却得到了振久这一员大将，他可是最佳人选。

振久并没有什么特别的理由要去调查朴民书，如果真要让他说出个喜不喜欢，他还是偏向朴民书这一方的。朴民书是在证券公司上班的人，公司里早已经形成了浮夸的局势下，唯独他的业绩相对来说还比较公正准确，公司里也没有什么关于他的闲言碎语，而且他在顾客之间的信誉度还是很高的。不仅如此，他还经常请振久吃午饭，特别照顾他。有比较可信的公司发行条件不错的 BW（新株引受权附社债）和 CB（转换社债）的时候，他还会跟振久说一声。虽然对穷得叮当响的振久来说，那也只是雾中看花而已，但这也能让振久感受到他的真诚。他们俩虽然相交不深，但振久觉得他应该是一个不错的公司职员。

振久又想起了他对公司女职员们的态度。veritas 证券公司乙支路分行是出了名的美女多，但朴民书的言行举止一直都是恰到好处，根本就不过分。身边那么多诱惑他都能泰然处之，真不愧是有绅士风度的人啊！

但是这样的他真的会有外遇吗？

这个真心不好说。从外表来看的话，他完全有出轨的条件。胡子剃得干干净净，嫩白的皮肤，一双善良的大眼睛，每天都穿得整整齐齐的西装。不仅如此，他还为人和善，风度翩翩。为人不浮夸，根本就找不到一丝缺陷。站在女人的立场来看，他既亲切又稳重，正是女人心中的白马王子形象。花花公子这一词绝对跟他一点都扯不上关系，就算是在公司出去聚餐，喝到烂醉的时候，也从没见他松开过自己的领带。但是，文圣熙应该也不是个单靠第六感行事的人，她不会仅凭自己的臆想就去花重金雇振久调查朴民书。

朴民书为人十分干练，并不喜欢与人深交。就拿振久来说吧，他也算是通过他妻子的介绍才能在他们公司任职的，私下里叫一声"大哥"也很正常，但朴民书却始终要求振久称自己为"朴科长"。他太重视自己的礼仪问题，这也是大家都不能与他走得太近的原因。这一点，振久倒是和他很像，他们都不喜欢跟别人黏糊在一起。朴民书在女职工里面的人气还是很高的。长得帅，有风度的男人总是受人青睐，这是定律。但在振久看来，那些女职工中有一个叫韩书媛的人尤其可疑，她才刚刚三十出头，对朴民书的爱意表现得尤其明显。

才刚进公司做了4个月的兼职，振久的情报不免有些受限。想要掌握公司内的个人情报，最好的办法就是去听女职员的八卦。振久瞄上了以大嘴巴出名的杨善美，利用午休时间把她约了出来。她平常总是看不起振久，觉得他只是一个兼职生。但今天有些不同，在蟹黄意大利面和红酒面前，她的笑容特别灿烂。振久的口袋里揣满了文圣熙给的钱，他才不在乎这点儿小钱呢。

杨善美的酒杯一眨眼就空了出来。振久边给她满上酒，边引出了正题。

"对我们男的来说，烧酒才是最爽的。不过，朴民书科长好像比较偏爱红酒啊。"

"对呀，朴科长他比较成熟嘛。"

杨善美举起酒杯摇了摇，随声附和道。

"像他那种男人，就算结婚了，女人也应该会很喜欢他吧？"

"朴科长他不仅风度翩翩，而且很会花钱。真的是魅力无限。"

"什么样的魅力啊？"

"嗯……这个要解释起来比较难哎，该怎么说呢？"

杨善美好像词汇量有些不够用，不知道该怎么形容了。

"对男人来说没什么，但是他那种魅力对女人的吸引力很强，是吧？"

"对对对，就是那种类型。有点似是非是，若即若离的感觉……"

"他是很有风度，但你不觉得太平凡了吗？他老给人一种白面书生的感觉。"

振久稍稍反驳了一下。

"比起你说的这种感觉，我倒觉得他更有一种王子的气质。对了，就是那种高冷小王子的感觉。"

她好像对自己的形容很是满意的样子。

"但是他好像不怎么会玩啊。"

"这倒是事实。跟他谈恋爱应该还挺无聊的。不过女人啊，片面性太强，很容易被男人的某一面所迷倒。朴科长这种类型正是很多女人追求的对象。"

杨善美并没有感觉出振久在旁敲侧击地打听朴民书的情况，一直特别兴奋地对振久有问必答。她这种人，就是喜欢在别人身后说些闲话。

"那应该有些女职员还挺喜欢他吧？"

振久悄悄进入正题。杨善美听到这儿，露出了神秘的笑容。

"呵呵，那是当然啦。"

"等等，我现在不会是在本人面前失礼了吧？"

"没有啦，我可不喜欢朴科长那一型的。"

振久暗自感叹了一句"幸好不是"。杨善美好像也不是朴民书喜欢的类型，那么这两个人之间肯定不会发生那种悲剧式的爱情了。

振久心想，想要让她亲口说出喜欢朴民书的那个人，只有先发制人。然后再把传谣言的罪名安在杨善美身上就行了。

"我觉得韩书媛代理好像有点儿那种意思啊。"

这一次，杨善美直接笑出了声来，任谁看这都是认可的表情。

"果不其然啊。难不成他们两个真的在交往？"

"错！不是那样的，书媛姐虽然喜欢他，但是朴科长直接给两人之间划了一条线。"

"出了什么事吗？"

"这其实很正常啦。据说是书媛姐不久前喝醉酒之后跟朴科长表白后被彻彻底底地拒绝了。"

"韩代理被拒绝？真是不敢相信。"

"所以才说朴科长他是小王子嘛。稍微上了点年纪的小王子。现在竟然还有这种男人，真是少见啊！"

振久都可以想象出韩书媛被拒绝时那张美丽的脸庞扭曲的样子。朴民书也太实在了。被韩书媛那样的大美女表白，应该不管三七二十一先睡一晚才对，反正他也已经跟老婆名存实亡，但他竟然直接给拒绝了。不过女职员之间传闻的可信度一向比较高，这样的话，韩书嫒应该不是朴民书出轨的对象。

"看样子你们女职员之间还挺喜欢聊这些八卦的嘛。"

"这可是秘密哦，你一个人知道就好，千万别跟别人说是我说出去的哦。"

"那当然啦。我可不是那种胡说的人，能从我这张嘴里出去的啊，就只有痰了。"

杨善美大笑起来。

"不过韩代理她还真有勇气。明明知道朴科长已经结婚了，还敢跟他表白。"

"难道你不知道吗？朴科长现在跟她老婆分居了，这也就跟离婚没什么两样。所以书嫒姐才敢向他表白。"

振久吐了吐舌头。这简直就是国家情报院的水平了嘛。这些女职员竟然连朴民书现在跟老婆分居的私生活都打听得一清二楚。这么强的情报搜集能力，如果朴民书的外遇对象是公司员工的话，肯定难逃她们的法眼。

振久和杨善美吃完饭后一起回公司的时候，在公司大门口遇见了韩书嫒。她还是和往常一样，对振久轻轻点了点头，但振久看着她善良的面孔，突然生出了一股怜悯之心。她被朴民书拒绝之后应该很伤心吧。

如果我是朴民书的话，我会？

振久重回岗位，十分机械地做着引导工作，脑子里却想着朴民书的事情。

韩书媛已经彻底没戏了吗？朴民书本身就行事谨慎，但他与老婆离婚在即，现在两人也是分居的状态，有必要这么避讳与其他女人交往吗？朴民书拒绝韩书媛是另有原因？除了惧怕流言蜚语以外，还有什么呢？不可能是她缺乏女人味或是没有魅力。韩书媛她虽然没有能力把男人迷得神魂颠倒，但肯定能够吸引男人的注意力。韩书媛对朴民书有好感，这让振久都有些嫉妒了。

从朴民书的性格来看，就算他在谈恋爱，他也绝对不会让别人知道。如果他真的有办法和韩书媛交往而又不引起别人注意的话？

振久一直在等待着下班时间的到来。他看到韩书媛换好便装之后跟几个女职工一起走了出来。振久悄悄跟了上去。过了一会儿，韩书媛就一个人走进了乙支路入口处的电车车站，坐上了开往新村方向的车。振久也跟在她身后悄悄从另一扇门上了车。平常这段路程上的人特别多，但也许是今天提前下班的缘故，车上只有几个人站着。韩书媛站在电车中间的位置，正准备掏出手机时，振久走上前来搭话了。

"哎，韩书媛代理。"

虽然已经出了公司，但振久还是称她为"代理"，故意不叫姐姐。他平常就不是那种能吹得天花乱坠的人，刚见面时搞得意图太明显的话，反而会起到相反的效果。韩书媛也对他点了点头，露出了笑容。

"我刚好在这边有约，韩代理的家看样子就在这儿附近呀？"

"是，还挺近的。在宏大那边。"

他们就这样轻松地聊开了。从韩书媛的语气和态度来看，她好像并不觉得在回家的电车上遇到振久很奇怪。

"兼职干得还挺累的吧？"

"是啊，虽然比较辛苦，但也还过得去吧。"

"呵呵，是吗？那是因为你一直都很勤奋吧。"

"这倒不至于，我倒觉得是因为公司员工人都很好，特别是还有姐姐们的照顾。"

"那还不都是因为你有礼貌，才能讨姐姐们欢心呀。"

　　韩书媛说着说着就没那么正式了，这正是振久所希望的。

　　"是吗？"

　　"哟，你不知道？你在我们这群姐姐里面人气可高着呢。"

　　"虽然话是这么说，但相比起比我大的，我还是喜欢交往的可能性比较高的人。"

　　韩书媛一副"得了便宜还卖乖"的表情看着振久，暗自笑了。

　　"所以比你大的就没戏了吗？那你指的'有交往的可能'的人里面有没有我呀？难道是善美？智贤？"

　　"没有啦，就我这样，怎么能高攀呢。不过善美姐的性格还真挺不错的。"

　　"光性格不错？"

　　振久刻意没把话说完。

　　"不是啦，她人也长得很好看啊，再加上那么好的性格，真的很好了。"

　　韩书媛又笑了起来，饶有兴趣地看着振久。

　　"就算是这样吧，但你怎么只说善美一个人呀？"

　　振久装出一副羞涩的样子挠了挠头，趁韩书媛不注意的时候暗自把脸憋得通红，就像心里的小秘密被她洞悉了一样。

　　平常看着还挺不谙世事的男人突然开始关心起了女人？如果在女性杂志上发起"什么时候的男人看起来最可爱"的问卷

调查的话，他这种人肯定榜上有名。韩书媛满脸笑意地看着振久，跟年轻女人谈男人的问题，就好比跟糖尿病患者谈巧克力一样，更何况主人翁还是自己的同事呢。韩书媛的反应正中振久下怀。他故意做出犹豫不决的样子，支支吾吾了好久之后问道："……杨善美她现在还没有男朋友吧？"

这两个人并没有直接回家，而是找了一家啤酒屋继续聊天。位于宏大入口站后街闹市 1 层的某家啤酒屋里，韩书媛跷着腿坐在窗边，一副知心姐姐的样子笑着问道：

"看样子你对善美有点意思呀。"

别看振久平常对公司的女职员一副爱理不理的样子，没想到他竟然喜欢那个大嘴巴的杨善美。韩书媛一想到这儿，就觉得特别有意思。

"我是觉得跟姐姐你一起聊天还挺舒服的，一下没控制住。哎，我们今天说的这些你可千万别跟善美说呀。"

振久把自己单恋杨善美的故事说得跟真的似的，韩书媛也被他真挚的情绪感染，嘴角渐渐没了笑容。

"可是据说她有男朋友……"

振久沉浸在自己虚拟出来的爱情故事之中，一脸苦恼。他就着下酒菜一连灌下好几杯酒，把失意的少年维特的形象刻画得淋漓尽致，韩书媛则成为了这场悲剧唯一的观众。振久的情绪随着酒气的上涌变得越来越悲伤，虽然这都是他的逢场作戏。他低着头沉默了很长一段时间，酝酿好情绪之后抬起头来，说出了他准备好的台词。

"姐姐你没有遇到过类似的情况吗？你就没有喜欢过已经有对象的人吗……"

振久就像一个深受情伤的男人一样呢喃着，安慰他的重任自然就落在了韩书媛身上。这种情况的发生是不可避免的，她把自己的隐私说了出来。

"当然有过啦。你现在的心情我都能明白……"

韩书媛也有些伤感，没有把话说完。肯定是最近的事，她肯定想到了朴民书。振久先说出自己的苦恼，现在，该轮到她来讲述自己的故事了。

"怎么样了？他是一个什么样的人呀？"

振久舌头打着卷追问道。面对已经醉得打不起精神的振久，韩书媛也放下了戒心。她一口气干完了一杯啤酒，像是在自言自语地说道：

"我们没有交往，因为他是个有妇之夫。不，其实应该也算不上是，他们现在是分居的状态……"

哇哦呢，肯定就是朴民书了。

"看样子他应该很帅吧，有老婆了都能让你对他倾心。"

"不算帅，但是很干净。"

"要是他现在是分居的话，两个人交往交往也没什么不可以呀？为什么要这样躲着呢？"

振久抓了把花生放进嘴里，继续追问道。现在是振久给韩书媛做爱情访谈的架势了。

"反正就是我被甩了呗。"

"怎么会呢，姐姐你这么个大美人跟他表白，还被他给拒绝了？我就说实话吧，虽然我现在喜欢善美，但姐姐你要是喜欢我的话，我肯定立马变卦。"

韩书媛扑哧一声笑了出来。两人之间有些沉重的氛围瞬间轻松不少。

"主要还是因为那个男的太正直。我也没什么办法了，我喜欢他就是因为他的正直，被甩也是因为这个原因。"

"是吗？当一个男人拒绝女人时，虽然有各种各样的理由，但其实真正的理由只有一个，那就是外貌。其他的理由都是为了掩盖这一点想出来的。相反，他们选择女人时也是以貌取人，其他的那些理由全都是借口。这就是高深的修辞学。"

韩书媛被他逗得笑出声来。

"所以我是因为还不够漂亮才被甩的吗？你是这个意思吧？"

"错！正好相反。姐姐你就是因为太漂亮了，所以我根本不相信你会被拒绝。我想不出他到底有什么理由去拒绝你。"

"男人不都这样吗，总是以貌取人。就算他们不看脸，也肯定会看胸看臀。大部分男人都这样，所以不这样的男人对女人就更加有吸引力。"

不论是认认真真地聊天还是漫不经心地引出话题，振久都看不出朴民书和韩书媛两个人正在交往的样子。韩书媛所说的话也不像是为了安慰振久而编造出来的。就算他们两个人真的在交往，她也没必要把这个事实给故意说成过去式来掩人耳目。

振久在两人离开前又最后问了一句。

"那个男人到底哪里好呀？"

"你问我他到底哪里好……？"

韩书媛斜靠在椅背上，愁眉苦脸地回答道：

"……可能是他见到了我最真实的一面吧，其他人从来都没见过。"

"那是什么样子？"

韩书媛没有再回答，只是嘟囔着"笨蛋"，试图喂给振久一个栗子。看样子，她已经醉得差不多，再问下去也问不出什么东西了。不过振久已经掌握了足够的信息量，足以让他下判断了。

他扶着踉踉跄跄的韩书媛走出酒吧，准备把她给送回家去。她的家位于宏大后面的小山坡上。宏大的夜晚很是热闹，灯红酒绿，但韩书媛却一路无话。振久也就一直安安静静地跟她肩并肩走着。

韩书媛每跟跄一次，她丰满的胸部就蹭一下振久的胳膊。这只是无心之过，还是某种信号？他悄悄瞄了一眼醉眼迷离的韩书媛，发现她的脸上并没有任何异色。振久赶紧扶住她的胳膊，防止再次发生类似的"事故"。多少男人因为酒后乱性而追悔莫及，自己绝不能栽在这上面，绝不能给韩书媛留下什么不好的印象。一不小心做错事的话，不仅自己的形象会受损，以后获取情报也会变得更加麻烦。振久走在宏大附近的巷子里，昏黄的路灯悄然洒在他身上。他不知道韩书媛今天所说的话中间究竟可信度有多高，想得不禁有些出神。关于她口中的那个匿名的男人，她应该没有必要撒这个谎如说已经是过去式了。所以，她的故事还是很有可信度的。换句话说就是，她现在没有在和朴民书谈恋爱。

韩书媛的家是一幢2层小楼。她现在就像一个刚失恋的女人，晕晕乎乎地朝家走去。她的眼睛在路灯的照耀下，显得有些湿润。

出轨的对象，一般都不会是新人。最常见的情况就是初恋、前任，然后就是公司同事了。

　　跟韩书媛聊过之后，振久确定了一件事：就算朴民书有外遇，那个人也一定不会是公司员工。不是公司内部员工的话，那难道是他的初恋？老相好？或者就是一夜情的对象？如果真如自己所想的话，就真的要去跟踪调查一下了。这种事对他来说已经是驾轻就熟了，当时他中途退学之后就老帮着侦探事务所的老板干这些跟踪别人的事。这个过程真的毫无惊险刺激可言，无聊得不能再无聊。振久本来想自己不用费老大力气去跟踪，直接通过杨善美那种大嘴巴来简简单单了解一下情况就解决了。但就算是今天和韩书媛聊了会儿感情问题，他也依然没有得到什么有用信息。按理说不应该出现这种结果才对。

　　要跟踪，肯定不能穿着公司里上班的衣服去，那样也太明显。可是一下班就要跟着朴民书的话，他压根儿就没有时间回家换衣服。这种时候，一些小道具就显得尤其重要。

　　与韩书媛分开后，振久回到自己家里，径直朝墙上那幅海美的巨型照片走了过去。照片里的海美双手合十坐在地上，笑得无比灿烂，标准的摄影棚拍照姿势。那还是振久当时刚搬家来这里的时候，海美非要挂上去的。他把照片拿下来，露出了相框后面内嵌在墙壁里的置物架，然后从里面拿出了一个上着锁的箱子。箱子里面满满当当地放着一些振久"特别专用"的物品，海美都不知道有这个箱子的存在，更别说是观赏了。振久打开箱子，从角落里翻出一副很普通的眼镜。但这副眼镜没有度数，镜片颜色也很深，镜框可以巧妙地挡住一部分轮廓，起到修饰脸型的作用。晚上戴着太阳镜出门反倒更加显眼，手上的这副眼镜才是上上选。振久还从箱子里掏出了一次性使用的假痣，方便自己随时粘上摘下。有了这些装饰，走在路上就算遇到公司同事，他们也肯定认不出来这是振久。

跟踪的第一天无聊至极。朴民书下班后直接回了他位于金湖洞的公寓，振久也只能无功而返。

第二天，朴民书的路线有了些变化。他要回家的话，本应乘坐地铁2号线往王十里方向去，然后在乙支路3街换乘3号线。但今天，朴民书去往了2号线的反方向。

振久混迹在人流中，与朴民书保持着一定的距离。为了保证自己能随时跟上朴民书的脚步，振久一直站在车厢门附近。朴民书并没有去多远，他在第五个车站——新村站下了车。只见他有些无精打采，迈着大步走进了一幢路边的建筑。看样子，他已经有了明确的目的地。

振久睁大眼睛环顾四周。那幢建筑的一层是银行和咖啡店，二层是一家诊所，三层以上则是学生的补习班。他亲眼看着朴民书上了楼梯，那么他能去的地方也就只有位于二楼的诊所了。但诊所的招牌把振久吓了一跳。

蔡忠植神经精神科。

神经科，这对于振久这个只进过外科的人来说，完全就是一个陌生的领域。难道朴民书那张清秀的面孔下面隐藏着一些不为人知的苦恼？振久觉得朴民书就像是一个无法看透的人一样，不禁陷入了沉思。

他坐在对面玻璃建筑的咖啡店里，边喝茶边盯着入口处，等着朴民书的出现。40多分钟后，朴民书走出诊所，脸上写满了疲惫。是因为隔了层玻璃的原因吗？振久觉得就算他们相隔这么远的距离，他也能清楚地感觉到朴民书的倦意。这样的他，在公司是绝对见不到的。他就那样失魂落魄地晃到新村站，坐上与来时反方向的地铁，然后在乙支路3街换乘3号线，在金湖站下车后直接回了家。振久确认他这一次去新村只是为了看神经科的医生而已。

路上，好像还残留着朴民书疲惫的背影似的，这让振久感到很不是滋味，不禁啧啧啧地咂了咂嘴。

振久虽然对朴民书有些好感，但却还没有到可以进入他的精神世界的层面。朴民书去看神经科医生的事虽然让振久觉得有些意外，但他当前的首要任务是找到朴民书出轨的证据，他也就没有再在这件事情上纠缠下去。

第三天，继续跟踪。但结果却和第一天一样，朴民书下班之后径直回了家，只留给振久一个落寞的背影。

振久深叹了一口气，心想，这个方法行不通，效率低下不说，还没什么收获，得换个特殊手段试试了。振久跟踪了四天之后，通过海美的联络，把文圣熙叫出来，两人见了个面。

"查出来了吗？"

文圣熙一上来就尖声追问道，眼角因为用力都快挣开了。她这模样，任谁看都是一副凶相。振久之前和海美一起跟她见过几次面，当时她那种说风就是雨的性格就让刚认识的振久感觉特别累。不过她那前凸后翘的身材还是很吸引人的，这一点振久承认。

见面地点本来可以设在振久的公寓，但振久怕两个人可能会聊很久，于是直接约在了附近的咖啡馆见面。

振久心想：海美能跟这种性格的女人走这么近，也只能说她是性格好了。那么，这也就侧面证明了朴民书的性格也不错吧？振久悄悄瞄了一眼坐在自己身旁的海美，不好意思地回答道：

"暂时还没有。"

"我是因为海美说你是这方面的专家……这才相信你的。"

有点小抱怨的语调。这么早就断言说我无能是不是太心急了？像朴民书那种心思细腻的男人，不可能让人在几天之内就抓住自己的小辫子。振久听了文圣熙那种不为他人着想的话，不禁觉得有些郁闷。

"办事也要根据情况来看啊。朴科长他的外遇对象至少不像是公司内部的员工。您真的确定他在外面有了女人了吗？"

"振久，我就在不久前还跟那个男人住在一起，我能不知道？虽然没有确实的证据，但女人的直觉告诉我，他肯定在外面有了女人。我想要的，就是那个证据。"

文圣熙一口咬定这个结论。

"您是从什么时候开始有那种感觉的？"

"是这样的。那个人和我都没有戴结婚戒指，只是一直以情侣对戒代替。但是有一天，我突然发现他没有戴那只情侣戒。从那时起，我就觉得不对劲了。"

振久有些震惊地问道：

"等等……仅仅因为没有戴那只戒指，您就确认他出轨了？"

"这就是一起生活的女人的直觉。从那时起，我们就一直吵架，直到两个月前的分居。不过这些都是我先挑起来的。"

"我知道我这样说有些失礼，不过您真的不是太过敏感吗？"

"肯定不是我敏感，不过你这么问是挺没礼貌的。"

文圣熙的不快表现得十分明显。

"那您会不会有疑夫……"

"症"字还没说出口，海美就在旁边戳了一下振久的腰。

"你说什么？"

"没，没什么。"振久赶紧打了个马虎眼。文圣熙也没在意，自己继续说着。

"那个人自己在金湖洞那边买了套房子之后也跟我说了几次要和好，说什么都是误会，但我跟你说，还真不是。丈夫的心都不在了，我也没必要跟他凑合着过。我们俩才结婚2年，也没有孩子，但是如果真要离婚，不还有那些财产分配，抚恤金之类的问题需要解决吗？那些事儿我也嫌烦。所以我也去金湖洞那边的公寓里找过他几次，哪次去不是吵架。那时候我就感觉很奇怪，老觉得肯定有女人进出过那个房子。有女人和没有女人的房子啊，感觉上就是不一样。虽然这只是我的直觉，但我能肯定。我当时还想着'果然呢'。一开始还想是不是分居之后他才有了女人，但后来我才知道，他肯定是在分居之前就已经有了。就是因为有了外遇，他才不戴情侣对戒，跟我也是越走越远，然后我才觉得有些不对劲。我现在只要一想到这些，就觉得他不可饶恕。只要让我找到证据，到时候我一定不会放过他。"

这段长篇大论快要结束的时候，文圣熙的声音已经因为兴奋而颤抖了起来。海美看着那样的她，一脸怜悯的表情。看来，文圣熙已经很确定朴民书有外遇这件事了。

"这样啊。在金湖洞那个家里……"

这样的话,朴民书每天下班后直奔家里也就说得通了。那个女人也可以经常去他家里见面嘛。振久之前一直先入为主地认为朴民书一定会在外面跟女人见面,所以每当朴民书回家之后,他也就打道回府了。

可是如果他们是在家里见面的话,振久也不能一直在朴民书家附近转悠呀。那女人有可能经常来,也有可能一个月只来一次,或者好几个月才来一次啊。自己不可能就那样遥遥无期地在外面潜伏,更何况文圣熙也没有说要给自己增加报酬。

"您经常去金湖洞那边吗?"

"偶尔去去。在那儿我还能指望看见谁吗?去了好几次,都是为了办理离婚手续的。每次去只会让我更伤心,让我更讨厌他。要不是有些话一定要跟他说清楚,我才不会去呢。后来我的压力越来越大,我爸每次就开车送我过去。"

"朴科长对您父亲说了些什么吗?"

"没有,我爸就在车里等着了。我们俩那样子也挺可笑,我爸火气也大,我怕事情给闹大了,一直没让他进去。"

"那您去金湖洞那边的时候,朴科长他承认自己在外面有外遇了吗?"

"没有，不过有一次吵架的时候他被我逮着了。当时他说什么想找到自己的真爱啊还是什么的。光凭这一点，我就觉得我没冤枉他。哼，他还有脑子没脑子，又不是十几岁的小孩，婚都已经结了，还是说这种话的年纪吗？"

文圣熙的眼睛里都快冒出了火花。攻击性十足地朝眼前的振久尖声说道。她脑子里现在应该正在回想着当时的画面吧。振久有些尴尬地搭了句话：

"您也知道我说的不是那个意思嘛。"

"不是，我这话不是对你说的……"

振久打断了她的话。

"我知道了。反正现在就已经进入到协议离婚的程序了，对吗？"

"其实吧，这也是个问题。那个人又经常跟我说要和好。根本就不轻易答应离婚，真是个厚脸皮。所以我才这样嘛。只要让我抓到一点儿他出轨的证据，我就立马跟他离婚。"

文圣熙主张离婚，朴民书却坚持要在一起生活？不应该是反过来才对吗？振久直接问出了脑子里的疑问。

"朴科长他到现在应该还是爱着您的吧？"

"根本就不是那样。那个人啊，他就跟烧过了的煤炭似的。婚前对我好得不行，现在已经没了那份热情了。我也是了解他之前热恋时候的样子,现在才更加确定他对我已经没有感情了。"

"但不管怎么说,结婚之后是过生活啊,不是谈恋爱了……"

但文圣熙依然对振久的说辞不屑一顾,直接插话说道:

"不,他坚持不离婚肯定是因为钱。因为他现在根本就负担不起财产分配和抚恤金。"

不论是哪方面的问题,对现在的振久来说都已经无关重要了。

"反正比起挖绯闻或者跟踪,我有另一个更加有用的办法。"

"那是什么?"

"如果他真的在和别的女人悄悄交往的话,不一定会被周围的人发现。他们不是经常见面的话,我去跟踪监视也没有多大的效果。但有一种方法他肯定瞒不过去。那就是手机或者是邮件。"

"对!太对了!就算他们不常见面,那也会有记录。恋人之间哪有不联系的呀。"

海美也在旁边附和道。文圣熙也轻轻地点了点头。

"但是手机要怎么监视呢?"

"有那种专门从事手机监听的人,但是因为这是非法的,所以价格上可能会高一点。不过这也是最有保障的方法了。"

"我出。"

文圣熙二话没说就答应了。什么非法,什么费用,在她的怨念面前都是浮云。就连提议监听的振久看见她现在眼里喷火的表情，都感觉有些后怕。

他们定下了作战策略。文圣熙用电脑监听朴民书的手机，只要抓到可疑的线索就立刻通知振久，然后振久立即制定对策或者直接出动。

振久隔天就安排文圣熙和非法监听手机的人私下取得了联系。那个人给文圣熙仔细讲解了具体的监听步骤。文圣熙首先要提交自己法定丈夫朴民书的手机 USIM 卡变更申请，然后把朴民书的 USIM 卡号码与自己的 USIM 卡号码交换。在获得本人认证之后登录通信公司的主页，进入丈夫的短信保管处里偷偷查阅送收信人的目录。加入会员拿到想要的信息之后立刻申请终止。用这个方法，朴民书的手机短信记录就这么简简单单毫无防备地呈现在文圣熙的电脑里。而这所有的过程下来，朴民书的手机无法接通的时间只有不到 10 分钟，这短短的时间之内，他是无法察觉出来的。

"监听系统"构筑成功之后，振久就只需要在有特殊情况的时候再出动，再也不用干那些跟踪的活儿，舒舒服服地过了好几天。

几天过后，文圣熙怀疑上了一个号码，赶紧给振久打了个电话。

"有一个电话是每天都会发一条问候性的短信过来，内容虽然不怎么严重，但总是感觉很暧昧的样子。我给那个号码打了电话过去，那边怎么都不接。"

振久记下了那个号码。虽然不知道号码的主人是谁，但从她不接不认识的电话这一点来看，这个人应该戒备心很强，对这方面相当注意的样子。

发短信的时候都不用那些赤裸裸的甜言蜜语，不认识的号码也一律不接。会不会是朴民书跟她说家里的妻子正睁大眼睛准备抓他们的小辫子，两个人约好了小心行事的呢？

这种可能性还是有的。文圣熙之前不也说过自己跑去朴民书的公寓里因为这个事儿吵过架吗。如果被文圣熙抓到这方面的问题，离婚肯定是板上钉钉的事，财产上肯定是他吃大亏。按照朴民书那种彻头彻尾的性格，在离婚问题没解决之前他绝对不会让文圣熙抓住他的小辫子。但朴民书肯定也对文圣熙那种说一不二的性格心知肚明，他会不会也考虑到了电话监听的可能性呢？看样子，现在只能先从与朴民书联络的人是不是女人开始确认了。

振久给文圣熙说的未知号码发了一条短信。

"这里是汉阳快递。快递号为458901343434。由于您不在地址所写地点，快递暂时放置在本分公司。"

这样，振久的号码就有了记录。10多分钟过后，振久打了个电话。一般很少有人会给短信里的号码打电话，但就算是不接未知来电的人，知道这个号码是快递员的号码时，也会先接起来看看。

果不其然，嗒一声，电话那头的人接起了电话。

"喂。"

一个很温柔知性的女声。这个女人会是朴民书那个"爱人"之一吗？

"我这边是汉阳快递公司，您有一个快递需要签收，但您不在家里。所以现在快递就放在我们分公司进行保管了。"

"是哪一家分公司？"

"啊，东首尔分公司。"

"东首尔？是不是弄错了？我这边是仁川呀。"

仁川？本来还特意说得离朴民书家近一点，没想到竟然那么远。这让振久有那么一点小惶恐。

"请问您是刘仁景小姐吗？"

先随便说个名字凑个数吧。

"不是。"

"啊，这样啊。那可能是发件人一不小心写错了快递号。真的很抱歉。"

振久挂断了电话。反正现在经常出现这种快递单写错而送错快递的情况，这个女人应该不会起什么疑心。

但有一个收获，这个号码已经可以确定了。现在接电话的女人有可能就是朴民书的对象，而且这个女人住在仁川。

这一点还有些意外。原来一直以为文圣熙是因为疑夫症才闹出这档子事，现在看来朴民书还真的在外面有女人呢。

电话那头的女声听起来很有魅力。虽然只是一通短短的通话，但振久觉得他自己作为一个男人，也对那个声音无法抗拒。朴民书能抵抗住公司那些女人的肉弹攻势，也抵不过这种诱惑。这一点，振久十分确信。

但他有点担心文圣熙的急性子会把事情搞砸，只跟她说了句"这个号码的主人有可能是朴科长的对象，她好像住在仁川。经常给她打电话她也不会接，反倒会让她提高警惕，还不如静待一段时间。如果朴科长和她之间还有短信来往的话，直接把信息转发给我吧"。其他的就什么都没说了。

一周之后的某个周五晚上。

文圣熙急急忙忙打了个电话过来，而且是在晚上快 11 点的时候。

"刚刚我老公给那个女人发了条短信。"

"他们之间不是经常发短信的嘛。"

振久正困着呢，语气里满是不乐意。但文圣熙可不会管这些。

"但我觉得这次是个机会。"

"什么机会？"

"'我现在正在去你家的路上，马上就要到了。'他发了这么条短信。"

"所以呢？"

"你不是说那个女人住仁川吗？"

"是啊。"

"那现在就正是个机会啊。我老公现在人在仁川那边，你刚好可以趁这个空当去金湖洞那边调查一下……"

"好吧……"

振久虽然千万个不情愿，但也应承了下来。他眼前闪现出事成之后文圣熙将要给他的一沓沓的票子。有了那笔钱，他就不用去打工，可以好吃好玩地享受好几个月了。文圣熙并不是想通过离婚去拿到抚恤金获得更多的财产，而是想惩罚惩罚这个瞒着老婆出轨的男人，他这种行为简直就是把自己老婆当傻子耍。可能是因为这个原因吧，文圣熙这次开出的金额相当可观，相应的，她对振久的要求也就比较高。

但文圣熙是怎么知道一般的门锁都拦不住振久，怎么知道他可以像一阵清风一样自由出入别人家的呢？难道是海美说的？海美有时也挺大嘴巴的，都不知道她是在夸自己男朋友还是在给自己丢脸。

不过振久也正想找个机会去他家看看。想要找到证据，家里肯定比公司方便。可白天他跟朴民书一起在公司里上班，晚上朴民书又很早就回家，这让振久一直没能找到机会去他家里调查一番。

主人跑去仁川跟对象幽会了，这正是个大好机会。周末的晚上开车去仁川的话，至少这个晚上不会回来，也就是说今晚金湖洞的公寓就是振久的了。

正因为这个原因，振久在初春某个寒冷的周五晚上，揉着困倦的眼睛紧急出动了。

振久坚信朴民书不会在家，放心大胆地打开了门。房间里漆黑一片。随着振久的进入，客厅的大灯亮起，照亮了整间房子。

假设朴民书真的有外遇的话，那今天的搜查肯定不会无功而返。电脑、信件、抽屉、垃圾筒里绝对能发现一些私生活的蛛丝马迹。他能一举让自己与文圣熙的婚姻在短时间内解体，肯定留下了一些强劲的证据才对。

振久打开房间的电灯开关，不禁被惊得倒吸了一口凉气。

朴民书竟然在房间里。

他就穿着衣服旁若无人地躺在床上。不是说他去仁川了吗？死翘了。振久的脑子里只剩一片空白。

下一瞬间，振久突然感觉有些不对劲。朴民书他怎么躺在床上一动不动呢？难道……？

比起朴民书在家的事实，振久更加担心他脑子里形成的可怕设想。他轻手轻脚朝朴民书走了过去，嘴里还不知不觉地发出了呻吟声。

朴民书的胸口一片血肉模糊，呼吸也已经停止了。让他致死的凶器——刀还落在尸体的旁边。一把锋利的水果刀。振久站在窗边，整个人都变得僵硬起来。

欺诈、入侵住宅什么的对振久来说简直就是家常便饭，王十里的那套公寓也是他恐吓杀人犯所赚回来的。但他做梦也没想到自己竟然会撞见杀人现场。虽然他入这行之后见识了很多，翅膀硬了不少，但遇到这种事还是让他有些慌乱。

看见尸体对振久来说并不是第一次，只是这次让他有种要晕过去的既视感。

振久的父亲死在了他国的平原上。当时还是中学生的振久跟着历史学家父亲带队的考察团在外考察，他亲眼见证了父亲的血和尸体。他分明就是死在了邪恶的利益纠缠之下。是父亲告诉振久，在学识的海洋里，要成功就要确定自己唯一的梦想。如果父亲还在世，那振久应该会成为听话的伊卡洛斯，听从代达罗斯的劝告，不会飞到离太阳那么近的地方，安全地越过太阳。但就算是如此，"父亲的去世"也并不是让振久平稳人生彻底颠覆的全部原因……

虽然 10 年前的那个时候，振久在沙尘暴中无法睁眼，现在的他是在深夜静谧的公寓里，但眼前冰冷的尸体让他产生了强烈的同感。静悄悄的孤寂深夜，非法入侵的房子里，与一具冰冷的尸体面面相觑，而那个人还是在几个小时前才刚刚一起下班的人。这情景让振久的思绪一下飘回了过去，飘到了另一个世界。

"你不讨厌妈妈吗？"

父亲对拿着遇到数学难题的小振久问过一次这样的问题。

"妈妈吗？我为什么要讨厌她？"

"她不是把你抛下，自己离开了嘛。"

"妈妈她为什么要照顾我呢？为什么要因为别人而自己忍气吞声过下去呢？"

振久一脸不理解的表情望着父亲，而父亲则对他报以淡淡的微笑。

"是啊，按理说确实是这样。但你心里不会觉得难受吗？"

"没有啊。我没觉得难受过。为什么一定要缠着别人喜欢
自己呢？妈妈她又算什么，我又凭什么去纠缠她呢？"

有人爱当然会接受，但如果连父母的爱都要自己乞求的话，
小振久那高傲的自尊心是绝不会允许的。他的父亲也只能对他
发出一声叹息。

"也许，这个世界会和你的想法有些不一样。"

父亲就像是在自言自语似的拍了拍振久。

"以后应该也会继续这样吧……所以你的数学成绩好真的
很棒。因为那里不会有善恶之分，不会有人们的唠叨……"

父亲早就看透了一个事实：振久作为一个道德上的后进生，
他通向美好未来的唯一路径就是保持价值中立的数学。每当振
久在数学上取得优秀成绩的时候，父亲都会特别高兴地称赞他，
但不会对振久的所有成绩都那么上心。他觉得开心好像只是因
为振久依然对数学保持着一种关心和热情。振久自己也喜欢数
学，学数学的时候他就感觉自己又朝着世上的秘密更近了一步，
而且还觉得自己能够通过数学取得成功。所以，他有了这样一
个梦想。不过，从那之后……

如果他没有跟着父亲的考察团去那么远的地方旅行的话。

但如果不是那样，他肯定无法理解父亲的死因，糊里糊涂地过上10余年。

就算是现在想起来，还是觉得那是不二的选择。

而且，从那之后，所有的事情都结束了。

振久好不容易稳住呼吸，思想也回到了现实之中，开始仔细环顾起屋子来。

振久打开卧室的灯，环顾一下屋内的环境。朴民书的衣着很居家，条纹沙滩裤配上长袖棒球衫，明显不是要出门的样子。

站在床边环顾四周，振久才发现屋子里简直可以用一片狼藉来形容。椅子倒在地上，书桌也斜摆着。本应该在桌上的电脑也摔在地上，书和印刷物散得屋子里满地都是。看起来就像是谁特别愤怒地把屋子翻了个底朝天一样。

朴民书应该是去仁川了呀。

难道是文圣熙的情报有误？或者是她在说谎？

该不会是那个看起来傻乎乎的文圣熙给自己挖了个陷阱吧？

"……不至于吧。"振久不由得开始疑心似的摇着头，小心翼翼地将掉落在窗边的黑色手机用餐巾纸包着捡了起来。去年刚上市的人气商品——最新型iPhone。为了不留下指纹，他还刻意将手指弯曲，用关节处点击屏幕，翻看了一下他手机里的内容。果然像平常不怎么与人交往的朴民书一样，他的手机里都没有 Kakaotalk 和 Mypeople 这类的社交软件。翻到他的短信记录，发现正如文圣熙所说。

"我现在正在去你家的路上，马上就要到了。"

跟他做事周全的性格一样，收信人的名字都没有储存在手机里。但可以确定的是，收信人的号码就是仁川的那个"女人"。时间为晚上 10 点 50 分左右。

振久又翻看了他这一天的通话记录。振久能够分辨出来的记录就只有朴民书在上午 11 点左右给那个女人打过一通电话。然后在晚上 10 点 10 分的时候，也就是发短信之前有记录显示他又给她打了个电话。之后，11 点 40 分和 12 点的时候，"她"给朴民书打了两次电话。

根据通话记录和短信分析，朴民书在晚上 10 点 10 分向仁川出发的同时给那个女人打电话告知了一声，40 分钟过后，也就是 50 分左右的时候，他给那个女人发短信说自己已经快到了。

说自己已经快到仁川的朴民书，现在却死在首尔金湖洞自己家里。

那难道是朴民书去了趟仁川之后又立刻赶回来了？

如果这也不是的话，虽然有些不可置信，会不会是犯人早就在仁川将其杀害，然后把尸体给运了回来？但从留在床上的血迹和现场的情况可以看出，应该是他在屋子里被人刺伤后才倒在床上的。振久都不敢把这种情况应在其他地方杀人后移尸的样子联想在一起。

振久想出了无数种可能性，但突然像是触电了似的打起了精神。他现在根本就不是该想这些的时候。朴民书为什么在这里，是谁杀了他这些对振久来说根本就不重要。重要的是现在振久很有可能会被指认为最有可能的犯罪嫌疑人。

只要警察介入调查，文圣熙监视朴民书手机的事情就会暴露，私下做非法调查的振久是受到文圣熙委托调查的事也会大白于天下。振久接到文圣熙的监听情报之后深夜潜入朴民书的家里这件事也会被发现。他根本就没有办法推脱说自己没有进过朴民书的家，否认一清二楚的事本身就容易引怀疑上身。

这样的话，接下来的事态发展方向其实已经确定了。"振久趁朴民书去仁川的空当潜入他家。但却与提前回家的朴民书碰了个正着，心虚的振久直接拿水果刀将朴民书杀害。"结论就只有这一个。别说是警察了，就算是个普通人都会往这方面想。特别凑巧的是，振久现在的情况根本就让他没有摆脱嫌疑的可能。

振久眉头紧皱，愣愣地站在房间里。

然后他像是下定了决心似的从厨房里拿来一条毛巾，沾水

之后把房门和玄关的把手，客厅和卧室的电灯开关全都擦了一遍。不论怎么回想，自己今天好像就只碰过这几样东西。然后，他的眼神停留在了尸体旁的水果刀身上。振久小心翼翼地抓住刀把，擦拭之后又按原样放了回去。

接着，他关上灯，握着房门和玄关的门把手，悄悄将门关上后离开了。但他的指纹又一次留在了电灯开关和门把手上。

只有水果刀，他没有再去碰过。

城东警察局重案组的办公室里，突然爆出了女人的尖叫声。

"不是我！冤枉啊！让你们局长出来！"

文圣熙猛地站起来，一脚把塑料椅踹出去老远。要不是她今天穿着裙子，估计她就该直接坐地上了。她又接着问审讯室在哪里，要求他们提高办事效率。

江度日警官现在只是将被害者朴民书的妻子文圣熙作为证人传唤过来问话，没想到会遇到这么大的难题。现在对他来说，情绪上的疲惫已经多过了调查上的困难。一般电影里都会设置一些高智商的，像汉尼拔那样的犯罪分子来增加破案难度，但比起那个，江度日更讨厌文圣熙这种像发神经似的制造混乱的人。就算真的冤枉了……不过从经验来看，文圣熙的可疑性还是很大的。

"我们现在还没有断定就是你杀了你丈夫，只是想听听周边人士的想法而已。"

"那你们为什么要一直追问我的不在场证明呢？我都说了我当时在自己家里。"

"你有人证能证明你当时在家吗？"

"我在自己家里，有谁能给我证明啊！"

江度日要一边安慰文圣熙说快点做完就能快点回家，一边做着记录。但文圣熙貌似还没有搞清楚嫌疑人和证人的区别，老觉得自己被叫来警察局就是把自己当犯人了。正当文圣熙嚣张得不行的时候，张明焕警官拿着几张资料走了进来。那是从通信公司那边发来的账户明细，里面也包含了文圣熙监听朴民书手机时的伪造 USIM 申请书。江度日的脸色这才有些好转，微笑着问道：

"您还悄悄监视丈夫的手机呀。"

"什么？啊？"

"就凭这一点你就已经是重大犯罪了。那我们就从这个开始聊聊，你看如何呀？"

文圣熙的气势一下就矮了下去，开始磕磕巴巴起来。

从她的供词中，警官了解到了一个足以让人竖起耳朵的事实。

"昨晚，也就是朴民书死的当晚，你也监听了他的手机，对吗？然后你让你委托的金振久去朴民书家搜查一下，是这个意思吧？"

"是，我当时确认他已经去仁川那边之后让振久去的。振久他那个时间应该已经过去了。"

就是这个，事情变简单了呢。

江度日和张明焕互相交换了个眼神，点了点头。

振久并没有把朴民书的事告诉海美。海美经常会担心一些有的没的，而且他还怕告诉海美之后，她那股咋呼劲儿会影响他想怎么解决问题的对策。但海美已经从别的地方听说了朴民书的事，给振久打电话过来了。

"嗯，我知道。"

"你也知道？怎么会这么快？啊，圣熙姐姐已经跟你说了吧。"

"嗯，就是知道了。海美你也是听圣熙她说的吗？"

"嗯，昨天她才跑了一趟警察局，现在全身抖得不行了都。"

"她为什么要发抖啊。"

"她生气啊，而且好像还挺害怕自己会被冤枉成杀人犯抓走似的。"

"反应过度了吧。进一次警察局就都是罪犯不成？反正咱
们先见一面吧。"

振久现在特别想从海美那边了解一下情况，想知道文圣熙
到底跟警察都说了些什么。

海美在大学学的专业是设计学，她毕业之后也没有急着找
工作，先暂时在蚕室那边的乐天百货里给服装卖场做兼职。她
大概晚上8点半下班，振久稍微提前了点儿在商场门口等她。
海美还不知道振久的心情有些沉重，欢笑着朝他走了过来。褐
色头发的海美穿着背带裤尤其可爱，振久看着海美，心里就像
打翻了五味瓶似的难受。他边问着"肚子饿了吧？"边拉着海
美朝松坡区政府后面的一家烤里脊店走了过去。

"怎么今儿吃上牛肉了？"

"因为搞不好这就是我的最后一顿晚餐。"

振久给搪塞过去了。他放着烤好的肉不吃，给自己倒了一
杯烧酒问道：

"圣熙婶儿那事儿你跟我说说吧。"

"什么事？我刚刚已经全都告诉你了呀。"

"她跟警察都说了些什么，你跟我说得具体点。特别是跟
我有关的一些东西。"

"她还说了什么来着……"

海美往上看了看，回想着圣熙跟自己说过的话。

"啊，说了那个。她说了她委托你去背后调查朴科长的事，还有监视朴科长手机的事。"

"……也是，警察那边肯定能拿到通信公司的资料，她也没办法说谎。"

果然，海美根本就不了解情况，向她问这些肯定不会问得很清楚。振久放下酒杯，直接掏出手机，给文圣熙拨了个电话。

"你想直接问姐姐吗？"

振久眨了眨眼表示肯定。那头，文圣熙很快就接起了电话。

"那个，我是金振久。"

"嗯。"

她的嗓音平静得让人有些意外。

"我听说您已经去了一趟警察局。"

"对，我也有些惊慌。"

"关于我的事，您都说到哪儿了？"

"我就照实说了呀。"

"照实说是指？"

"我让你背后去调查他，悄悄看他短信，那天他去仁川的时候去他家的事，全部都说了。"

原本以为警察要弄清楚这些事还需要一些时间，自己还可以有一定的时间去准备。文圣熙这对警察全盘托出之后，自己已经没有什么余地可言了。

"啊，好吧……不过您有必要连我那天晚上去他家的事都要说出来吗？"

"那我就要乖乖地让他们怀疑我是杀人凶手吗！我当然要实话实说了。"

她的声音还在微微地颤抖。看样子文圣熙还没能从进一趟警局的冲击中缓过来。

"果然，死翘了！"
振久在心里呐喊道。

次日，振久就被逮捕了。

事情发展到这个地步，振久早已经预见到了，心里也已经做好了充分的准备。他不希望自己被警察抓走的样子被公司里的女员工们看见，连续请了好几天假，在家里无所事事地等着警察的到来。

城东警察局重案组不急不忙地接手了被押送过来的振久，好像已经确认他就是犯人了一样。

审讯室里，江度日早已经恭候多时了。40 岁左右的男人，身材没有想象中的警察那么高大，但眼神却很凶狠，浑身都透露着一种老练的感觉。根据他的年纪推测，他应该是重案组里面的前辈了。

对于警察江度日来说，势必一定要得到振久的口供，对站在生死的分岔路上的振久来说，这次的审讯也是意义重大。这是自己了解警察掌握了何种证据的最好时机。

"为什么要杀了朴民书？"

很温和的嗓音，不过游戏已经开始了。他这是在套口供。都不问"你杀了朴民书，还是没杀他？"而是直接以"杀了"为前提来得到供词的审讯方式。振久淡然回答道：

"我没杀他。"

江度日好像已经预料到他会这么说了似的，扑哧笑了一声。

双方又经过了几次交手。警察这边先是恐吓说像这种再明显不过的事件就不要再做无谓的挣扎了，然后又诱惑性地说快点承认的话还能视情况减轻罪责，后来还威胁说他们现在只是把案件看成误杀，但如果坚持否认罪行的话，那么他们就只能将其定为有预谋的杀人了。但不论他们出什么花招，振久都对此无动于衷，只是一直坚持否认。江度日见状，不禁有些恼火。

"我们都已经知道了。不听你的陈述就能直接把你抓过来的话，也就代表着我们是有那个信心的。"

"你们那个信心到底是从哪儿来的？"

振久悄悄试探了一下，但江度日也不会那么轻易地把手中的牌亮出来。

"因为只有你一个人具备了杀害朴民书的机会和动机。"

"那也有可能是强盗干的呀。"

振久发起了反攻，江度日对此报以不屑的一笑

"逼到绝境之后都开始说胡话了嘛。有强盗过去不偷东西，捅了人直接走的吗？他还生气后把房间翻了个底朝天？从现场的情况来看，朴民书怎么着都不像是被强盗突袭的样子。"

"你们到底是有什么证据证明我就是那个犯人呢？"

"那不是很明显吗。文圣熙怀疑朴民书有出轨行为，雇了你去背后调查他。而我们已经查明了文圣熙在非法监听朴民书的手机。那个提供方法的人也已经被捕并承认了，那张伪造的变更申请书也已经被我们没收了。

"按照文圣熙的说法。星期五的晚上，她监听到朴民书要去仁川之后就给你打了电话。监听的记录全都被我们掌握之后，她因为害怕就全都招了。而且我们还在朴民书家的门把手上发现了你的指纹。你是接到文圣熙的通知之后才潜入朴民书家里，然后朴民书死了。你说这样的话，犯人除了你还会有谁？"

　　这个文圣熙还真让人寒心。不过这也不能怪她。被抓住了非法监听丈夫手机的证据，她也没办法否认。而且她和振久也说好了只是在背后做些调查而已。振久被怀疑成杀人犯的话，她为了自保把事实全都说出来振久也能理解。面对突如其来的杀人事件，他也不能依靠身边那些义气之类的东西了。现在的振久，需要的是情报。

　　"我承认我是接到文圣熙的电话之后潜入了朴民书科长的家里。但我已经跟你们说过很多次了，我进去时他就已经死了。他是在我进去之前就已经被杀害了。"

　　江度日好像觉得振久的主张都是没有任何利用价值似的，只是低着头说道：

　　"犯人百分之百都会这样为自己辩解，但我从没见过有谁会把这些话当真的。"

　　"尸检结果出来了吗？用那个不是可以推测出死亡时间吗？结果肯定会显示是在我进去之前就死亡的。"

　　"推测出的死亡时间与你潜入的时间一致。"

　　"那你的意思是说我进去的时候朴民书科长刚好被杀死吗？"

　　"装吧你就。尸检结果推测的死亡时间是晚上 11 点至凌晨 1 点之间，而你进去的时间刚好是凌晨 1 点。"

"那他也有可能是在晚上 11 点多被杀害的呀。"

"晚 11 点犯人进到屋子里将人杀死，两个小时之后你进到屋子里发现了尸体，你是想这么说吗？"

"那又有什么不可以呢？"

"啧啧，实际上犯罪时间的长度更短，至少不会是在晚上 11 点。因为朴民书晚上 10 点 50 分的时候还住在仁川那边爱人家附近。"

警察果然也通过朴民书手机里的信息做出了类似的推测。

"我们假设朴民书马上就打道回府了，那么他到达金湖洞的时间也应该快 12 点了。根据他被杀时的着装来看，他也不是一回家就被杀死的，他还需要时间把外出的衣服换成家居服。那么我们就算他动作快，在 12 点的时候回到家，换好了衣服之后有谁过来把他杀了，然后你在一小时之后去了他家。理论上也不是说不能成立，但任谁看都会觉得是你在 1 点过去之后把他杀害的情况更符合常理，不论是从衣着上，还是从情况上看都是这样。"

"如果这个杀人事件能从常识上解释清楚的话，那我也就不会坐在这里了。"

振久咬牙说道。

"朴科长他那个住在仁川的对象说了些什么？"

江度日有些无语地笑了。

"你这小子摸不着北了吧。还想从警察这边挖点线索不成？"

振久再次问道：

"我现在都被当作嫌疑犯了，还是有权利知道这些的吧？那个女的说她跟朴科长见过面了吗？"

江度日只是笑而不语，一副你想听答案就先自己承认的表情。

振久本来还想通过审讯来为自己洗清罪名，现在他完全不这么指望了。在案发现场调查过的警察们那种先入为主的意识实在是太强。不过从常识上来看，振久确实是最有可能的犯罪嫌疑人，但负责案子的警察根本就不想去怀疑自己的判断是否有误，这才是最大的问题所在。

照这种情况下去，振久担心自己一直主张无辜的话，反倒不容易让警察落进自己设的"圈套"里。看样子，自己该把重心放在与事件相对来说比较中立的地方进行了。振久整理好心思，准备暂时把喊冤这个事往后推了。

审讯结束后，振久被关进了拘留所。虽然早有心理准备，但被关进去的时候，振久所受到的冲击还是很大。如果知道是准确的几天，或者是几个月的话，他也不会如此不安。关键是现在他还不知道自己是因为被确认为杀人犯被抓，还是普通的监禁，这种精神上对未知的不安已经盖过了他身体所要承受的铁窗生活的现实。

审讯的第二天，海美就过来见了他一面。还没见到人呢，海美就已经泪眼蒙眬了。振久的脸色又黑又憔悴，看着都让人心疼。

"哥哥，真的对不起。我真不应该让你去蹚这趟浑水……"

海美的眼泪像断了线的珠子一样啪嗒啪嗒往下直掉。

"没事，不关你的事。那个做错事的小子才是杀人犯呢，又不是你。"

振久有些不自然地安慰着海美。其实他对海美这种傻不愣登就一口应承下来的行为还挺生气的，但现在她一过来就哭成这样，振久也就不好再说她些什么了。

"所以那件事不是你干的？"

海美哭着的时候还不忘眯着眼睛问道。这又是说的些什么呀，振久有些无语。现在连海美都觉得是他把人给杀了。

"当然啦，我过去的时候他就已经死了，真的不是我。"

说长了反倒更像是狡辩，海美听到他简明的答案之后像是安了心似的，脸色也渐渐明朗了起来。

"哎哟，原来是这样啊，我说呢。那你现在是被冤枉的？"

"是啊，警察都误会我去那里的动机了，犯人真的另有其人。"

"好，好，对的。哥哥你虽然也不是遵纪守法的人，但脾气也不会坏到要把人杀了的地步。"

"别担心，很快就能水落石出的。警察不行不还有我嘛，我一定会把犯人给抓出来的。"

被关起来了还不知道天高地厚的家伙。但海美貌似也被振久的自信所感染，与来时截然相反地笑着回去了。振久再次觉得，自己喜欢海美就是因为她的那份单纯。

但振久不知道，在海美过来看他的这段时间，警察对他提交了逮捕申请，检察院对此表示同意，并已经将申请提交给了法院，三下五除二地办完了所有的逮捕手续。

第二天，令状审查的日期就确定了下来。

令状审查是通过对振久发布拘捕令以确定是否继续监禁的审判制度。法院不通过此项审查虽不代表洗清了嫌疑，但至少可以恢复自由身。然后振久可以在自己的努力下抓到真凶来证明自己无罪。相反，如果通过了审查，这件事基本上就已经盖棺定论了。一旦被拘，不关你是有罪还是无罪，吃上几个月的牢饭肯定是不可避免的。就算最后有幸被判无罪，但那几个月间的不确定性和惴惴不安的感觉，光想想就觉得恐怖。更何况能在这次事件中帮他获得无罪的"神"，也只能是逮捕振久并将他起诉的搜查机关另外抓住真凶，然后自然而然地证明振久的清白。可是这种可能性实在是微乎其微。

振久的辩护律师也已经确定了下来。一位名叫金吉旭的年轻律师，他戴着一副无框眼镜，头发往后梳着，给人一种拒人于千里之外的感觉。据他自己所说，他之前在北部地方法院里工作过一段时间，今年调到首尔东部地方法院工作。两个人简单地聊了几句，但振久可以感觉出来，如果不是以辩护律师的身份，而是以他个人意见的话，他也相信振久就是那个凶手。

振久向他表示自己将不再坚持无罪主张，装作像是要自首似的样子要求金吉旭把与自己有关的所有事情全都跟他说一遍。律师也表现出对振久的要求很有兴趣的样子。表面上看不出来，原来他暗地交涉的能力还是不错的。他去警察那边偷看了一些调查记录，然后再回来和振久见了个面。托他的福，振久终于搞明白了一些他之前有疑问的地方。

"金律师，和朴民书相好的那个女人她到底是谁呀？"

"是一个叫方秀妍的女人。"

"能再说得详细点吗？"

"她36岁，依然单身。一个人住在仁川松岘洞。是仁川麦迪逊大学服装学的一名教授。"

"这样啊……那个女人有说她那天跟朴民书见过面吗?朴民书那天晚上给她发过短信说差不多已经到她家附近了呢。"

"她说没见到。她也是接到朴民书马上就到的短信之后一直在家等着,但是朴民书一直没有出现,她给朴民书打了两个电话,那边也一直没有接。然后她有些生气,就直接睡了。"

"好吧……还有其他人的口供吗?"

"公司同事,邻居家 202 号和楼上 301 号的住户,还有文圣熙等一些周遭的人都作为证人录过口供。"

"公司同事都有谁呀?"

"乙支路分公司经理李文东,女职工韩书媛,还有杨善美也做过证言。"

通过分公司经理可以对他在公司的生活有一些了解,这一点振久还能理解,不过韩书媛倒是让他有些意外。她可是给朴民书告白之后被拒绝的女人,她为什么要出面呢。

"韩书媛和杨善美她们为什么要做证呢?"

"她们好像是那天最后两个见到朴民书的人。啊,当然她们不会是凶手。下班之后,朴民书与韩书媛、杨善美三个人一起吃了晚餐。"

"韩书媛她都说了些什么?"

"就说他们简简单单吃了顿饭之后8点刚过一会儿就分开了。警察只是把她们作为最后两个见到朴民书的人做了些记录而已。杨善美已经有了充分的不在场证明。她直接赶去了另一个聚会，一直跟其他人在一起，这一点已经确定了。韩书媛也是在10点半左右回了家，她的家人可以做证，她也就被排除了作案嫌疑。而且她们俩也没有作案动机。"

"韩书媛她与朴民书分开之后，回家的时间稍微有点晚呀。"

"她说当时自己心里有些乱糟糟的，就一个人在宏大那边逛了一会儿。"

"分公司经理再没有说些什么了吗？"

"就说他在公司里面人品很好，性格也不错，应该没有跟别人结怨。但是有一点，朴民书他准备辞职来着。经理也知道他最近在和老婆分居，以为他是因为家庭问题才这样，所以正在劝他不要辞职。"

"你说他提交了辞呈……？"

这件事振久完全不知道。他猛然想起了朴民书去看精神科医生的事。难道朴民书还有不为人知的一面？

令状审查当天，上午10点30分。

首尔东部地方法院令状审查法庭旁边的休息室里，振久和两名警察正在等待开庭。他们分别是两天前审问过振久的江度日和另一名重案组成员张明焕。

今天的法庭上简短的审判就会决定振久的命运。现在只要一想到要监禁，他就觉得前途渺茫。自己的手脚被绑着，他也没办法为自己辩解。最坏的情况就是自己被定罪为杀人犯……也是，比起这次审判，振久去朴民书家的那时开始，他的苦难就已经确定了。

开庭了。江度日推开法庭大门，振久慢慢走到已经开始脱发的中年法官面前。专门为令状审查设立的小法庭还不足小学教室的一半大。法庭上除了法官和法院相关人员，法警，辩护律师以外，没有其他任何人。法庭里的空气十分压抑，肃穆的法庭里，安静得只能听到翻看资料的沙沙声。江度日和张明焕安安静静地跟在振久身后，坐在了旁听席最后的座位上。

振久看了一眼法官的脸。无法读出他的表情，但看起来对这个案件漠不关心。

法官在按照程序进行中，振久有权保持沉默。在确认居民身份证、住址等都是本人的之后，法官当庭朗读了令状申请书上记载的事实，即"杀人事件"的概要。然后抬眼向振久发问道：

"你承认是你杀了朴民书吗？"

"不承认。"

振久感觉到坐在后面的江度日和张明焕被惊得一震。他们应该是听辩护律师说振久准备自首之后还有点期待，结果振久这么一回答直接把他们的希望给打破了。但他们也没有很慌张。根据他们办案的经验来看，像振久这种有那么多犯罪证据嫌疑犯再继续否认自己的罪行的话，拘捕令批下来是迟早的事。

法官貌似已经预料到了振久会否认一样，公式化地点了点头，又追加了几个问题。主要从振久与朴民书的关系、接受文圣熙背后调查的事，还有那天晚上去朴民书家里的经过之类的方面入手。

接着就轮到辩护律师辩护的时间了，但律师只是用他有些惊慌的表情说了句"希望能从宽处理"之后就坐下了。振久没有自首让他感到有些丢面子，而且他好像也没有要帮杀人事件的嫌疑人请求释放的意思。

法官按照程序说了最后一句台词。

"嫌疑人金振久，你在本次审判结束之前还有什么想说的话吗？"

振久一脸平静，掷地有声地回答道：

"有。我想说几点来证明我的清白。"

法官显然没有想到振久会这么说，不禁瞪大了眼睛。

"请说。"

"事发当晚我确实潜入了朴民书的家，这一点我承认。因为我进去，所以在玄关和房门把手上留下了自己的指纹。但是，当时朴民书已经被杀害了。是有人在我之前进到他家将他杀害的。当然，仅凭我的一面之词，要大家相信确实有些困难。不过，在这里我想说有一个重要的事实大家都忽略了，那就是我的指纹只留在了门把手上而已。"

面无表情的法官渐渐睁大了眼睛。坐在法庭旁听席最后的两名城东警察局的警官也被振久的发言所动摇了。

"这是什么意思？"

"我听说只在玄关门把手、房门把手和电灯开关上发现了我的指纹。在朴民书生活的家里，这真的可能吗？假设另一个指纹是其他客人留下的，那朴民书的指纹为什么没有被发现？更奇怪的是，凶器——水果刀上根本就没有任何人的指纹。"

"稍等。"

法官抬起右手示意让振久暂停一下，转头向旁听席的警官发问道：

"你们是负责这次事件的警察吗？"

"是。"

江度日起身回答道。

"把手上真的只发现了金振久一人的指纹吗？"

"对，搜查结果虽然是这样……"

"凶器上也没有发现任何指纹？"

"对，那也是事实。不过有把指纹擦拭掉的痕迹。"

江度日被问得有些出汗了。振久心里暗自发笑，这些都是他的杰作。那天他在案发现场把凶器和门把手上全都擦一遍之后，故意在门把手上重新留下了自己的指纹。

"除了门把手，房子里的其他地方没有检查出其他人的指纹吗？"

法官再次发问，江度日继续回答道：

"我们以家电和卫生间洗脸台等容易检出指纹的地方为对象进行了检查。结果发现有三个人的指纹，分别是朴民书、他妻子文圣熙和相好方秀妍的。但我们对餐桌上的玻璃杯和啤酒瓶进行检验之后发现，那上面没有留下指纹。而且这两样东西都有被擦拭过的痕迹。"

听到这个回答，振久也被惊了一下。餐桌上的玻璃杯和啤酒瓶也有把指纹擦掉的痕迹？我没擦过那些东西呀？他脑子里不禁冒出了这些疑问，不过先被他暂时忽略了。

江度日坐下，法官点了点头，将视线重新投向振久，要求他继续。振久继续说道：

"我先说说门把手的问题。如果把门把手上只发现了我的指纹这一点反过来思考的话，情况就会变成这样。在我碰门把手之前，肯定有谁把上面擦得干干净净了。这当然不会是朴民书，因为死人是不可能去擦门把手的。那么擦门把手的那个人就应该是凶手，他把朴民书杀害之后又把自己的指纹给擦掉了。然后我进去之后才把我自己的指纹留在了门把手上，单从这一点来看，我就不可能是凶手。"

法官听到这里，不知不觉地点了点头。他犹豫了一下之后，一脸严肃地要求振久继续说下去。

"还有，从凶器上没有留下我的指纹这一点来看，我也不会是凶手。如果我是凶手的话，那就太说不通了。警官也说过，凶器上有擦过指纹的痕迹。凶手肯定会在行凶之后把凶器上的指纹擦掉呀。但是如果我是凶手的话，也就是说我只擦了凶器上的指纹，却把自己的指纹留在门把手和开关上，没有擦掉就直接离开了案发现场，这前后也对不上呀。那么，结论就只有一个。那就是凶手在行凶之后将自己所留下的指纹擦得一干二净，而后来进去的我却握过门把手，打开过开关，将自己的指纹留在了上面。我没有碰过凶器，所以那上面并没有我的指纹，保持着凶手擦拭过之后的状态，没有被发现任何指纹。从最后留下指纹的情况来看，凶手擦完指纹离开之后，我进到了那个家里，碰过其中的一些东西，也就是现场只发现了我一个人的指纹而已。

"在这里，我们可以知道凶手不应该是经常进出朴民书家里的人。为什么呢？因为如果是经常进出的人的话，家里留下指纹是很正常的事，那么他就没有必要擦掉除凶器以外的指纹。所以凶手肯定是没有去过朴民书家，或者相信自己没有进去过的人。

"而且，我想说凶手应该一开始并没有打算将朴民书杀死。因为如果是有预谋的话，他至少应该会戴上手套，这样才不会留下指纹。他应该是进到朴民书家里之后偶然间将朴民书杀害的。之后，他想到自己会留下指纹，才慌慌张张地把自己碰过的所有东西都擦拭一遍。"

法庭里寂静得连一根针掉在地上的声音都能听见。法官眯着眼睛思考着振久的分析，一直没说话。振久不仅证明了自己的清白，而且帮助警察一口气缩小了嫌疑人范围，对于这样的陈述，法官究竟会如何判决呢？但结论几乎是已经确定下来了。如果法官心里已经产生疑问了的话，拘捕令应该不会被批下来。门把手上面只有振久的指纹这一事实再加上振久对此做出的推理，而且法官根本就不会知道擦掉指纹和留下指纹这些事都是振久一人所为，这三点所具有的说服力和反驳力足以打消法官的疑问。

拘捕令申请被驳回了。

审判结束后，从令状申请书被盖上驳回的公章一直到振久被释放总共花了不到一个小时的时间。

江度日虽然将振久送走了，但心里却很不是滋味。他悄悄瞟了一眼与他一起参加审判的张明焕警官，警官的脸已经黑得不行了。他不禁又想起了两个人在法庭上丢脸的那一幕。

"令状审查真他娘的憋屈，金振久那家伙肯定是故意的。"

江度日嘴里冒出了一句现在已经不怎么用了的脏话。

"法官还能怎么办呢。那种情况下他也没办法把拘捕令给批下来啊。"

江度日还是恨得牙痒痒。刚刚还一起生气的张明焕现在只能在旁边安慰他。

"这次的杀人事件并不难。我敢以我20年的警察生涯担保，肯定是金振久那家伙干的。"

"那是肯定的。但他现在也不是被判无罪，咱们再补充些新的证据，再申请不就完了吗。"

调查归调查，他现在还没办法把刚刚在法庭上受辱的景象忘掉。江度日把刚刚的场面像放幻灯片似的一一在脑海里过了一遍，发现了其中的一个问题，让他有些理解不了。振久很清楚玄关门上留有自己的指纹，但凶器上却没有的事实，而且他说自己是听说的。而他只能是从辩护律师那边听到的消息。

调查也是有机密这一说法的。虽然指纹检测记录并不能算是机密，但把非嫌疑人本人的指纹检测这种没必要知道的情况告诉嫌疑人是不行的。还在申请拘捕令的过程中，一般是不会对律师公开调查资料的。辩护律师也说过自己相信振久就是真凶。江度日是觉得律师应该会想办法让振久在法庭上认罪，不会妨碍到调查，所以才没有设防地将调查记录给律师看，并且还简单地对证据进行了说明。但他是为了让律师了解了现有调查进度之后能够敦促振久自首才这么干的，并不是想让振久拿着这些证据来证明他自己无罪的。然而今天在法庭上发生的那丢人的一幕和振久的释放就是对他这种行为的报答。

"我说他怎么头上油光发亮的，还挺狡猾。"

真可恶。公平竞争的话，输了当然能举双手服输，但一想到这种在人前装作要合作的样子骗取别人的信任，背后却捅你一刀的人，江度日就恨得咬牙切齿。

他给金吉旭律师的办公室打了个电话。

"我是律师金吉旭。"

"我是江度日。负责金振久案件的警察，咱们昨天见过面的。"

"啊，是的。"

"您知道在申请拘捕令的过程中我们一般是不会把调查记录给别人看的吧？"

"这个我当然知道。所以我还要感谢您在金振久案件上特意给予的帮助呢……"

"不是，我说啊。我是觉得您可能会对调查起到积极作用，所以才把调查记录给您看的，不是吗？还给您对证据做了些说明。凶手明显就是他，我也是觉得您会让他乖乖认罪才这样做的。但是您怎么能把这些东西全都告诉嫌疑人呢？"

"您这是说的什么话？除了一些一般性的事项之外，您也没告诉我什么其他的东西呀。"

金吉旭好像觉得自己什么都没做错似的，回答得特别镇定自若。江度日怒不可遏，话也说得有些粗鲁了。

"金振久他不是对指纹鉴定的事知道得一清二楚吗？他不是还说凶器上的指纹被擦掉，只有门把手上的指纹还留在上面吗？"

"你没跟我说过这些呀。"

"你的意思是，这些东西不是你跟他说的？"

"当然啊。金振久根本就没向我问起过这些东西。"

江度日挂了电话，一脸的不解。金吉旭不像是在说谎的样子，这个人虽然看着挺有心机，但不至于不承认自己做过的事，他应该不是那种会推卸责任的人。

江度日转头看着坐在旁边的张明焕说道：

"律师说他根本就没跟金振久说过指纹鉴定的结果。"

"是吗？那么那个……"

"那家伙是怎么知道的呢……"

面面相觑的两个人缓了几秒，眼里同时闪烁着兴奋。江度日咬牙切齿地从牙缝里挤出一句话：

"跟狐狸似的家伙。"

张明焕则咬牙说道：

"原来是他自己擦掉指纹之后又重新印上去的呀。"

振久为了用指纹的事挖这个坑去破坏了案发现场，警察对此痛恨不已。但站在被诬蔑成杀人凶手的振久的立场来看的话，那也是在那种情况下所要采取的必然手段。

在法庭上为自己翻案，振久的这一招确实恰到好处。调查机关和法院有着本质上的区别。调查机关一旦怀疑你有罪，就会直接起诉，但法院则是只要你有无罪的可能，就会将你释放。两者之间存在着巨大的鸿沟。振久所得的审判也只是刑事裁判而已，如果没有充分的证据去证明他真的犯了罪的话，是不可能下达拘捕令的。没有确切的证据证明罪行本身就很难拿到拘捕令,更何况振久的主张还获得了法官的认可,被释放是肯定的。他也确实非法潜入了朴民书的家,但警察申请的是杀人拘捕令,而且他那种程度的潜入根本就不会严重到要拘留的地步。

警察也丢尽了面子,而且他还从律师那边听说警察特别生气。这可不太好。振久虽然恢复了自由身,但心情却有些沉重。

振久虽然被释放了,但江度日对他的监视可没有松懈。只要真凶没有落网,他对振久的怀疑就不会减弱,他也会一直像水母一样环绕在振久周边。在案发现场的振久依然是特级嫌疑人。

"你只是推迟了点儿时间进牢房罢了,我一定会再把你抓进来的,等着吧。只要再找到一个证据就行了。啊,你肯定知道你现在被禁止出国了吧?逃去国外啊什么的你就别做梦了。"

江度日在振久耳边留下了这么一段近似低吼的话。这段话在振久离开拘留所后依然经常回荡在他的耳边。

恢复自由身的振久一出警察局的门,就看见笑得像朵花儿一样的海美。婴儿肥的脸蛋配上粉短裤白 T 恤,看起来特别活泼可爱。

"误会都弄清楚,真是太好了。振久万岁!"

振久的笑容有些苦涩,他眯着眼睛问道:

"海美啊,说实话,你也对我产生过疑心吧?"

"这，你这是说的什么话呀。我一直都是无条件相信你的。"

但海美的脸上浮现出的惊慌怎么也无法隐藏，果然还是不够老练呀。振久轻轻叹了口气。

"不过你现在不应该在百货商店里上班吗？怎么有空过来？"

"我昨天开始就不在那儿干了。"

她跟销售经理两个人平时就合不来，这次终于吵了一架不干了。

"我准备休息一段时间，顺便再找找有没有其他的兼职可以做。"

海美虽然说得轻松，但振久总感觉她辞职跟自己的事情有着千丝万缕的联系。义气，这也是振久喜欢海美的原因之一。

振久和海美回到王十里的家里，摆上几听啤酒和烤好的小明太鱼，两个人开了个庆祝 party。海美一直特别高兴地叽叽喳喳说话，连续干了几杯啤酒之后靠着客厅的沙发睡着了。海美失去意识之后，公寓也沉寂了下去。

振久一个人陷入了沉思。一股不安涌上心头。

自己虽然被释放了，但其实这才刚刚开始。现在自己并不是被判无罪，只是拘捕令被驳回了而已。警察也不会就此罢手。自己正好在朴民书被杀的时候潜入他家，警察不会放过自己的。

以后他们肯定会更加全力以赴去调查振久的罪行，而不会将重心放在寻找其他嫌疑人上。上次海美去看他的时候，他虽然夸下海口说"我一定要将凶手绳之以法"，但却担心如果自己找不到真凶的话，就无法为自己平反。在案发现场时的灵机一动虽然暂时让自己摆脱了危机，但却不能给自己提供永久的保障。抓到真凶之前，江度日的那种执着的眼神绝不会从振久的脑海里消失。

"有什么好担心的，妈的，反正我又不是凶手。"

振久的自尊心在呐喊，但那还是他在进拘留所之前的想法。尝到拘留所那冰冷铁窗的味道之后，他再也不想背黑锅重新进去一次了。

他重新理了一下案件的发展。

自己在案发现场进退两难的时候，曾经怀疑过这是不是文圣熙安排的陷阱。但那个女人却一直没有说谎。她不仅确认了朴民书的相好，也把通话记录和短信都一五一十地告诉了自己。

朴民书的相好是一名叫方秀妍的单身教授。她独自住在仁川松岘洞，偶尔也会来朴民书在金湖洞这边的公寓。文圣熙说过她感觉到在公寓里有女人的味道，房间的各个地方也确实发现了方秀妍的指纹。

星期五，朴民书和方秀妍约好见面的事是能够确定的。

上午 11 点朴民书给方秀妍打了电话。

晚上 10 点 10 分朴民书给方秀妍打了电话。

晚上 10 点 50 分朴民书给方秀妍发短信说他已经快到方秀妍的家了。

但是朴民书并没有去见方秀妍。方秀妍等了很久之后，见朴民书还没到，就在 11 点 40 分和 12 点的时候给他打了两次电话。但朴民书并没有接电话，于是她就自己去睡觉了。

振久发现朴民书尸体的时间是凌晨 1 点。

然而，推测出朴民书的死亡时间正是晚上 11 点到凌晨 1 点之间。

振久对这些事实作了第一次的客观分析。

朴民书应该是在上午 11 点与方秀妍通话时就约好了要见面。晚上 10 点 10 分的电话是要告诉方秀妍自己已经出发了。从朴民书家到方秀妍位于仁川的家里，不论是坐地铁还是坐出租车，算上堵车的时间大概要花一个小时。朴民书在 10 点 10 分乘坐地铁或出租车等交通工具出发，10 点 50 分左右给方秀妍发短信说自己已经到她家附近，马上就要到了。

这段朴民书的行踪是最容易被推理出来的。有问题的是接下来的部分。

朴民书一直到最后也没有出现在方秀妍面前，反而是在自己家里穿着家居服被杀害了。从现场的情况看，他应该不会是在其他地方被杀之后挪过来的。

这也就是说朴民书去了仁川，但是放在眼前的方秀妍没看就直接回了家，这难道是因为突然接到了谁的紧急电话？但是振久在确认他的通话记录时发现，那段时间除了与方秀妍打过电话之外，没有其他的通话记录。当然这也可能是凶手把记录给删除了，不过警察在调查的时候通过通信公司拿到了通话记录，但他们也没有对此说些什么。看过调查记录的律师在跟自己说的时候，也没有提到这方面的情况。

那么，难道朴民书根本就没有跟方秀妍约着见面？还是他跟方秀妍一见面就吵了一架，直接回了首尔？如果是这样的话，那方秀妍之前所做的证言就是在说谎。假设方秀妍说谎了，那她为什么要说谎呢？是因为她就是凶手吗？振久在虚空中把头低了下去。那样的话，也就是指秀妍在与朴民书吵架之后，尾随朴民书来到他家，用刀把朴民书给刺死了。可是这要不是心理变态，一般人很难会做出这种行动。

又或者是朴民书根本就没有去仁川？他只是装作正在去的路上给方秀妍又是打电话又是发短信的？扯下这种谎言之后，他在家里见到的那个人就应该是凶手吗？但如果有其他约定的话，他只要不跟方秀妍约着见面就好了，为什么还要大费周章呢？他明明知道方秀妍等了很久还没能等到他会很失望，那他为什么又要这么做呢？这个理由振久一直都想不明白。

还有，指纹又是怎么回事？警察在法庭上提到过一点，餐桌上的玻璃杯和啤酒瓶上面的指纹已经被擦掉了。这肯定不是振久干的，那么就只能是凶手所为了。振久为了洗清自己的嫌疑，将门把手和凶器上的指纹擦掉之后又把自己的指纹印在门把手上。那么，凶手将自己的指纹擦掉，振久后来进去之后以为门把手上只有自己的指纹。但如果振久连碰都没有碰的玻璃杯和啤酒瓶上的指纹都被擦掉了的话，不正应了振久胡编乱造的解释吗？凶手实际上已经把那个家里所有有可能留下自己指纹的地方全都清理了一遍。可能凶器和门把手上的指纹也早在振久进去之前就已经被擦掉了。

从桌上有两个玻璃杯的情况来看，那天晚上应该是有客人来过的，而那个客人很有可能就是凶手。那个凶手将朴民书杀害之后把自己的指纹全都擦掉了，当然可能留在杯子和啤酒瓶上的指纹也在清理范围之内。警察现在应该已经发现振久的小动作了，他们应该会觉得是振久把所有的指纹都擦掉了。但只有振久一个人知道，他并没有擦掉玻璃杯和啤酒瓶上的指纹。而擦掉那个指纹的人就是真凶。

那么真凶真的像振久在法庭上所做的陈述那样，是没去过朴民书家的人吗？

被杀当时朴民书的穿着也是一个疑点，他穿的是舒适的沙滩短裤。假设朴民书从仁川回首尔是为了在自己家里迎接客人，假设那个客人将朴民书杀害了的话，那么凶手应该是朴民书觉得不用在意服装，随便接待一下就可以的关系亲近的人？这样的话，能联想起来的人就只有方秀妍和文圣熙那些人而已……

考虑了这么多，现在留在振久的脑子里的只有疑问号。反正现在是无论如何也得不出结论的，他很清楚自己对事件周边的状况都不了解的情况。

看样子要先找方秀妍见上一面才行了。

他突然有了一个想法——搞不好自己也会被电话那头那个美妙嗓音的魅力所吸引住。

第二天清早，振久就把海美叫起来送了出去。

“……为什么我现在就要出去啊？”

海美靠着靠垫，顶着一头被揉过的乱蓬蓬的头发，稀里糊涂地拿上衣服和鞋。

"对不起哈。晚上给你叫解酒汤喝。"

振久心里着急，海美宿醉之后头还疼着呢，他都给直接忽略了。

海美一离开，振久就进到门厅去挑选衣服，振久的门厅里摆满了衣服和饰品。在有目的性的见面过程中，对方的衣着和第一印象会左右这次行动的成败。如果要去见一个社会地位比较高的人，自己却穿着夹克的话，只会遭到别人的无视。穿着西装革履去逛市场也会让人觉得有些搞笑。穿得皱皱巴巴或者过于夸张都会让人觉得稚气未脱，这样只会把事情弄得更复杂。可以说，这个装满衣服的门厅对振久来说，不是梳妆打扮的地方，而是为他的活动做准备的场所。

振久换上紧身休闲裤和白衬衫，再加上一件短装上衣，穿上皮鞋后站在穿衣镜前一看，穿成这样应该差不多了。应该能刚好给单身女教授方秀妍留下一个"这个人还挺整洁的嘛！"的印象。振久的各种各样准备结束，出门往麦迪逊大学出发的时间为上午10点左右。

他乘地铁中央线在龙山站换乘1号线，光在地铁上就花了1小时10分钟。而要到目的地的大学，需要他下车之后再走上好一阵子。

　　振久虽然是第一次踏进麦迪逊大学的校园，但大学校园内的氛围都比较相似。正好是学期中，初春温暖的阳光照耀的操场上，一些男生正在角落上的篮球架下挥洒着青春的汗水；女生们三三两两地抱着书，穿梭在美丽的校园里。被大树遮蔽蓝天的校园虽不算大，但却有着自己的韵味，振久虽然身有要事，却也让自己的心情放了个小假。这种大学的感觉真的久违了。当时他因为讨厌学习选择了中途退学，现在倒莫名其妙地想起了那时的岁月。当然，这还没到让他后悔的程度。

　　找到服装学的楼了。振久站在教学楼的入口处观望了很久，也没能发现教授办公室的房间号。他随口问了一个路过的女生，知道了方秀妍教授的办公室在 4 层顶头的一个房间。办公室的门上挂有房内无人的标示。他在门口等了一会儿也不见人，正在往下走准备下次再来。这时，刚刚被问路的女生看到振久之后朝他走了过来。

　　"教授她现在在外面。您看到那边的荷花池了吧？坐在池子右边长椅上的那位就是教授。"

　　振久顺着女生手指的方向看过去，果然看到了一个女人的背影。她独自一人叠着腿，静静地坐在长椅上。振久对那个女生表达了谢意之后，慢慢朝长椅上的女人走了过去。

方秀妍好像刚刚才简单解决了一顿早午饭的模样。右手边还放着空荡荡的三明治包装盒，左手则拿着印有 seiren 标志的外带咖啡。她抬着头，一动不动，视线没有在面前的荷花池上停留，而是投向了某个远方。长发柳腰映入振久的眼帘，背影的造型特别美。

振久走到长椅旁边，压低了声音以避免吓到她。

"请问您是方秀妍教授吗？"

女人好像根本就没有被吓到一样，慢慢地转过头来。高挺的鼻梁，线条分明的嘴型最先抓住了振久的视线。虽然已经 36 了，但她的皮肤白得近乎透明，棱角分明的脸更为其增光添彩。稍微高出膝盖一点的裙子下面，又长又白的腿美美地伸直着。纯白衬衫外还搭了一件紫色开襟毛衣，全身上下散发着一种都市白领的干练美。

"是我，您是？"

嗓音很柔和。

"我的名字叫金振久，是朴民书在公司的后辈。"

方秀妍的脸上浮现出不知道该怎么面对振久的复杂表情。

"听到朴民书去世的消息，您应该受惊了吧？"

方秀妍没有接话，只是静静地看着振久。

"我可以坐在旁边吗？"

女人轻轻点了点头。振久跟她并肩而坐，中间保持了些距离。为了从方秀妍那边听到一些消息，振久要首先说出自己现在的悲惨处境才行。

"我就实话告诉您吧。我被当作杀害朴民书的凶手逮捕过。"

"什么？"

振久这种单刀直入的说话方式让方秀妍浑身打了个冷战，声音不禁也提高了八度，眼角也流露出了恐惧。

"但是法院觉得我不是犯人，将我给释放了。"

"……我不知道还有过这样的事。但警察应该也有怀疑你的原因才对……我还是挺怕的。"

还是一副警戒的眼神。释放可以是因为被诬告，也可能是因为证据不足。虽然振久说自己是被法院释放的，但他还是有可能就是凶手。方秀妍内心还是有些害怕的。

"您会害怕这我能理解，但是真的不是我。我只是受朴民书他妻子的委托去背后调查朴民书而已。所以那天晚上我溜进他家之后发现了他的尸体。警察也就单凭那一点怀疑我而已。"

振久悄悄瞄了一眼方秀妍，想看自己这么说是不是刺激到了她。方秀妍好像正在像个教授一样仔细分析着振久的可信度和危险性。她皱着眉头开口说道：

"您刚刚说您在背后调查朴民书？"

调查朴民书肯定是调查与自己的关系。对她来说,朴民书是自己所爱的人,但是在世人的眼里看来,他们之间的关系用"不伦"两个字就能概括。

"对不起。朴民书的妻子老是让我去调查,说是要找到他有外遇的证据。"

方秀妍笑得有些苦涩。这个话题对她来说永远都会难以启齿。

"……您应该是做一些清道夫的角色吧?听起来真的让人很不舒服。"

"对,就是这样。我不是什么好人。但还没到杀人放火的地步。"

振久感觉有些不好意思地轻轻低下了头。

"我今天来找您是想抓住真凶来为我自己洗清罪名。我需要您帮我提供一些信息。"

方秀妍云淡风轻地回答道:

"我怎么可能帮上您什么忙呢?"

"我倒觉得您能帮我很大的忙。朴民书他并不是被强盗杀死的。不管怎么样,我都需要听到他身边朋友们的一些信息。不管怎么说,最了解朴民书的人就只有教授您了,不是吗?"

最了解朴民书的人不是他的妻子而是方秀妍。这一招能动摇她的心吗？方秀妍虽然开始说话了，但怎么听都像是在辩解。

"首先我还是希望您能消除误会。他们并不是因为我才闹离婚的。我刚开始认识朴民书的时候，他们就已经是分居的状态了。"

"什么时候？我能问问你们是怎么认识的吗？"

"那是 2 个月前的事了。我们偶然间在一起拼桌吃饭，就那样认识了。"

"这样啊。你说那时候朴科长他已经开始分居了，是吧？"

"他这个人的烦恼还挺多。自己是清白的，却被老婆认为他出轨，把自己折磨得不行了。而且他被怀疑的理由在我听来都觉得过分。竟然只因为他没有戴情侣戒就闹成这样。反正我们就这么聊着聊着，自然而然就走得近了。"

这真是。按照方秀妍的说法来看，这件事就是文圣熙她自己给办砸了的。

"所以，结果就是朴科长的老婆因为自己的疑心而搞出了这种有外遇的情况。"

"那样的话，我就比较悲惨了。在爱情当中，追究先后顺序、把人际关系公诸于世有什么意义呢？"

文圣熙也说过类似的话。她也并不在乎先后顺序，只是觉得是朴民书和方秀妍谈恋爱之后才将情侣对戒和对婚姻的誓言抛诸脑后。如果有人说是她自己把事儿弄成这样的话，她会不会跟人刀剑相向？振久像是同意方秀妍的说法似的，轻轻点头问道：

"朴民书去世的那个星期五，你们两个人约好要见面了，对吗？"

方秀妍显得有些无语。

"我在警察局已经说过好几遍了……但是我为什么还要跟你再说一遍呢？"

"拜托你了。您要是觉得我不是杀人犯的话，就告诉我吧。"

方秀妍转过头来，看着振久的脸。振久尽量装出一副情况很严重的样子，但方秀妍貌似也有难言之隐。

"看样子我如果今天不告诉你你是不会放弃的了。好吧，我就照实跟你说吧。那天我们确实约好了见面，他上午给我打了个电话，说周末要来我家这边。"

她说的应该就是上午 11 点朴民书给她打的那个电话。

"看来他周末经常来您这边呀？"

"不是，他也没确定什么时间来。我有时候会去他那边，他也偶尔会来我这边。也就是视情况而定。就算来了也不会待很长时间，因为我们两个人都很忙。"

"那天朴民书出发的时候貌似也给您打过电话。"

"对。晚上的时候打过一通电话说自己已经出发了，还发了短信跟我说他马上就快到了。"

这应该就是晚上 10 点 10 分的电话和 10 点 50 分的那条短信了。也是文圣熙监听到之后让振久开始行动的信号。

"那您下班之后就一直一个人在家等着他了吗？"

"差不多就那样了……等等，你现在是在向我确认不在场证明吗？"

方秀妍的反应突然有些犀利。

"不是，我只是随便问问。"

"我下午 6 点下班之后就一直在家里。非常不好意思的是，我一个人住，没有人能帮我做不在场证明。"

"对不起，我不是那个意思。"

振久说话说得小心翼翼，尽量避免刺激到方秀妍。她要是闭口不谈的话，受损失的可是振久这边。得赶快进入下一个问题了。

"所以你们见面了吗？"

"没有。我在家等了很长时间他都没来，我打了两个电话他也没接，然后我就直接睡了。"

"说好了要来的人没有来，您却只打了两个电话就睡了。我说这话有点不好意思，但听起来您还是挺绝情的嘛。"

"他肯定会说有什么急事吧，我以为是这样。我不也因为担心，还给他打了电话吗，是他自己不接电话。我也生气啊，等了那么长时间之后就更烦了。而且我觉得总是打电话会让他感觉我老缠着他，所以我一气之下就直接睡觉了。"

"您真酷。"

振久嘴上虽然这么说，心里可是吐着舌头感慨这女人心气真高。单身女教授的自尊心还真贵。这个女人在优雅地坚持自己自尊心的同时，朴民书就被凄惨地杀害了。

听完方秀妍的叙述，这与振久根据通话记录推测出的朴民书当天的行程一致。那么朴民书来仁川之后为何又急忙回首尔这个问题依然没得到解决。

"朴民书为什么来仁川之后又急急忙忙回了首尔呢？您有没有什么能想到的理由？"

"谁知道呢，我根本就不清楚。应该是有什么急事想起来要办了吧。"

"那他也应该给等着他的教授打个电话请别人谅解才对。但是他并没有这么做，这代表……"

"他是应该这么做。但是除了这个，我真的想不到他还有什么其他理由。"

方秀妍本人现在都是一副迷惑不解的表情。

"那天晚上，有一个人去朴民书家里找过他。两个人还一起喝了杯啤酒的样子。你知道这个人大概会是谁吗？"

"不清楚，那些方面我真不知道。应该是什么朋友之类的人吧。"

方秀妍对去朴民书家的人不是很关心的样子。她毫不走心的态度与海美那种不把振久的私生活挖清楚决不罢休的态度形成了鲜明的对比。振久顿了一会儿继续问道：

"您很爱朴民书吗？"

"爱……"

方秀妍有些自嘲地笑了笑。

"就那样吧……"

"就那样？"

"爱"和"就那样"。这两个词语很搭吗？振久稍微有些惊讶，但也马上理解了。爱上了一个马上要离婚的有妇之夫，结果这个人又被杀了，对方秀妍来说，"爱"这个词听起来太过虚无。还没尝到爱之前就见证了死亡，"爱"在她面前也就只能用"就那样"来概括了。

"不管怎么样，如果没有爱的话，我也不会和那么累的男人交往了。"

"累的对象就是指已婚男吗？"

"我是说那个男人本身就很累。他就是岛一样的人物。脱离大陆，自己活在另一个世界里的岛一样。凶手到底是因为什么才要将那种人的性命夺走……"

"朴民书他陷入了什么困境吗？比如像钱之类的问题。"

"不是经济上的问题。"

"那是身体问题……？"

方秀妍觉得这个猜测有些可笑。

"不是那些现实的问题，而是他心理有问题。反正也是托他的福，我也暂时做了个美梦。"

振久这个凡夫俗子所问的问题在高傲的方秀妍看来有些哭笑不得，不过她口中所说的朴民书有心理上的问题让振久想起了当时朴民书去看精神科医生的情景。

"我不清楚您这个算不算是飞蛾扑火似的爱情，但教授您貌似真心爱过朴民书那个人。"

没有回答。振久再次问道：

"虽然有些失礼，但我想问您一句，朴民书他离婚在即，那你们两个人有过想要结婚的打算吗？"

方秀妍扑哧笑了。几天前才失去爱人的女人竟然笑了？这让振久有些吃惊。

"那个人自始至终都没有提起过结婚这个话题。"

方秀妍又像是为自己的自尊心辩解一样加了一句。

"我也根本就没想过那方面的问题。必须要结婚不成吗？那都是人给造出来的制度，对我来说没有什么意义。"

傲气十足的话。在无言以对的振久面前，方秀妍反而说得更加盛气凌人起来。

"振久，我给你教一点吧？婚姻并不是用爱筑成的，它是场交易。我们要找到把我们的身价看得很高的那个男人或女人。爱情？那种崇高的问题要是放在婚姻这种被世俗束缚的枷锁里衡量的话，那岂不是太郁闷了吗？我呀，就算那个人说要回到自己妻子身边，我也不会介意的。像民书那种男人，可以相爱，却不能结婚。"

振久词穷了。妈的，结果爱情不过是和雄性，婚姻不过是和钱结合而已。虽然用教授的高级语言给包装了起来，但意思却没什么两样。

不过能从方秀妍滔滔不绝的演讲中窥视她的真心，这让振久觉得很有意思。振久看起来还挺善良，也挺好欺负，他的这种形象让大多数人都会缴械投降，从而能在短时间之内得到许多有用的信息。再加上他那张小白脸呆呆地望着对方，必要时再稍微把嘴张开一下，准会让对方有"我要不给这个傻子支一招？"的心情，然后就开始了长篇大论。

"……也可以那么想。您跟朴民书之间也不是那种低俗的婚姻关系，而是真心相爱，这也会让您更加伤心吧。"

"特别。"

简短的回答里透露出苦涩。方秀妍的视线投向远方，振久则轻轻打了个招呼之后站了起来。方秀妍递给他一张名片。

振久觉得自己当时莫名其妙对方秀妍产生的好感正在一点点变淡。就像是亲眼看到广告里闪闪发光的商品之后发现它是粗制滥造的残次品时那种感觉。如此看来，振久其实也跟那个女人一样，或者说是比她还俗的俗人。振久自作主张给她提起来的期待值产生了一点小裂痕。

振久享受着这久违的大学校园的生气。几天前拘留所冰冷的地板和这个校园的台地真的是截然不同。这件事要是没处理好，自己很有可能就要去蹲监狱了。暂时呼吸了一点新鲜空气之后又要再次回到那个地方？一想到这儿，他就感觉腿上貌似有蜗牛或者蛇在黏糊糊地往上爬。振久想要暂时忘却身上的重担，悠然漫步在大学校园里。

振久慢慢从校园走出来的时候还在脑海中把方秀妍的形象放在朴民书身边看了看，然后又把她擦掉，用文圣熙的感觉替换上来。结果发现虽然方秀妍没能成为他理想中的圣女形象，但怎么着都比文圣熙要合适的样子。

朴民书死于非命的那天晚上，他与韩书媛一起吃了最后一顿晚餐这件事一直缠绕在振久心头。虽然一起吃饭的还有杨善美，但不管怎么想都觉得这件事特别蹊跷。刚好那天晚上朴民书就被杀了。这代表着什么呢？或者真的没有任何意义不成？

从仁川回首尔的地铁1号线上，就算是大白天也是拥挤不堪的状态。振久的身体随着地铁有规律地晃动，脑子却飞速旋转着。

veritas证券公司乙支路分公司经理和韩书媛、杨善美都被传去警察局做过笔录，她们都说了些什么呢？振久对此很是好奇。我是不是要去分公司那边走一趟去探探口风？

现在身陷泥潭的振久是想到哪儿就做到哪儿。只要有一根救命稻草，他就必须要抓住，漏掉任何一条线索他都会觉得可惜。虽然只是一根一根小小的稻草，但积累起来的话，不知道什么时候就能压死一头骆驼。

可是现在立马去分公司那又有些难为情。自己被当作杀人犯抓进拘留所之后又被放出来的消息现在应该已经传遍整个公司了吧。杀人、拘捕。这些词汇一般在电影里看到都觉得有些可怕。自己潜入朴民书科长家里这件事虽然被大家知道的可能性很低，但也不排除有人知道的可能。那样的话振久要再想正常入职就很困难了。兼职工资已经全数打入了自己的账户，那是证券公司暗示自己不要再去上班了的意思。还没搞清楚公司员工会拿何种眼光看待自己之前贸然找过去的话也有点太心急了。

振久首先给乙支路分公司那边打了个电话。

"我是金振久，麻烦您帮我转接给李文东经理。"

不一会儿，李文东的声音传了过来。果然是十分不情愿的语气。

"我想过去找您见上一面，也有些话想对您说。"

"啊？啊，好啊，好吧。"

他的回答稍微有些犹豫，竟然紧张地对振久说了敬语。李文东满是惊恐的反应让振久的面子更加挂不住了。这样还不如直接把人赶走呢。虽然搞不清楚他是不是把振久当成了杀人犯，但在他心里，好像已经通过这次的事把振久分成了另一派人物一样。

他们约好午饭之后见面。分公司经理从头到尾就说了"哦，哦"这些话而已。

下午 1 点 30 分。

veritas 证券公司乙支路分公司在午后迎来了一个小高潮，忙得不可开交。所有窗口后面都等了好几个人，包管账户和 ETF 等专业用语层出不穷。上午为了去见方秀妍而穿得整整齐齐的振久一走进大堂，窗口正在和客人洽谈的女职工就尴尬地跟他打了个招呼。说她害怕，倒不如说她是一副看好戏的表情。振久故意做出问心无愧的样子，稍微对她点头示意之后就转去找韩书媛了。她正在最右边的窗口里认真地给客人解释着什么，不仅美貌出众，就连表情都很明朗。坐在她对面的客户不知道是买了股票还是买了证券，反正至少托她的福对公司的印象还不错的样子。她并没有认出振久来。

振久进到窗口里面，敲了敲经理办公室的门。这时又有几个职工认出了振久，不过振久本来就没打算偷偷摸摸地进来。

李文东一看到振久进来，立马就"哦哦"地打了声招呼，坐在了桌前的椅子上。还是一如既往的藏蓝色套装配白衬衫、红领带的打扮。标准的金融人士制服。他时不时地摸摸自己的眼镜，显得有些紧张。振久轻轻地坐在桌旁的椅子上，做出一副真挚的表情看着李文东。两个人只是互相问候了两句辛苦了，身体还好吗之类的客套话。李文东并没有主动提起朴民书这个话题，反倒是振久首先果断地将李文东觉得难以启齿的话题引了出来。

"经理，真的不是我干的。"

"哦哦，我知道，当然知道。"

尴尬至极的语调。知道振久是被诬陷的，你的身子怎么还那么僵硬呢。但现在振久已经不想在这个问题上纠结了，他只要抓住真凶就行。

"我就实话告诉您吧，警察怀疑我就是凶手，这让我很不舒服。"

"哎哟，警察怎么到现在还……"李文东把好好的镜架往上推了推。

"警察那么做，我能理解。那种情况本来就挺容易让人误会的。所以我现在想自己亲口向警察证明自己的清白。虽然我也知道这会很麻烦，不过我还是想问您几个关于朴科长的问题。"

振久并没说自己要找到真凶。那样说的话只会让经理心里鄙视自己而已。为了洗清嫌疑而过来寻求帮助会更有说服力。虽然经理肯定希望振久这个一身臊的主赶紧离开，但有这种名义在，他也没办法拒绝提供帮助。

"所以，您之前说朴民书科长他交了辞呈上来。"

"嗯，是啊。"

"什么时候呢，哪件事？"

"是在他死之前的一个星期左右。"

"怎么突然就交了辞呈呢？"

"说实话吧，我听说他是要跳槽去别的公司，那边年薪貌似出得还挺高。"

"也是，朴科长反正也有那个实力嘛。顾客也对他十分信任。"

"就是啊。从公司的立场来看，他也太偏向顾客了。也正是因为如此，时间长了，顾客对他的信任度也就越来越高。对我们来说也是可惜了一个人才啊。"

"那他是要去哪家公司？"

"好像是 Tristar 那边。"

Tristar 是一家以线上业务为主的新兴证券公司。

"那经理您是怎么做的呢？"

"我当然是挽留了呀。但是他好像已经下定了决心似的，那就没办法了。我现在的职位也不能私自加薪呀。"

振久手托着下巴，稍微思索了一下继续问道：

"朴科长家里的问题会不会也是原因之一呢？"

"你连这些问题都知道吗？"

李文东对振久说出这句话表示很意外的样子。

"我倒不觉得是因为那个。现在离婚又不是什么丑事，朴科长也不是那种会把家事和工作混为一谈，公私不分的老古董了，呵呵。"

李文东摸了摸眼镜，恰到好处地打了个马虎眼。振久只是一个毫无存在感可言的打工仔，现在却因为杀人事件和逮捕而上升成了一个恐怖的存在。这么一个对象坐在对面，李文东脑子里好像在思索着要怎么说才比较合适的样子。

"我这个问题有点冒昧，朴科长他到底是怎样的一个人呀？我听说您和朴科长一起共事了很长时间。"

这要是平常，振久肯定不能问这个问题。但是现在振久被逼到了绝境，这就不一样了。更何况经理现在还对振久有些畏惧，这个对话也就成立了。李文东皱着眉头想了想，开口说道：

"他是个好人，也是很诚实的社会人。"

"他会不会有女人上的问题啊？"

"没有，那可没有。他没有那个胆量，为人也老实。我从来都没见过他在聚会上跟女职员打打闹闹或者玩什么花招。"

"我不是指那个，如果他真的有外遇……"

"不可能。"

李文东这次回答得特别坚决。

"他是一般连女人的玩笑都不开的人。就算是某个女人成了热点，也绝对不会从他嘴里听到什么下流的话。他就是柏拉图式的那种人。我能保证朴科长他绝对没有外遇。人都死了，你就不要再往那方面想了。你是不是什么乱七八糟的电视剧看多了？"

俗不可耐的家伙，李文东向振久投来斥责的目光。也是，振久之前也给朴民书留下过相似的印象，自己也就没有辩解的必要了。

"据说朴科长和一名叫方秀妍的教授走得比较近呢。"

"你这么说不会觉得是对死去的人的一种侮辱吗？"

"这是警察说的。"

"我根本就不知道。就算是这样，那他也是马上要离婚的人，这都不算什么事。反正公司是不知道这档子事，我也对这个事不关心。"

李文东的话说得有些小心。振久又突然来了一句。

"那您知道朴科长正在接受精神治疗吗？"

"啊？精神治疗？"

李文东的声音高了起来。藏在眼镜后的眼睛睁得老大，看样子他也对这件事感到十分意外。

"不可能吧。"

"那也是警察那边经过确认后的事实。"

振久再一次亮出警察这张权威牌追问道：

"平常情绪那么稳定的人怎么会发生这种事……？那我还真不清楚。"

李文东摇了摇头，这个消息他还是第一次听说。

"说了这么多，应该对你有些帮助了吧？"

李文东好像对振久那些莫名其妙的问题已经厌烦了，想要结束这段对话的样子。越往下走越只会说一些李文东不知道，或者是只能用"不知道"来回答的话题。振久再继续挖下去也不会有什么尖锐的收获，所以他说了句"这段时间真的太感谢了"之后就离开了办公室。

从办公室出来，振久就向着最右边的韩书媛走了过去。她正在亲切地接待顾客。

朝气蓬勃的表情，黄鹂一般的嗓音，整整齐齐的穿着。振久觉得她就是那种在认真工作时更有魅力的女人。

振久站在她身后轻轻地拍了拍她的肩膀。韩书媛转过头来，对他笑了笑打了招呼。没有恐惧，没有看热闹，一切都是那么自然。她应该也知道振久被当作杀人犯逮捕过的事才对啊？振久对她这种一如既往的态度很是感激。但他也不能期待韩书媛会拉着自己对这段时间所受的委屈安慰一把。振久小心翼翼地问道：

"韩代理，能占用点时间借一步说话吗？"

"我现在还有顾客要接待，暂时还不行。估计一直到下班都会是这个节奏，对不起。"

语气是很明朗，但也很坚决。韩书媛是那种公私分明的人，在工作时间坚决不会谈私事。她转过头去继续和客人说着些什么，振久多少都觉得有些丢脸。

振久来的时候没注意，从公司出来才发现现在正是风和日丽的春天。路上密密麻麻的行人脸上被暖暖的阳光照射着，就像一颗颗会发光的小行星一样生机勃勃。这种景象很难让人联想到在这个城市的某个地方发生了杀人案。在这种明信片里才能看到的大好天气里，自己这是在干些什么事啊。振久自嘲似的这样想着，但很快就随着春风飘逝了。

振久一直在街上晃到了太阳快下山的时候。天空不知何时已经染上了一层红色，影子也在地上越拖越长，振久感觉晚风已经开始微凉了。他踩着下班时间的点朝 veritas 证券公司乙支路分公司走了过去。

刚刚韩书媛拒绝自己那是情势使然，自己再创造一个说话的机会不就行了吗。等了 15 分钟左右，韩书媛和其他三四个女职工一起走了出来，大嘴巴杨善美也在其中。如果韩书媛跟她们分开之后直接去坐地铁的话，那就可以像上次那样跟在她后面和她聊一聊了。如果韩书媛和她们要一起去哪里的话，这个机会就更好了。看样子她们今天是要一起出去玩了。虽不是本意，但振久开始跟踪起她们来。这对振久来说再熟悉不过了。

她们直接走进了从乙支路往明洞方向入口处的一家家庭餐

厅，振久就在门外等着她们吃完饭出来。预见到了这种情况可能会发生，振久已经提前解决了晚餐，现在的他肚子一点都不饿。填饱肚子的女人们又穿过地下通道，向着乐天酒店进发。让她们驻足的地方正是位于酒店一层的红酒吧。振久能看见她们坐在高脚凳上的样子。

"这个桌子据说是巴西总统坐过的哟。"

"真的哎！这上面还写着呢。"

"看样子他在这异国他乡还挺无聊的。是个单身汉吧？"

她们互相之间开着年轻女生特有的玩笑，叽叽喳喳地聊着天。等到她们一瓶酒喝得差不多的时候，振久叫来了服务生。

"给那桌女士送一瓶红酒过去，钱算我的。"

他看了眼菜单，点了一瓶12万的红酒送了过去。不一会儿，那群女人欢呼了起来，对从天而降的红酒惊讶不已。振久看见服务生抬手指向自己，那群女人的视线也顺着服务生的手指朝自己聚集了过来。他笑着抬起右手，轻轻示意了一下，然后起身往她们那边走了过去。以杨善美为首，大家都欢呼起来。

"振久，过得怎么样啊？"

"你刚刚不是来了公司吗，怎么又走了？"

"受苦了吧？不过看你穿得还不错嘛。"

大家你一言我一语，韩书媛也对他报以微笑。女人都喜欢有男人给自己送酒，这是振久特意准备的小惊喜。现在的氛围可与下午自己去公司时的大相径庭。大家都知道振久被逮捕过的事，但她们并没有表现出害怕，反而在开玩笑似的安慰着他。这与担惊受怕的经理李文东形成了鲜明对比。这种事反倒是女人们不会害怕。

"其实我是有些话想对韩代理说，我能暂时把她借走一下吗？"

振久笑着环顾了一下大家。虽然那天杨善美也在场，但振久觉得把韩书媛单独叫出来进行一对一的谈话可能会听到更多有用的情报。

"哎哟，看上我们书媛了呀？"

"眼光还挺高嘛。"

"你是想用这瓶红酒把我们书媛姐姐给买走不成？"

笑容和玩笑话也隐藏不住她们小小的嫉妒心。韩书媛也并不反感这种在同事中鹤立鸡群的感觉。振久这一招成功了，他们两个人离开大家，单独找了个桌子坐了下来。

"你是想跟我说些什么？"

韩书媛先发问了。振久也不管三七二十一，单刀直入地回答道：

"救救我吧，就当我是你弟弟。"

这是振久根据韩书媛的性格而制定的战略，希望能够唤起她的保护本能。上次她就上钩过。

"我能帮你干什么？"

韩书媛的脸上隐约有些笑意。

"你也知道我因为朴民书科长的案子受了不少冤枉吧？警察到现在都还说我就是犯人。"

"是吗？我还以为放出来就结束了呢。"

"反正情况有些复杂。我要是有罪的话，就只能是案发当天我刚好在朴民书科长家附近这一条了。我也真是倒霉。"

"在朴科长他家附近？"

从韩书媛这惊讶的表情来看，她应该还不知道振久其实是潜入了朴民书家里这件事。

"是呀，我刚好在那边有点事。我也觉得很扯，但是警察好像也不想去找真凶，只想继续折磨我的样子。"

"这就像是电影里面演的那样哎。"

韩书媛说得轻巧。这种情况对她来说好像并没有什么真实感可言。

"应该不是随随便便的强盗干的。反正现在警察觉得凶手应该就是朴科长周围的人，当然现在对他们来说，朴科长周围的人就我金振久一个人而已。"

"所以呢？"

"朴科长去世当天，据说你、他，还有杨善美三个人一起吃了晚餐，对吗？是为什么要一起吃呢？"

"那天？……怎么，你现在是在试探我吗？"

韩书媛的眉头深深地皱了起来。振久赶紧摆手否认道：

"怎么会呢。我怀疑谁都不会怀疑韩代理您的嘛。我只是想了解一下朴科长的情况。他突然给公司递交了辞呈，我想问问他是不是心情有些变化。"

"哼。"

韩书媛鼻子里哼了一声，身子倚在座椅靠背上。稍微犹豫了一会儿之后开口道：

"也没什么事。朴科长他不干了不是有些失落吗？所以我们前一天晚上就跟杨善美约好了第二天一起吃晚餐，就这样。"

韩书媛虽然说得跟没什么事儿似的，但心里肯定有些惴惴不安吧。朴民书当时可是马上要离职的男人，也是马上要恢复单身的男人呀。

"原来是韩代理先提出来要一起吃饭的呀。"

"是我先提出来的。我当时还说他都要走了，难道还不跟这段时间一起工作的同事吃顿饭再走吗。"

"那晚餐是在哪儿吃的呢？"

韩书媛扑哧一声笑了出来。

"连这个都要知道吗？我们找了个稍微远一点的地方吃的饭。乙支路附近的那些餐厅我们平常不都吃得厌烦了吗，所以我们就去了南山素月路那边的一家意式餐厅。名字叫什么来着，我给忘了。"

"你们都说了些什么？"

"嗯，也没说什么特别的……辞掉工作的事，好像还说了些私事。不过主要都是善美在说。"

"私事是指？"

"他辞职了，我们也就不好再说公司的事了，对吧？私事不也就是那些大家都知道的事吗。分居啊什么的，他当时说得可痛苦了。不过朴科长对大家都知道他的那些事还表现得挺惊讶。"

朴民书好像跟自己一样，都低估了女职工的八卦能力。韩书媛似懂非懂地笑着。

"然后呢？"

"然后就说了一些关于本人的事。朴科长他也是一个孤独的人啊。"

"这种话题都说了吗？"

"那倒没有，又不是只有我们两个人。但那也应该是他自己主动透露的吧？他那种阴云密布的脸色我在公司里从来都没见到过，那种满是忧愁的样子。"

韩书媛的表情有些模糊，既憧憬又不安。她应该喜欢的就是那种男人。振久的心里有些小嫉妒，心气不顺地问道：

"那他看着有没有那种精神上的问题啊？"

"谁啊？"

"朴科长。"

"……为什么会这么想？朴科长他又不是自杀的。虽然那天他看着是挺忧郁，但你为什么要把那个当成精神问题呢？"

韩书媛的语气有点斥责的感觉，就像是在说"你现在是在跟死人争风吃醋吗？"

"不是，我不是指他有问题，只是在想有没有那种可能而已。而且那也不是我的想法，而是警察那么说的。"

振久并没有说出朴民书去接受精神治疗的事实，只是拿警察打了个幌子。韩书媛不禁悄悄松了口气。

"不过也是，电影里面警察也老是颠倒是非。"

但振久现在是切身体会到了警察其实并不像电影里演的那么烂，他们的实力不容小觑。只要他们下定"决心"就没有做不到的事。不论是抓凶手还是栽赃别人。

"我还听说你们吃完之后没有继续，直接就分开了呀？"

"什么呀，你把这些都提前调查好了？"

韩书媛的眼睛睁得圆圆的。虽然有点生气的样子，但奇怪的是在振久看来还觉得挺可爱的。

"警察跟我说过，我当然知道呀。我还能调查个什么啊。"

"真是的。是啊，我们没去第二场，冷冷清清就散场了。"

"还真是稀奇啊，对吧？吃完晚饭竟然也不去喝一杯，直接就分开了。不是因为韩代理你或者善美有其他的什么事要忙吗？"

"善美一直很忙啊，她说还有其他的约会之后就走了。我就直接回家饱饱地看了次电视。能有什么事啊，朴科长和当时的氛围都不适合再继续呗。"

但是听金吉旭律师的意思，韩书媛当天跟朴民书分开之后自己一个人在宏大那边闲逛来着呀？然后一直到晚上 10 点 30 分左右才回家。但现在这种情况下自己也不能直接问这个问题。

"是因为出了什么问题吗？"

"没有，怎么会有问题呢？本来就是马上要离开公司的人，三个人吃完饭就分开了呗。善美也说她有约要先走，剩两个人也太冷清了。那种时候也就不适合再继续了。"

"对啊，就是那样。但是那样分开之后一般都不想直接回家。"

振久拐弯抹角地在诱导她。韩书媛究竟会不会把自己晚归的事实说出来呢？

"是啊。那天我也有些心慌，好像还在街上逛了一会儿。"

果然说实话了。对现在的韩书媛来说，她已经完全放下戒心了。

"那时你应该很郁闷吧？"

"嗯，有点儿吧。特别奇怪的是，那天我们分开之后我就觉得还挺可惜的……偏偏那天朴科长又回家了。所以啊，人有预感这件事其实可能真的有哎。"

韩书媛喜欢过朴民书，可是在他的死亡面前还能很好地隐藏自己的感情，一直都显得特别淡然。振久一般看到电视里的艺人说到自己的故事还故意挤眼泪的时候都会转台，但韩书媛这个能够管理好感情的女人和她泰然处之的态度真的很合他的意。没想到她还有这种魅力。振久一边在心里感叹，一边仔细观察着她在说话时变化的眼神和嘴角，但他什么都没发现。她也不像是在说谎，当然如果像某些手段高明的女人要骗男人的话，只要她们下定决心，就连学识渊博的人都揭穿不了她们的真面目。

不管怎么样，韩书媛那天晚上与朴民书分开之后在 11 点前回了家，而这个时间正是朴民书的死亡推测时间。但是与朴民书的死亡现场在时空上更近的振久当时也不在需要掩饰的地方。

振久沉浸在自己的世界中，眉头紧皱起来。韩书媛也不知道是在想些什么，说了句这样的话。

"振久，跟某个人多见了几次之后应该会对他更加了解吧？"

"你是指朴科长吗？"

"嗯。"

"你是指朴科长没跟你见过几次但却很了解你的意思吗？"

"至少比在那边聊天的公司同事和我之前交往过的某些男人强。"

韩书媛之前也说过相似的话。

"是吗？我可以问问是指哪些方面吗？"

"朴科长他说我是那种表面看起来很阳光，但内心孤单的女人。怎么样？我看起来像吗？振久你肯定没那么看过我，善美当时也笑了。其他人从来都没那么评价过我。但朴科长有些不一样，因为他也跟我一样，是个孤独的人。"

"哎，那种话我也能说的。"

振久的嫉妒心又在不知不觉中爆发，一脸不屑地说道。这句话也没想象中的那么了不起嘛。

"就算是同样的一句话，女人也能知道他是否出自真心。"

"你们是怎么知道的呢？"

"我们当然不是分析的，而是通过眼神的语气知道的。这只有双方都孤独的人之间才能懂。”

韩书媛微笑着拿起酒杯，小抿了一口。看起来就像是给弟弟传授恋爱经验的知心姐姐一样。

振久向韩书媛告别之后站起身来，韩书媛也优雅地朝同事那桌走了过去。振久最后看了她们一眼，走出了酒吧。

从酒店一出来，振久就感到夜晚凉飕飕的空气扑面而来。他深吸一口气，又长长地吐了出来。不夜城明洞的夜晚灯火通明，人潮涌动，但对振久来说，就像是别人的世界一样。

为了让自己的低落情绪有所缓解，振久决定去熙熙攘攘的明洞走走。他穿过地下通道朝明洞方向走去。往东走了一段后右转，他就进入了明洞大街。像是连接各岛屿的连接线似的，各条小巷从四面八方延伸至大街，行人之间摩肩接踵好不热闹。应该有 30 分钟左右了吧，振久差不多走到美利来的时候，来电话了。是杨善美，不过不是刚刚才在酒吧里打过招呼吗，怎么又打电话来了。

“振久，谢谢你的酒，我们喝得很开心。我们刚刚散场，就剩我跟智贤两个人。过来吧，咱们去第三场喝杯啤酒，我们请客。”

杨善美和孙智贤。她们结束得比想象中要早，只剩最年轻的两个女人准备去再喝一杯的样子。她们应该也觉得挺无聊的，所以想试着给振久打电话看能不能一块儿玩。不过这个提议还挺吸引人的。因为杨善美有些神经大条，振久没有跟她单独谈过。但是她也是最后见到朴民书的人之一，要不也看看她的情报能力和八卦的本事？

杨善美她们也正在往明洞这边走过来，一行人直接进了明洞大街一栋5层大楼地下昏暗的啤酒屋。振久装作咋咋呼呼的样子故意大声说话，把氛围营造得特别轻松。

之前的红酒就已经让她们有些微醺了，振久把她们灌醉没花多长时间。大家在不知不觉间已经以平辈相称，话题也自然而然地落到了韩书媛和朴民书身上。

杨善美突然苦笑起来。

"书媛姐姐啊，别看她现在跟没事儿人似的，其实心里应该挺难受的。"

"朴科长突然就那么去了，任谁都会有些难受啊，这有啥嘛。"

振久故意装成无所谓的语气把话茬接了过去。他想把杨善美刺激刺激，让她说出更多的不为人知的秘密。但想让杨善美开口好像并不需要这么复杂，她马上对振久挥手，好像是让他不知道就别乱说的意思。果然她应该是知道什么大家都不知道的事情。

"书媛姐姐她差一点就跟朴科长成了。"

"这是什么意思？"

"朴科长去世的那天晚上，我、书媛姐姐和朴科长我们三个人一起吃的晚饭。"

"所以呢？"

"我因为有其他的约就先走了。但是一直都没拦到出租车，后来好不容易才拦到一辆，结果刚好看到他们两个人一起走出来。那个餐厅在一条阶梯的下面，特别静僻。我就看到他们两个人正顺着阶梯走上来，书媛姐姐看起来已经喝醉了。她那天红酒喝得挺多。她就靠在朴科长身上，而朴科长也一直搀扶着她。"

"那他们就像是一对恋人那样？"

"那倒不至于，朴科长好像有些不知所措的样子。他不一直很单纯的嘛。我估计也是因为他单纯，所以姐姐才更加主动。"

"所以呢，后来怎么样了？"

振久的好奇心被挑起来了。

"我后来上了车就不知道啦。嘿嘿嘿，也不知道他们俩是不是又悄悄去了其他地方。反正在我看来呢，他们俩当时的氛围真心不错。书媛姐姐喜欢朴科长的事已经众所周知了，朴科长他也马上要恢复单身。我还真的挺希望他们俩能成的。谁知道就成现在这样了呢。"

后来的事振久知道。他们根本就不像杨善美想象的那样，而是直接分开了。韩书媛一个人在宏大前面晃荡了很久才回家，与朴民书分开的时候竟然是那种氛围，也难怪她当时有些心慌呢。

大嘴巴杨善美果真是把情报报告了一遍。但是，杨善美看到的那一幕到底代表着什么呢？这一点无从得知。

今天早上稀里糊涂被振久赶出门的海美回到了自己位于蚕室的单间。在振久跑去仁川、乙支路、晚上又去了明洞的这段时间里，海美一直因为宿醉而沉浸在睡梦中。

下午4点左右，海美被一阵电话铃声吵醒了。头钻心地疼。都怪自己为了庆祝振久回归前一晚喝了太多啤酒，搞成现在这个样子。来电人显示是文圣熙。

"对不起……都是因为我才让他卷入这些奇奇怪怪的事里面，竟然还连累他进了拘留所。"

"没事儿，这不怪你，都是他自己运气不好。哥哥他老那样。"

海美想起了她跟着振久的这段时间所经历的一些麻烦事。

"但那也……所以我现在想把当时承诺的报酬给他。"

这倒有些意外。海美没想到文圣熙会这么说，这让她有些惊慌。

"什么？那不是说好了在找出朴科长的相好时才会给的吗？就当是事情办成了的报酬。"

"没事儿，他也差不多都做到了。我现在觉得特别对不起他，就想通过这个补偿一下。"

海美一下就清醒了过来。她先以一句"哦，哦，那我先跟哥哥他说一声……"适当拖延了一下，然后飞也似的洗完澡换好衣服后急匆匆地出了门。她觉得这种事应该要面对面跟振久商量一下才行。

但是振久并不在王十里的公寓里。该不会是又被警察给抓走了吧？有点受惊的海美赶紧给振久打了个电话，结果只得到一句"现在在外面，可能会晚点回来"的回答。海美觉得通过电话有点说不清楚，也只能催促他快点回来。

听完杨善美的八卦，振久又跟她们在明洞待了很久才回来。在家里等得怒火中烧的海美一看到穿得整整齐齐的振久，不禁高声欢呼起来。

"今儿是什么风？平常也穿成这样多好！"

振久今天大老远地跑到仁川去见方秀妍，回来之后又急急忙忙地见了韩书媛和杨善美，一直忙到现在才回来。但他的这些事对海美只字未提。海美要是知道自己是为了见女人才穿成这样的话，就算自己是因为正事需要，海美也绝对不会放过自己。振久随便找了个理由搪塞了一下，做出一副疲惫的样子把衣服一件件换下之后就直接跑到厨房那边，用手撑着下巴盯着电脑就不挪窝了。海美特别无语地跑到他身边，想要把他的注意力给吸引过来。

"我的头到现在都还疼。"

"因为你喝酒了。"

振久的视线依然固定在电脑上。在这种情况下这并不是作为一个男朋友该说的台词。海美被气得有些心气不顺，差点儿暂时忘记了自己过来找他的正事。

"这个人果然不行。"

海美摇了摇头，还是决定先把正事说出来，这些芝麻大的小事先放一边。她靠在振久头上，欲言又止地开口道：

"哥哥，有件事我刚刚接了电话才知道。"

"嗯。"振久头也没回地应声了。

"是关于圣熙姐姐的事……"

"哦。"依然是心不在焉的语气。

"我刚刚接到了姐姐的电话，她说要给你钱。"

"钱？"

振久这才把视线从电脑上挪开，转过头来看着海美。

"是指事成之后的报酬吗？"

他之前还疲惫不已的眼神突然就像充电了似的充满了生气。

"嗯，她说你都是因为她拜托的事才被冤枉成杀人犯，还进了拘留所。她觉得很抱歉。"

"是吗？"

振久想了想，说了句"应该要收"。

"哥哥你怎么都不会拒绝呢？你这样让我怎么办啊，多难为情。"

"干吗呀，我也干了很多事啊。又探访又跟踪的，还让她去监听手机。你也看到啦，我因为搅进别人的事被冤枉成杀人犯，现在正处在水深火热之中。要是有了钱，以后搞不好还能请个律师。还有，我确实是潜入了别人家里，这个以后搞不好还要交罚金呢。"

"你现在都放出来了，还担心这些干吗。"

"放那是'现在'，调查今后会朝什么方向进行我也不清楚，也有可能会重新被抓回去。那时候不管是对是错，警察肯定是查出了证据才会抓人，那时候就真的麻烦了。"

"晕，真是那样？哥哥，那我们该怎么办？"

海美一脸苦相。

"别担心。话是这么说，但绝对不会再发生。如果我要是能再被抓进去，那现在就不会在这里逍遥了。"

"是啊，应该是这样的吧？"

振久装出来的那副自信满满的表情很快让海美破涕为笑，看着振久不住地点头。

"我要收这个钱还有另外一个原因。"

"什么呀？"

"圣熙婶儿会不会觉得就是我杀了朴民书呢？"

"什么呀，怎么会呢。"

"反正现在朴科长的相好已经浮出水面，他一死，什么离婚啊，分财产啊，报仇啊之类的问题就都迎刃而解了。他还没在离婚协议书上盖章，他死后的财产也全都会归圣熙婶儿所有。如果她也相信是我把朴科长杀了的话，那她从我滚出来的大雪球中抽出一点边边角角给我也没什么可惜的，你说是吧？"

"你是说她给你钱是感谢你把朴科长杀了？那什么，不就变成了雇凶杀人了吗？"

海美的嗓音高了起来。振久轻轻摆了摆手。

"不，也不能肯定就是这样。比起说杀人的代价，怎么说呢，对了，倒不如说如果她认为是我杀了朴科长，那么站在她的立场上，给我适当的报酬她心里也会好受一些。你想想啊，有一个人他受托把人杀了，但是没有拿到钱，所以双手沾满鲜血对主使者怀恨在心，如果有这样一个人成天在你周围转悠，你会怎么办？应该会寝食难安吧？我是为了让那种小心谨慎的人心里放宽心，才会说要拿这笔钱的。"

"真的是强词夺理。"

海美在旁边吐了吐舌头。

就在第二天早上，海美一通电话就打了过来。她昨晚因为振久说话的态度有些生气回了家，但现在电话里却兴奋不已。

"圣熙姐姐办事还真迅速啊！"

"为什么？"

"她说今天会给钱。看来她已经把钱都准备好了。"

"哇塞。"

其实他并没有那么惊讶。反正她肯定是有那个信心可以拿出钱来才说要给钱的。文圣熙做事比他想象中的要滴水不漏。用银行转账会留下记录，可能以后会比较麻烦，所以她说要见面之后给他现金。两个人通过海美马上约好了时间。下午 3 点，约在距离振久的公寓不远处的 ruark 酒店的咖啡厅见面。

海美从百货商店辞职不干了之后，最多的就是时间。她直接来了王十里，然后两个人提前 10 分钟出门先去等着了。

3 点 10 分左右，他们两个人并肩坐着的咖啡馆入口处，文圣熙呼吸平稳地出现了。首先映入眼帘的就是她那一头与年龄极不相符的卷发。事情发展到这个地步，她虽然应该没有心思去打扮自己，但整个人的风格好像越来越不成样子了。今天她穿出来的这一身灰色正装看着就十分掉价，跟她一点都不合适。

"我有点儿迟了吧？振久，真的太对不起了。还因为我搞得让你进了监狱。"

不是监狱，而是拘留所。不过这些已经没什么关系了。

"没什么的。不是因为你，只能怪我自己没运气。"

"今天因为出了些意外，暂时没能把钱给拿过来。我刚刚就是为了等这个才晚到了一点的。"

"那就改天再慢慢给我也不迟。"

振久说得挺随意，但文圣熙倒有些不太自然。

"不是。我自己先约的人却没能遵守约定是我的不对。特别是这种钱的问题。所以我刚刚给我父亲打了个电话。让他赶紧把钱拿过来。现在他应该在银行那边提款呢，咱们再稍等一下吧，他马上就来了。"

"好吧……"

　　她既然执意要给钱，那就再等等吧。之前倒是听海美说起过文圣熙的父亲。好像是退了休的警察，然后投资房地产赚了不少钱。能因为女儿的一通电话从银行里提出一千万的话……振久对此很是羡慕。

　　在等文圣熙的父亲来的这段时间，海美和文圣熙就一直在旁边聊天。振久看着她们，突然插了句话。

　　"圣熙你家住哪里呀？"

　　"什么？我家在盆唐那边。"

　　"所以你和朴科长一起在那边住过呀。"

　　"是啊。"

　　"大概住了2年左右吗？"

　　"……对，差不多。"

　　文圣熙好像不太愿意提起自己与朴民书的婚姻的样子。她的态度就好像在说"拿钱走人就行了，干吗还追着人家的私生活问来问去啊"一样。但她并没有像振久猜测的那样，认为振久是"杀手"而害怕或者冷眼相对。

　　"事情发生的那天晚上……"

　　振久刚把话头提起来，文圣熙的脸色就有些不好了。

　　"那天你是在盆唐的家里吗？"

　　"……对，我在家里。怎么了？"

"是一个人吗？"

"当然啦。我还能跟谁在一起啊？"

换句话说，也就是她没有不在场证明。

"你最后一次去朴科长家里是在什么时候？"

"这个嘛……应该是在一周前吧。"

"那你每次去的时候是跟他说好了才过去呢，还是没什么预兆地就直接过去？"

"当然打电话了才去啊。他不在家我不就扑空了吗。从盆唐到金湖洞还那么远。"

"那你手中有他家的钥匙吗？"

"他是那种会给钥匙的人吗？性格那么严密的人。我之前也找他要过钥匙，但是他说不行。所以我就更加怀疑他是不是有了女人。"

振久虽然对她这种疑心重的女人挺反感，不过这次是她对了。朴民书与她分居的那段时间确实有一个叫作方秀妍的女人。

"最后一次与他见面时的情况怎么样？"

"情况怎么样？什么情况？"

"你们都说了些什么？"

"你好奇这些干吗？"

"我现在还是被警察怀疑成杀人犯。只有我亲手抓到真凶，我才能对警察有个交代，洗清自己的嫌疑。所以我想多了解一下关于朴科长的事。"

振久是因为自己的委托才会被怀疑成杀人犯，这一点是文圣熙欠振久的，所以她现在想用钱来补偿。不知道她是不是觉得振久有可能就是凶手，心里有些害怕，反正她乖乖地开口了。

"就还是原来老说的那些话。缠着他问我们财产该如何分配，他要给多少抚恤金之类的问题，他反正就一直让我们再好好想想离婚这件事到底该不该实行。"

"你没有跟他提起过出轨的问题吗？"

"当然说过啊。但那个人完全不认账。说在那之前就没想过除我之外的女人。还说什么来着，还说自己要是有女人那也是因为我才有的？扯吧他就，老是专挑那些能气死人的话说。他经常这样，所以我才委托你去搜集一些他出轨的证据回来。"

也不知道是不是因为她平常积郁太深，说起这些来都毫不含糊。振久又悄悄点了把小火。

"会不会是因为你平常逼得太狠，以至于他那样说呢？男人本来可能真的只把心放在一个女人身上，但如果一旦被怀疑，就很容易误入歧途。关键是还没有证据。"

"你是不知道，但我是当事人，我知道。"

文圣熙激动地反驳道，声音也不自觉地提高了八度。

"法庭上才需要证据之类的东西。心不在我这里了，就算没有证据我也能知道。他在结婚之前对我爱得那么狂热，但在突然之间就像那把烈火被抽走之后，感情立马凉了下来……分居之后我的那种'啊，果然是有了女人了'的感觉就愈发明显了。"

"看来朴科长以前真的很爱你啊。"

"那个人，可能对别人都是一副冷冷淡淡的态度，看起来特别理性，但是对我却特别好。不过那都已经是以前了。"

文圣熙只承认朴民书以前对自己的感情，而且还很怀念的样子。一想到她已经很久没被爱过，又不禁觉得她也有些可怜。

"朴科长他在结婚后的这段时间里有没有出现过什么精神上的问题呢？"

文圣熙的眼睛一下子瞪大了。

"精神上的问题？……你现在不会是在怀疑我总是恶毒地对待他，所以丈夫的精神变得有些不正常了吧？"

"不，这倒不是。"

文圣熙肯定怎么都没想到朴民书在外面会有什么精神上的苦恼。绅士一般的朴民书和这种刀刃一样敏感的女人之间的结合……根本就不合适。就算是婚姻生活会发生化学反应，但铁和酸相遇的结果只能是酸把铁给腐蚀了。他们之间的婚姻也是如此。

振久把文圣熙最想知道的消息告诉了她。

"跟朴科长有短信联系的那个住在仁川的女人,她是朴科长的相好没错。"

"是吗?果然啊!"

文圣熙紧咬嘴唇,眼神也变得有些尖锐起来。旁边的海美也是一副"你为什么都不跟我说"的表情盯着振久,嘴里还嚷嚷着"天哪,原来真是这样"。

文圣熙好像在强忍着怒气。虽然她早就相信朴民书有了外遇,但是振久经过调查之后证实了这一消息还是让自己怒气上涌。如果现在朴民书还没死的话,估计她已经开始恶言相向了。朴民书在离婚前死了,他的全部财产文圣熙也已经全数拿到了。但文圣熙现在好像已经不关心钱的问题,而是在心理上受到了冲击。

"她是什么样的女人?"

"是大学教授,住在仁川。"

文圣熙的眉头皱了起来。这是她的自尊心被伤害的瞬间。振久明显知道会有这种效果,还是故意说了出来,因为他想看看文圣熙会有怎样的反应。这一招并不能算成功,她的感情起伏相对于其他女人知道自己的男人有不轨行为时的反应要小得多。难道她早就知道了?振久虽然暗自注意着她,但却无法分辨她现在是真的被震惊还是只是装出来的。她的表情虽然丰富多变，但振幅却不大。

"我想见见她，你帮忙联系一下。"

"啊？现在还有见面的必要吗？"

"是我自己要见面的，你只要把电话号码给我不就行了吗？"

犀利得不能再犀利的语气。虽然现在还不能确定振久到底是不是杀人犯，但现在正是自己准备给他巨额报酬的时候。难道还不能要求这么点小事了不成？文圣熙貌似心里是这么想的，语气也有些不好。振久看在钱的面子上只好后退了一步。

"好吧，我会把电话告诉你的。反正你们见还是不见都不关我的事。"

振久掏出上次方秀妍给自己的名片，抄下号码后递给了文圣熙。

"在我看来，她好像是在你们分居之后才认识朴科长的。也就是说，你跟朴科长感情出现问题并不是因为她。"

这句话又把本来已经神经紧张的文圣熙给刺激了一把。

"你这是什么话？哪儿有你这么说话的啊？你的意思是本来没出轨的丈夫被我说成搞外遇而撵出家门，结果分居之后真的出轨了，你是想说这个吗？"

"不是，我不是这个意思……"

振久为了辩解而急得满头大汗。

偶然一抬头，发现有一位身穿笔挺灰色西装的男人夹着一个小包朝桌子这边走来。看着像是中年男子，但走近一看才发现应该有点年纪了。直觉告诉他，这个男人就是文圣熙的父亲文启东。

梳得直溜溜的头发，黝黑的皮肤，浓黑的眉毛再加上坚硬的下巴，一眼就能看出这个人不简单。他那锐利的眼神给人一种"这个人肯定有些故事"的感觉。那个男人则是一副"都给我让开"的表情大步流星地穿过咖啡馆，直接朝振久这边走了过来。

"爸，怎么来得这么晚啊！"

文圣熙发着小脾气对他说道。

"啊，对不起，银行那边排队排得有点儿长。"

文启东有点小驼背，吞吞吐吐地回答道，刚刚那种能压倒一切的气场在发脾气的女儿面前瞬间坍塌。可能是为了快点赶过来有些热了，他把上衣给脱掉了。振久瞥了一眼商标，发现是 LORO PIANA，而他的手腕上还戴着一块黄色的劳力士。

文启东坐下，跟大家简单问候了几句。与跟女儿说话时不同，他话说得毫不犹豫。这都是男人们希望成为的那种好男人。他在做自我介绍的时候说自己做了 30 年警察之后退居二线当了个警卫，然后边说边把夹在腰间的那个小包从桌子底下悄悄地递给振久。

"我女儿的事真是麻烦你了。里面全是5万块一张的。我从银行里取出来动都没动就拿过来了，肯定是一千万没错。"

振久也没有犹豫，伸手从下面接过包包说道：

"谢谢。其实也没必要这么快就给我的。"

给是必须的，但是这么"快"还是没什么必要，振久以这句早就设计好的谦让作为答谢表达了自己的立场。

文启东好像对振久和海美还有其他兴趣一样，把钱交给他们之后还给自己点了一杯咖啡，整个就是一副要继续聊下去的样子。他从一开始就没有用敬语，但那样却更显得自然亲切。文启东从他当年做警察时候的事情开始说起，好像一有机会就会把自己以前的功绩在年轻人面前好好炫耀一番。中途还穿插着"当时真的都出了名了"之类对过去的回想。从他现在的样子看，这些应该都没有夸大其词。文圣熙倒觉得自己老爸这样让她有些不好意思，总是看着其他地方。

文启东把自己好好炫耀一阵之后终于对振久问了个问题。

"那些都不说了，不过你是做什么工作的？"

"我在一家证券公司做兼职，现在已经不干了。"

"我看你还挺有一套的嘛，还会手机监听。"

从前任警察那边听到这个话，振久觉得脸上有些发烧。

"我以前在侦探事务所干过一段时间。虽然不如文警卫您，但也做过一些这样的事。"

振久找不到一个合适的称呼，只能以他退休时的官职来叫他。文启东看起来好像对这个称呼一点都不介意。

"我还听说你没用钥匙就进了我们朴女婿家的门啊。"

"那些也是有那个机会才学了一点的。"

但他其实还没有找到机会去发挥他的这项才能。因为那天晚上朴民书家的门根本就没上锁。

"呵呵，我还挺中意你的。男人嘛，就是要把能做的都做一遍才对。"

文圣熙听到这话，终于回过头来看了文启东一眼。但那并不是向父亲撒娇的眼神，她的眼神里充满了厌恶。文启东感觉到了女儿冰冷的视线，赶紧闭嘴转移了话题。振久对此惊讶不已。

"但是你一个年轻人，脸上是怎么回事，看起来挺憔悴啊。"

"刚在拘留所里关了几天，不想这样都难啊。"

坐在身边的海美看了眼振久，笑着回答道。

"什么？"

文启东十分夸张地喊道。也不知道他是不是真的被吓到了，低沉的嗓音一下变尖了很多。

"那是什么意思？振久之前被逮捕过？"

看样子文圣熙根本就没跟她父亲说过那些事，只告诉他自己让振久帮了点忙，缠着让老爸拿点钱过来而已。振久也没办法，只能将自己被当成嫌疑人抓起来又经过令状审查之后被放出来的故事说了一遍。但他没说自己伪造指纹的那些事。文启东听完这些故事，脸色有些不太好。

"那么警察现在也是不再怀疑你了吗？"

振久瞄了海美一眼回答道：

"不是。他们还在怀疑我。事发当时我确实在现场，不过令状被驳回之后警察反倒是更加生气了。双眼好像能冒出火花一样扬言一定会找到我就是凶手的证据。警察本来不就那样嘛。一旦认定你是犯人就死咬住不放了。也是，要是我，我也会觉得我就是凶手。"

虽然像开玩笑似的结了尾，但说完了才发现自己竟然在前任警察面前把警察贬得有点太狠了。可是，文启东却点点头，说了句"那个……也确实"。刚刚还滔滔不绝的文启东突然变安静了。

"您别在意这个，反正凶手总有一天会被抓住的嘛。"

不知道为什么变得有些尴尬的振久虽然故意说得有些轻松，但这次是海美因为振久的话而变得有些闷闷不乐了。她有点担心振久。文启东像跟弹簧一样一下抬起头来，露出一口黄牙大声说道：

"振久这个朋友还真不错。我还挺会看人的，你虽然看起来很善良，但是也是有点心机的青年。咱们下次一起喝一杯吧。"

他兴奋地问振久要他的电话号码。他的社交能力出众，但心情貌似变得挺快的。振久虽然把自己的电话留给了他，但还是觉得有些负担。

文启东打起精神来之后又大讲特讲地吐了阵唾沫星子。

不知何时，咖啡馆门口来了两个穿着外套的男人。这两个男人径直朝振久坐着的桌子这边走了过来。文启东正说在兴头上，对背后的情况并不了解，但对着门口坐着的振久看得清清楚楚。其中的一个人振久还觉得挺眼熟。不能说眼熟，应该说是已经印在视网膜上的一张熟悉的脸。他正是搜查振久这个案子的城东警察局重案组警察江度日。

该死！终于过来抓人了。

振久的眼里冒出了火花。他是找到了什么合胃口的破证据，又过来找自己的麻烦？振久的眼神随着江度日移动，脑子里也没闲着。先跑出去从这里脱身会不会更好？或者乖乖地跟着他去警察局看看他们手里又拿到了什么新证据，再想想对付的办法？不行，去了警察局就没什么对付可言了。手脚都被绑得死死的，怎么会有办法洗清嫌疑？怎么让人放心把自己的命运交到别人手里？

振久的担心貌似有点太早了，那两个警察并没有冲着振久过来。他们俩走到振久对面，停在了文启东身边，一边一个。

"文启东。"

文启东的话被打断，他顺着振久的视线看向自己身旁的男人。

"啊，江警官。"

振久已经因为朴民书的案子在他面前做过陈述，两个人也算是旧识了。文启东虽然对他轻轻点头示意了一下，但江度日只甩了一张扑克脸给他。

"跟我们一起走一趟吧。"

江度日冷冷地发话了。文启东见状，什么话都说不出，惊讶地站了起来。一直看父亲有点不顺眼的文圣熙的脸也瞬间变得惨白。振久也被面前的阵势吓到，更别提海美了。

"发生了什么事？"

文启东这才开口问道。江度日把一张纸推至他的面前，上面清清楚楚地写着"拘捕令"三个字。

"我现在以杀害朴民书的嫌疑将你逮捕，你有权请律师为你辩护……"

这好像就叫米兰达警告吧。后面部分的台词都是已经定好了的。江度日边说着这个，边把文启东的双手抓了起来。

　　这两位警官应该是确定文启东具有杀人嫌疑之后才过来抓人的。文圣熙和海美两人惊得张大了嘴，振久也磨磨蹭蹭地站了起来。在场的人中最镇定的就要数文启东了。他只是有点稍显狼狈，但还是乖乖地跟着他们走了。如果在咖啡馆这种地方公然反抗合法的公务执行的话，反倒会对自己不利。文启东不愧是前任警察，他好像在得出这一结论之后立马做出了要跟他们走的决定。他很爱惜地把搭在旁边椅子上的高级西装上衣穿上，跟着他们走出了咖啡馆。

　　江度日带着文启东走了几步，又回过头来看了振久一眼说道：

　　"怎么？难不成你今天跟这个人约好了要拿辛苦费吗？"

　　振久被惊得浑身一震，不知道该说什么才好。他本能地确认了一下自己夹在双腿间的钱箱是否还在。江度日又补了一刀。

　　"你肯定也有会让你心虚的地方吧？"

　　"……"

　　"我今儿是不知道你也会在这儿。反正我早晚会帮你再正式做一次陈述的。你要是好奇的话，要不要一起来啊？"

　　从他的语气里可以听出他对振久很是不满的样子。但他并没有像当时取证时用那种看待犯人似的眼光看待振久。

两个警察分别抓住了文启东的两只胳膊。振久和海美只能愣愣地看着他们越走越远，文圣熙看着父亲渐渐远去的背影，眼里充满了惊慌和爱憎。

文圣熙把桌上的酒瓶扫到一边，自己像只比目鱼一样趴在桌上。振久看着她，吐了吐舌头。

"这个大婶儿该怎么办？"

汉阳大学附近的一家小酒馆里，文圣熙一把鼻涕一把泪地说着一些过去的事，结果就喝倒在了桌子上。右手里还握着个烧酒瓶。文圣熙嘴里所说的那些事虽然让海美听得直为她扼腕叹息，但振久却听着没什么感觉。无非就是一些家庭琐事嘛。

文启东是个精力旺盛的男人，唯独对自己的妻子不太满意。他做警察的工资并不高，但投资房地产却狠狠地赚了一把。但拿到那么多钱反而是一切不幸的开端。

"有钱的男人一旦上了年纪，往往会沉溺于政治或女人之中。"

听着文圣熙说的那些事，振久自然而然地想起了以前听到过的一句话。以生活经验为基础的俗语比什么名言都更能说明现实。文启东的情况也差不多。手里攥着一大笔钱又精力过旺

的文启东，说他"引领"着一群女人都不过分。虽然不是因为
这个，但文圣熙的母亲早早地就去世了。还是文圣熙在读高一
的时候因为癌症去世的。文圣熙从那时候起就特别讨厌自己的
父亲。在那之前她因为知道那些女人的存在而对父亲漠不关心，
但在母亲死后她的不关心就被憎恶所取代。在正值青春期的少
女对自己的单身父亲极度厌恶的时候，离家出走和彷徨就会成
为她的小伙伴。文圣熙也是一样。文启东为女儿费了不少心思，
自然对自己的生活也就没怎么上心了。不过也能理解，老婆没了，
他也就没有什么理由去那么做了。文圣熙既狠毒又现实。有一
天，她终于认识到了自己的彷徨不仅无法对父亲造成伤害，反
而会影响自己的人生，于是，她停止了那种近似于自残的生活。
她那种迷迷糊糊的眼神也在一夜之间变得无比冷静。她咬紧牙
关复读了一年，终于考上了大学。文启东听到这个消息高兴不
已，想要买些礼物送给她，但文圣熙对他一直很是冷淡。她虽
然会收下礼物，但心意却不会收。她一直以这种方式报复父亲，
两人的关系就这样一直到现在也没有发生什么变化。文启东能
够因为女儿的一句话就从银行里取出一千万送过来，还因为女
儿的脸色诚惶诚恐的态度，振久终于能够理解了。

　　但就算是自己那么讨厌的父亲，在自己面前被警察带走时，
她的心里还是因为讨厌和歉意乱成了一团，这让她很难镇定下

来。自己虽然怨恨父亲，但父亲被抓走时的样子还是让她觉得有些对不起父亲，她对这样的自己生气。血亲之间的厌恶也终究只是装出来的，亲人还是自己的亲人。

振久心不在焉地听着文圣熙发牢骚，脑子里却在琢磨着刚刚的那一幕。

文启东是嫌疑人？

警察到底查到了什么证据？

那至少代表着他们找到了什么比我杀了人更为确凿的证据……

振久看着文圣熙，脑子里想了很多，但却没有可以让他下判断的资料。他像是想把那些想法从脑子里甩出去一样自己低下了头，决定不再去想这些。其实他也没有理由再去深究了，现在的他有些如释重负的感觉。

他不清楚文启东是否犯了罪，警察认定他是嫌疑人这一点对振久来说比较重要。现在他是不是已经从这个危险的游戏中成功脱身了呢？

振久不想从头再理一遍了，还去调查出轨情况呢。绕到现在事情才总算回归了平和。方秀妍和韩书媛以后是没有必要再见，自己与拘留所也要永远说再见了。虽然受了点罪，但现在手里也攥着一千万。振久看着趴在桌上的文圣熙，一手在桌子底下摸着钱箱，感到一阵满足。

终于又找回了悠闲。现在把案子丢在一边吧。朴民书、文圣熙，还有方秀妍，全都再见了。

"姐姐，警察肯定是哪里误会了。很快就会回来的。"

海美抚摸着文圣熙的背安慰着她。文圣熙却猛地抬起头来。

"不，爸爸他是受到了惩罚。他受到了妈妈对他的惩罚。就以这种方式。"

"……就算是那样。他肯定也对自己以前做的事情后悔了。现在对你不是百般宠爱吗？"

"后悔？"

喝醉之后的文圣熙连说话声都有点破音了。

"后悔的人现在还会跟别的女人生活在一起吗？"

"是吗？"

"是啊，实际上就在同居。一个叫赵美妍的年轻女人，长得还挺标致。好像说离婚还没有多长时间吧，我爸就是她的现任。他把我妈害成那样了到现在也还没认识到自己的错误。"

不管是文启东还是那个女人，他们俩现在都是单身，无论是法律上还是伦理上都构不成什么问题。对文圣熙来说那也并不是问题所在，她只是觉得母亲的死亡已经无法挽回，那么她对父亲的怨恨也就不会消失。振久突然理解了文圣熙对朴民书的那种奇怪的执着。她决不是因为钱或者离婚诉讼才坚持，而是因为父亲所追求的人生给女儿带来的创伤。

"你怀疑朴科长出轨而且坚持要调查清楚应该都是因为这个吧，对出轨的父亲怀有太大的反感情绪，我说得对吗？"

对怀有太多复杂的感情又已经喝醉了的文圣熙来说，这句话有些残酷。

"是啊，烦死了。其他的我都能原谅，唯独出轨不行。就因为那个我过得多痛苦啊，我要把他杀了。"

不这样朴民书也已经死了。文圣熙说话已经有些含糊不清了。海美一边点头附和她，一边用特别恐怖的眼神盯着振久。振久懂得她的意思——"你要是敢那样，后果如何你自己应该很清楚。"

"爸，到底是怎么回事？你真的把他给杀了？"

憔悴了不少的文启东面前，文圣熙代替警察追问道。稍微隔了些距离看着这个场景的江度日都不禁咂舌。文启东昨晚一被抓进来就受到了审讯的集中洗礼，现在的脸上尽是疲惫。警察可能也是还把他当成前辈对待吧，轻易就同意了这次见面。

"没有。那不是我干的。"

"那警察为什么把你抓进来？"

文圣熙说着这话，还斜眼看了眼警察。

"都是因为美妍她录口供的时候老是反反复复，才变成这样的。"

"那个女人为什么要这样？"

文圣熙有点生气地问道。

"警察要调查我的不在场证明，但美妍好像有些慌里慌张的吧，所以就让警察起了疑心。我也能理解，警察本来就只能这样。只要一发现事件相关人员说谎，绝对会首先怀疑他。"

"她到底都说了些什么乱七八糟的？"

"警察一开始问美妍的时候，她是说朴女婿死的当天晚上我在她家里。"

"然后呢？"

"结果警察后来再问她的时候，她又把之前的那一套给自己推翻了。说是记错了，改成了那天我没去过她家里。那个女人健忘症有点严重，脑子也有点儿不清楚。本来照实说就可以，但她又想要帮我洗清嫌疑，自作聪明地编来编去不就编出事儿来了吗。她翻来覆去说的不一样，警察就怀疑我是不是教唆别人帮我编造不在场证明，所以就成了这样。警察现在主张我那天去到朴女婿家里，因为你们俩的离婚问题跟他起了争执之后用刀将他杀害了。"

"那爸爸你在朴女婿死的那天是不是在那个女人家里呢?"

"我就在她家啊。绝无假话,真的。"

"那女人是不是疯了啊?"

文圣熙气得"哐"的一声大拍了一下桌子。远处的江度日被吓了一跳,转过头来看着他们。

"她也没什么恶意,只是因为有些慌张才搞混了。我觉得就是那样。她可能怕我跟这个案子扯上什么关系,所以自作主张地想帮我做不在场证明,结果就傻不啦叽地弄出这档子事来。你从这儿出去之后把我的话转达给她。"

陪同的警察全都把头转过来注视着文启东的嘴。警惕着文启东是不是又要教唆些什么,眼睛都瞪得大大的。文启东装作很冷淡地低声说道:

"让她照实说就好。"

文启东的表情十分真挚。警察也放心地转过头去。文圣熙抿着嘴,毅然决然地点着头。

"当然,当然要照实说啊。爸爸你也是,干吗还要跟那种傻女人生活在一起?"

文圣熙再一次把父亲严厉地数落之后站起身来。

听到文启东是因为美妍录口供时反反复复才被捕的这一消息，海美也激动得不行。

"我的妈呀，那个女人不是在耍什么鬼把戏吧？"

海美心想，等会儿一定要跟振久说说这件事。海美虽然自己看不出个道理，但要是振久的话，应该可以一眼就看出那个女人到底是打的什么小算盘。

文圣熙说着这些事，脸在不知不觉中已经变得通红了。光凭她跟自己父亲生活在一起这件事就已经很让人讨厌了，这次她竟敢在证词上做手脚，让父亲被捕。文圣熙一想到这些，浑身就气得直发抖。

"我要是见了她估计会情绪激动，我要是和那个女人单独见面的话不知道会发生什么事。虽然有点不好意思，不过海美你陪我一起去见见她吧。"

"知道了，姐姐。"

海美有时候也会有一些不知道从哪儿冒出来的责任心。她跟着去这么荒唐的地方会不会是因为振久呢？毕竟他已经收了一千万呢。

最终海美还是去做了一次援军。

赵美妍的家在东大门对面。是从东大门站下车往昌信洞方向大概走 5 分钟左右的一个比较一般的房子，但再走几个街区就是繁华的大街，交通什么还是很便利的。这里本来是赵美妍和自己丈夫一起生活过的公寓，但因为婚前就是赵美妍的房子，所以离婚后前夫就带着行李离开了。而那个空缺文启东给填补了上去，他经常来这边住，两个人就跟同居没什么两样。但不管怎么说，这都是赵美妍自己一个人的地盘。文圣熙这次要不是火气上来了，她也没什么理由和海美一起堂堂正正地找过来。

可能是小区比较老的缘故，对外防范比较松散，对外来人员也不注意。入口完全是开放的，保安室也单独在另外的地方。来访人员至少一直到目的地的玄关处是畅通无阻。这样的话住户不会经常受到一些小商贩的骚扰吗？不过这都不是海美要关心的问题。

赵美妍住在 605 室，文圣熙气势汹汹地按下了门铃。不一会儿，公寓的门被打开了，赵美妍沉着冷静地出现在文圣熙和海美面前。海美见到她之后，觉得自己好像能够理解文启东的选择了。赵美妍虽然已经 40 多了，但感觉上却像 90 年代那种人气爆棚的女歌手一样，身材也是凹凸有致。她身穿一件家居裙，与一般家庭主妇的那种"短裤加上走形了的 T 恤"的感觉完全不一样。这样的赵美妍刚好可以激发出硬汉文启东的保护本能，这两个人再合适不过了。

赵美妍虽然很冷静地迎接了她们，但却隐藏不住自己忌讳文圣熙的脸色。文圣熙像一只斗鸡一样怒气冲天地冲到自己家里来，她这样也很正常。海美觉得自己眼前的两人之间都快冒出火花来了，赶紧转移了她们的注意力。

虽然只是一间很普通的房子，但室内让她收拾得很整洁，处处都显露出女人味。电视旁边摆放着的金属相框里，文启东和赵美妍的合照被放在里面。文圣熙看到这个，不禁觉得有些尴尬，赶紧转移了自己的视线。

她拒绝了赵美妍给她倒茶的好意，坐在客厅里不管三七二十一就开始发问了。

"我听说你给警察说了些奇怪的话呀。一开始说我爸在朴女婿死的那天来了你家，后来又说不是。"

"那个……"

"就是因为你傻不啦叽地那么说，我爸现在被冤枉进拘留所了。你脑子里到底在想些什么呀？"

"那个……"

"我吧，虽然跟我爸的关系不好，但也没到乖乖地看他被冤枉成杀人犯的程度。"

跟想象中的一样，文圣熙的嗓音正在一步步提高。

"你就照实说吧。朴女婿出事的那个晚上，我爸是跟你在一起的吧？”

　　“那个……”

　　“你快说啊！”

　　赵美妍到现在除了“那个”以外什么都没说出口。文圣熙根本就没有意识到自己一直都在打断她的话，继续逼问着她。海美悄悄扯了扯文圣熙的胳膊，给赵美妍制造了一个说话的机会。

　　“……对。我们当时就是一起在这个家里。”

　　“那你为什么要反反复复地说呢？”

　　赵美妍犹豫了一下，文圣熙的怒火再一次爆发了出来。

　　“我们又不是让你去编，我爸也是希望你实话实说。我今天早上去见他的时候，他让我一定要转告你说他是无辜的，不需要你的帮助，只要你实话实说就行了。这个要求有那么难吗？”

　　赵美妍也不知道是不是被文圣熙的气势给吓住了，睁大眼睛之后渐渐低下了头。

　　“你好像有点误会，我并不是故意要那么说的，而是真的有点记不清……”

　　正好在这个时候电话铃声响了起来。是赵美妍的。她看了一眼来电画面，脸色突然就变得有些难看。赵美妍站起身来，边朝厨房走去边用手挡着嘴接起了电话。她的脸色越来越难看了。

　　“喂……不是，现在不行……我都说过我做不到了。”

对方好像要求赵美妍做什么比较困难的事而急得满头大汗的样子，而很显然赵美妍不太愿意。海美有些摸不着头脑地看了文圣熙一眼，文圣熙却双唇紧闭像是懂得了些什么的表情。赵美妍好几次想挂掉电话，但对方总是不给她这个机会。最后，赵美妍以一句"下次再打吧"挂断电话回到了客厅。而这已经是5分多钟以后的事了。

"是你前夫吧？"

文圣熙强压着火气问道。没有谁会比文圣熙对男女关系更加敏感了。海美坐在文圣熙身边，眼睛得圆圆的看着赵美妍。赵美妍竟然现在都还和前夫保持着联系，这让海美吃惊不已。

"这好像不关你的事吧？"

柔弱的赵美妍心情也有些不爽。文圣熙的嗓音再次高了起来。

"不管你喜不喜欢我都要说，你现在跟我爸在一起，还和前夫保持联系难道不觉得有问题吗？"

"什么叫有联系啊，都是那个人单方面打电话给我来折磨我的。"

"哼，真的是这样的吗？"

"反正这不是圣熙你可以插手进来的问题。"

"不，这还真的跟我有关。你不会是想复合吧？所以才设了个陷阱把我爸推进去，对吧？你就可以拿到我爸的钱。啊哈，你们应该从一开始就是看上我爸的钱，然后演的一场戏吧？离婚也是假的吧？"

文圣熙说的这些过分的话把一起过来当援军的海美都有些吓着了。就因为和前夫打了一通电话，她就能像写小说似的联想到这么荒诞无稽的事情。海美悄悄地抓了抓文圣熙的手，让她镇静一下。赵美妍的脸色变得惨白，但还是冷静地说道：

"我没有必要在我家里听你侮辱我，请你出去。"

海美突然对赵美妍充满了尊敬。要是我，从这种不请自来的人嘴里听到这种话还能保持冷静吗？估计早就一把抓住她的头发……

文圣熙多少显得对自己的行为有些后悔的样子站了起来。海美则想表达一下自己与文圣熙不同的立场而做出了抱歉的表情，但赵美妍好像已经厌倦了似的一直低着头。文圣熙从她家里出来的时候留下了最后一句话。

"去警察那边实话实说吧。要不我不会再忍你了。"

赵美妍没有回答，只是轻轻叹了口气。

"她好像一直都和前夫保持着联系呢？既然和姐姐你的爸爸在一起了，她怎么还能那样啊。"

两人走出小区之后海美悄悄地站在了文圣熙这边。

"就是啊。她肯定有什么小九九。"

"我回头让振久哥哥帮忙打听一下。哥哥他做这种背后调查的事儿可擅长了,你知道的吧?"

海美为了安慰眉头紧皱的文圣熙,正在又一次将振久亲手推入谷底。

"肚子饿了吧?我做些好吃的就给你送过来。"

海美兴致勃勃地给振久打电话约 30 分钟之后,提着 2 个麦当劳汉堡套餐来到了振久的家里。振久一边接过印着大大的 M 字样的塑料袋一边说道:

"谢谢,这真是丰盛的一餐啊!海美你不愧是我最好的女朋友。"

海美还没听出振久话中有话,在厨房里边拆开汉堡包装边耸了耸肩。

"那是。我这是像谁呀?这么勤劳的一个人。"

"当然啦。海美以后肯定会是一个贤妻良母。"

振久看着餐桌上的汉堡套餐说道。海美嘴里嚼着薯条接过话。

"别在这儿悄悄求婚哈，我还得等到能看到你的未来时再考虑考虑。"

振久转过头去悄悄松了一口气。

吃完了高热量的珍馐盛宴之后，振久将汉堡包装纸揉成一团投入垃圾桶里，顺便清理了餐桌。悠闲地靠在沙发上手里拿着遥控器已经像是很久之前的事了。海美坐在振久身边，开始跟他说起自己白天和文圣熙一起去找赵美妍时发生的事情来。

"完全就是江秀智嘛。不对，好像又跟河秀彬更像哎？年纪已经过了四十，但是真的特别美。"

"哦。"

海美在旁边神采飞扬地大夸赵美妍的美貌，但振久却没什么特别的反应。他只是把自己扔进沙发里不停地按着遥控器而已。久违的平和。自己还想赶紧忘掉朴民书和相关的人呢，赵美妍又是个什么角色啊。"朴民书的妻子的父亲的同居女人"，还真能扯，八竿子打不着的关系都能翻出来说。

"但是啊，她跟我们在一起的时候还跟自己前夫打电话呢。"

海美把当时的情况绘声绘色地重复了一遍。振久依旧是一副不关我事的表情。

"前夫好像在要求她做些什么似的，但被赵美妍给拒绝了。好像大概就是这样。"

"谁知道呢，应该就是找她要钱吧。还能是什么事儿啊。"

"哥哥你能不能去调查一下啊？"

这个没眼力见儿的女人。振久挪了挪身子，一副烦死我了的样子。

"我干吗要管别人家的闲事儿啊。我都快自身不保了，现在才稍微消停一会儿。"

"赵美妍那个女人也有可能是给圣熙姐姐的爸爸设了个陷阱啊。"

"你是指她录口供的时候反反复复的那件事？她那是因为有家庭主妇健忘症才那么说的吧。大概是说了之后自己给弄混了。"

"怎么会呢，那可是关系到和自己一起生活的男人的命运啊，那种重要的话会随便说说吗？警察问她在杀人事件事发的当晚那个男人有没有在她家里，不论她脑子怎么不好使……太奇怪了，会不会是有所企图啊？"

"企图？什么企图，为什么？"振久软绵绵地问了一句。

"肯定是因为她前夫啊。他们两个人一直到现在不还有联系吗。打电话的时候还看我们的眼色。把这些线索都联系在一起不会有什么线索出来吗？"

振久伸出食指在海美面前晃了晃。

"你那就叫空想，根本就没什么根据。"

"你怎么一点都不关心啊！"

振久越是不情愿，海美就越觉得自己的推测是正确的。不过海美的那一句"赵美妍让文启东掉入陷阱"的阴谋论好像还有点儿意思。

听张明焕说赵美妍到警局来了之后，江度日就有了一种不好的预感。虽说不能立刻将文启东关押，但江度日一直相信从昨天开始正式进入调查的话，肯定能找到物证。振久原来是最有可能的嫌疑人，这稍微蒙蔽了他们的眼睛，但文启东也很有可能会因为女儿的离婚问题与朴民书发生矛盾，也有充分的犯罪可能。之前虽然有把他放在嫌疑人之列，但却缺乏直接证据。但就在这个时候，他教唆别人伪造自己事发当天的不在场证明的事被发现。这给警察传达了一个十分有力的疑惑信号。他造假不在场证明是与他同居的女人赵美妍在录口供的时候暴露出来的。与嫌疑人关系最近的人所做的不利于他的口供其实可信度最高。但现在赵美妍竟然又自己找到警局来了，这并不是一个好的征兆。

谁说不是呢，突然出面的赵美妍简直给了重案组当头一棒。

"是我记错了。朴民书死的那天晚上他确实跟我在一起，就在昌信洞那边我家里。"

"等等。你上次不还说你们没有在一起吗？"

"那我上上次还说我们是在一起呢。"

"所以你为什么老是改变你的证词呢！"

"所以我说是我记错了啊。现在我确定了，那天文启东确实来过我家。"

江度日虽然假装很生气，但赵美妍并不屈服。面对冷静又一口咬定事实的赵美妍，江度日的脸只能红一阵白一阵，不知道该说些什么。

"以后要是证实你在说谎的话，你就是做伪证了。"

"做伪证是在法庭上说谎时才成立。在警局做口供算什么伪证啊？还有，我不是说谎，只是我记错了而已。"

赵美妍回答得滴水不漏，这让江度日有些难为情。逮捕令的有效时间只有 48 小时，在这段时间之内如果拿到拘捕令的话就可以继续关押，但是没有拿到的话就只能释放了。现在赵美妍推翻了之前的证言，拘捕令就只能是打水漂了。赵美妍所做的不在场证明虽然是对文启东调查的开端，但也是她自己把这块垫脚石给拿掉了。

最终文启东被放了出来。

警察手中又一次空了。这是继振久之后的第二次失败。张明焕看着城东警察局前院里文启东离去的背影，没头没脑地来了一句。

"文启东真的是在鬼门关绕了一圈呢。难道真的不是他吗？"

"不知道，不过赵美妍所做的不在场证明是一个很大的障碍。"

听到张明焕那么说，江度日掏出一支烟叼在嘴里回答道：

"但是赵美妍她不像是弄错了才反反复复改证词的吧？"

"当然。刚刚她说话的时候你注意到了吧？虽然不知道她学历高还是什么，但她确实是一个聪明的女人。至少她很清楚自己在说些什么。"

"会不会是那样啊，就是夫妻吵架什么的。她跟文启东生活在一起，然后两个人大吵了一架。结果她就想着你去死吧，跑来推翻了自己的证言，把文启东送进了拘留所，两天之后气消了又跑过来第二次推翻证言，把他放了出去。"

"哼，当然啦，亲戚之间也经常会有类似的事发生。起诉之后和解，和解之后就撤诉，结果撤诉了之后又吵架，吵架了又起诉。但这次有点像是其他的情况……"

张明焕好像有点烦了，两手往后伸了伸懒腰。

"反正现在文启东这边是比较难，咱们手中除了当时赵美妍的证言之外，没有其他的任何证据。"

"是啊，事情现在变成这样……"

张明焕接过话茬。

"现在要抓人的话，就只能是金振久了吧？"

"他又要变成第一嫌疑人吗……妈的，既然已经盯上他了，那就好好查查他。那家伙肯定也不简单。反正他是个在指纹上做过手脚的聪明家伙。"

江度日的眼里全是对这件案子的执着，眼睛不自觉地眯成了一条线。命运那危险的引线又再一次偏向了振久。

文启东被释放后的第二天，江度日就把振久传唤了过来。不明所以的振久有点傲慢地走进重案组的办公室，他还以为文启东是嫌疑人，自己现在顶多就是一个证人而已，自信满满地说道：

"又把我叫过来干吗？"

振久一坐在江度日办公桌对面的塑料椅上就开始发问了。

"把犯人叫过来除了调查案子还能干吗？"

"不是说文启东是犯人吗？"

"那个人昨天已经被释放了。"

振久的心里一震。之前放松的大脑再一次紧张起来，就像被念了紧箍咒的孙悟空一样。

"他为什么被释放？"

"这个你就没必要知道了。今天我们来说说你的事吧，因为你才是主人公。"

"你们找到了新的证据吗？能证明是我把朴民书杀了的证据。"

"你要说证据的话，我当然有了。"

江度日很悠闲地拿笔敲着办公桌说道。自己要是在这里退缩的话，那就真的是竹篮打水一场空了。

"我倒想看看那个能为没有的事情做证的证据了。"

江度日用手撑着身子凑到振久面前说道：

"那我们就从那个开始吧。你是不是在朴民书家把指纹擦掉了？"

事情发展到现在，警察应该已经知道那是自己干的好事了。总有一天都会把这个问题给提出来，躲不掉的问题振久也已经做好了回答的准备。

"对，没错。"

振久抬头挺胸地看着江度日的眼睛底气十足地回答道。江度日好像很满意似的扑哧笑了。

"这回承认了啊。托你的福，我们虽然在法庭上丢尽了面子，但那都是过去的事了。我们也没打算追究你的责任，我们想抓的家伙又不止一两个。查清犯罪者的罪行找到他们的犯罪证据不就是我们的工作吗？怎么说呢，就像是场游戏一样。我们不会因为你们耍的一些小心思就火冒三丈。还有啊，这次只是稍微有些延迟了而已，反正你早晚会被我们送进监狱的。"

他说这些话是暂时不准备把我抓起来的意思吗？振久一句话也没说，一直注视着江度日的嘴。

"那你就这么做呗。"

江度日绕到椅子旁边说道：

"文圣熙，不是，你只要把文启东指使杀人的事说出来，那么我就能尽可能地帮你减点罪。"

"你这是什么意思？"

"你准备一个人全担了吗？还真讲义气啊？"

"你在说些什么东西？麻烦给我解释一下。"

"你不是从文启东那边拿了一笔钱吗？作为你帮他杀了朴民书的酬金。那天去抓文启东的时候我亲眼看到的，难道这样你都要赖账不成？"

"真不像话。那是我背后调查朴科长该得的酬金。"

"你收了一千万吧？文启东离开之前跟我说的，而且我们也已经确认那天下午他的账户里确实少了一千万。"

"对，金额确实是一千万没错。"

"你说你帮忙在背后调查朴民书，都调查了些什么？有查到什么结果吗？"

"结果……说实话还真没有。他跟那个叫方秀妍的女人交往的事也是出事之后才知道的。"

振久只能老老实实地说出来。

"所以我说这个像话吗？没什么成果还给你一千万？你自己想想也觉得奇怪吧？"

"对文启东来说，一千万根本就不算什么大钱。你看见他手上戴着的劳力士手表了吧？还有他那件西装外套是 LORO PIANA 的，那一件就顶警官你两个月的工资呢。"

"他就算钱再多也不会给你那么多的报酬的。"

"那你说是什么？"

"当然是杀人的代价了。"

"不是。孰是孰非你直接去问问文启东或者文圣熙好了。"

"所以我刚刚不是说过了吗。你只要承认自己收到了杀害朴民书的委托就好，那样的话我就能最大程度地减少你的罪责。其实委托你杀人的人才是真正的杀人犯，拿钱杀人的家伙能知道什么啊？"

振久郁闷不已，轻轻摇了摇头。

"不是,如果钱是问题的话,那我现在就给你交个人所得税,可以不？"

江度日在这个问题上跟振久又继续纠结了半个多小时,但是却没有任何进展,只能耸耸肩干脆放他回家了。但他还是觉得振久从文启东那边拿到一千万肯定有什么内幕,而振久却一直坚持说没有。不过他一直到最后也没有忘记在振久耳边留下那一句早晚会把他抓进去的话。

从城东警察局出来的振久心里就像有一个大铅块压着似的沉重。他的救世主文启东不知道因为什么被释放了,振久再次被拖入水底。今天虽然躲过一劫,但他再一次确认了警察对自己深刻的第一印象。不论何时,只要他们找到了什么与疑点相符的证据,肯定会没头没脑地把自己抓起来。

不过,今天为什么会没有证据就把自己传唤到警察局来呢?难道他们是希望振久会因为心里的不安而逃跑吗?其实逃跑就是最有效的证据。跟丢了嫌疑人,警察肯定会特别虚脱,这时候他们只需要因为逃跑这一条就能把振久给抓起来。

文启东被捕的那几天,振久短暂地过了几天平稳日子。但现在文启东一被放出来,隐藏在水面之下那巨大的惊涛骇浪又

157

再一次翻滚起来。振久虽然回到了自己位于王十里的安乐窝，但心脏却嗵嗵直跳。

得打个电话问问海美才能搞清楚现在的情况了。海美虽然也只是从文圣熙那边听来的消息，但赵美妍肯定是因为文圣熙的责备才会认识到自己的错误，然后跑到警局去推翻自己的证言，将文启东救了出来。

不管文启东是有罪还是无罪，反正在他被当成杀害朴民书的嫌疑人的这段时间，振久过得很安宁。现在文启东已经不在警察的怀疑范围之内，他们就把目标再次对准了振久这个原来的嫌疑人。也就是说，文启东的安全就代表着振久的危险。

虽然现在家里空无一人，但振久却觉得江度日那尖锐的眼神就像一条蛇一样缠绕着自己。振久懂得警察的办事风格，他们特别执着于第一印象。嫌疑就像是黏稠的猪食，一旦被蒙上就很难洗清。只要是根据"警察的感觉"来写剧本，证据也只会根据它的主线来设置。他们一般都会无视能够证明清白的证据，只重视能够控诉犯罪的证据。从某个出乎意料的地方突然蹦出一个东西，他们就能给它穿上证据的外衣兴风作浪。物证或证言虽然很客观，但给天平的刻度画线的是人心。等到某一天真相大白于天下的时候，他们再慌忙给别人平反，但那时已经太迟了。江度日肯定是那种不论何时都能笑着过来找振久的人。

而他的理由无非就是"我以杀害朴民书的嫌疑将你逮捕"。

振久感觉自己的手上像是被戴上了冰冷的手铐一样打了个冷噤。他赶紧甩甩头赶走了这种感觉。

真凶到底会是谁呢?

振久怀着沉重的心情想了很多,突然像是下定了决心似的站起身来,摘下了客厅墙上挂着的海美的大型照片,拿出了相框背后放在壁橱里的箱子。当时跟踪朴民书时用过的眼镜,进入他家时用过的开锁工具都装在这个只有振久自己知道的秘密箱子里。

振久在箱子里翻出了一张类似身份证的东西。那是他当年调查江宪杀人事件时用过的假警察公务员证。黄底上隐约印着老鹰图案,振久的证件照印在上面,就好像要把人给看穿似的。虽然是一张以假乱真的警察公务员证,但有一个地方与真的很不一样。证件下方没有警察厅长加盖的公章,而且后面其实是一片空白。这张类似身份证的证件是振久为了在需要时装成警察方便办事而特意制作的。只要把它从钱包里掏出来露出上面的一部分,别人应该就会把他当成警察了。没有人会要求警察把身份证整个掏出来给他看的。而且他专门把下面空出来还是有自己的原因的。身份证下方如果盖有警察厅长的公章,那么他就犯了公文书伪造罪和伪造公文书行使罪。但现在他的证件上并没有公章,那么就算他被发现了也不会是公文书伪造罪。

行使警察的权力在轻犯罪处罚法上叫作"官名诈称罪"，顶多交个几万块钱的罚金就没事了。想要在别人不常走的小路上长长久久地走下去的话，不仅要认清现实，而且还要对法律也有一定的研究。这就是振久一贯的主张。

在振久看来就是这样。朴民书在工作上太过认真，待人接物也不失礼仪。换句话说，他就像是韩国人在学习语文课文时最先认识的那个角色，模范市民"哲洙"一样的男人。女职员们对朴民书的评价都很高，甚至还给他起了一个"小王子"的昵称。但从另一个角度来看的话，也可以说他是一个不合群的男人，他的礼貌让大家都觉得有些不便。在韩企里，能够与大家打成一片才会觉得某一个人人际关系处理得比较好。像他这种在哪里都维持着那种淡泊名利的态度的人在韩企里就是个异类。

而这样的朴民书好像在家庭生活里也有些性格障碍似的，留下一句自己渴望真爱就跟老婆分居了。虽然他老婆文圣熙看着也会让人怀疑她是不是有一点妄想症，但去看精神科医生的人却是朴民书。这也就证明了他的心里有些问题。虽然他表面光鲜，但连自己的老婆都不知道这一内幕。朴民书的死亡会不会跟他的苦恼有关呢？

这肯定不是路人随意进到朴民书家里将他刺杀那么简单的事，绝对是有什么人因为某些原因将他杀害的。那么线索应该就跟朴民书的人际关系有关。一个人的人际关系是从他的内心开始的，但是朴民书的内心好像有些问题。那会不会跟案件有什么联系呢？朴民书会因为什么问题而去看精神科医生呢？这件案子，不仅是指纹和不在场证明，从动机和人际关系方面入手应该也能将它破掉。振久下了一个结论：自己应该有必要去朴民书去过的那家医院看看。

但是精神科的医生对突然造访的振久应该不会泄露患者的秘密，他又不是患者的亲属，要求医生对他公开患者的秘密这个要求有些无理。但如果以警察的身份去问询的话，应该至少能知道一些东西吧。想到这里，振久将封存了很久的箱子再次打开，掏出了伪造的警察身份证。

第二天下午，振久直接拒绝了海美要见面的要求，自己一个人去了新村。为了看起来有些年纪，他还故意没有剃掉胡子。套上皮夹克和牛仔裤，拿出一双老旧的运动鞋穿了起来。虽然他现在的穿着还是和真正的警察有些差别，但已经足够让他骗过人们的眼睛了。

春日的阳光洒下，空气也变得有些暖洋洋的。连接延世大学和梨花女大的大街上，穿得花花绿绿的青年男女你来我往好不热闹。振久把自己设定成一个被加班和蹲点折磨得不成人形的警察形象，而街上没有任何人注意到他。

从新村站出来往梨花女大方向走过去，跟踪朴民书是被发现的那个地方，蔡忠植神经精神科的招牌映入振久的眼帘。这个医院位于新村站旁街边建筑物的 2 层，但它好像与这条年轻的街道有些格格不入的感觉。

振久爬上楼梯站在 2 楼医院的门口。按下玻璃门旁边的开关门按钮，门就自己打开了。走进里面，墙壁纯白却不刺眼，质感温和。墙上各处还用树木装饰着，显得特别有生气。能看出来主人在装饰上费了些心思，希望能把门外汉对精神科和阴暗忧郁的精神变化联系在一起的固有观念给打破。前台的两名护士微笑着接待了振久。其中一名戴着眼镜显得比较朴素，但另外一名很漂亮，半月形的大眼睛忽闪忽闪的。这让振久感觉自己是进到了皮肤管理中心。看样子这个老板对经营还挺有想法的嘛。

"欢迎光临。"

全智爱，李明熙。佩戴着名牌的两名护士同时站起来向振久打了个招呼。振久则对着半月形大眼睛的全智爱开口说道：

"我是麻浦警察局的警察朴勋日。"

振久从钱包里掏出早已准备好的假身份证给她们看了一眼。当然下面没有公章的部分被他巧妙地挡住了。

"啊？警察？"

全智爱被吓得不禁睁大了眼睛。李明熙则推了推她那副教导主任似的眼镜，撇了撇嘴。振久表明自己过来是想见见院长的立场之后，全智爱立刻往里面跑了过去，然后把振久带入了院长办公室。

"警官大驾光临是有什么事吗？"

蔡忠植坐在巨大的办公桌后面，多少有些紧张地跟振久打了个招呼。他才40出头，没理清楚的头发和稍微有些下垂的嘴角让他看起来有些温厚。神经比较敏感的人看到这种医生反而会觉得有些放心。振久看到医生随和的穿戴和稍显紧张的样子，心情反而变得悠闲起来，他优哉游哉地在桌前的椅子上坐了下来。被他的假证件唬住的全护士已经告诉医生他是警察，自己也就没有必要再表明一次身份了。

"您这边是不是有一个叫作朴民书的患者？"

"有是有这么个人……"

"我想请您告诉我他是因为什么事才过来接受治疗的。"

"商谈内容吗？"

蔡忠植好像第一次遇到这种情况，显得稍微有点惊慌。他沉默了一会儿，貌似整理好了思路之后开口说道：

"患者的治疗记录恕我不能告诉你。这关系到医生的道德问题，法律上也是不允许这么做的。"

"我就是因为法律才这么问的。"

"什么？"

"朴民书他已经被杀害了。"

"啊？"

蔡忠植被完全吓住了。患者如果是自然死亡的话，虽然年纪有点不够，但也说得过去。但如果是被杀害的话，那问题就不一样了。他被吓到的表情中还有一丝"这事情就变得麻烦了"的感觉转瞬即逝。反正从他那种被吓到的表情来看，警察肯定还没有查到这个地方。

"这并不是一件单纯的杀人事件。我们警察正在怀疑朴民书周边的人。他和周边的人是不是有什么矛盾之类的这些都在我们的调查范围之内。既然他在接受精神治疗，那么对他的治疗内容我们也要进行调查。"

振久现在悄悄地把医生所要做的陈述安在了警察的调查工作范围之内。蔡忠植终于对杀人事件的重担和振久那种确信的态度做出了反应。

"嗯……"

蔡忠植犹豫了一下之后弓着背看着电脑敲了几下键盘。振久瞄了一眼屏幕，发现是他通过内部电话让护士把朴民书的治疗记录拿进来。过了一会儿，全智爱护士拿了几张纸质文件进来，放下之后又出去了。蔡忠植对着屏幕和文件来回看了几次之后说道：

"到现在为止他一共来过两次，第一次来还是在一个月以前。"

"那在这之前他有去过其他医院就诊吗？"

"我这儿没有这个记录，他也没说过他之前有没有去过其他医院。"

"那你们都聊了些什么？"

"其实我们还没有正式进入到治疗当中。"

"还没正式进入……是什么意思？"

"是啊。他好像有很多话想要跟别人说才来的，但是也不知道他自己是不是在犹豫，每次都是拐弯抹角地说些话之后就走了。两次都是如此。"

"还有这种情况？"

"很常见的。本来一个人来精神科接受治疗就需要很大的勇气。能够直面自己内心问题的人其实很少。其实如果来了之后能把一些藏在自己心里的话说出来就会有很大的帮助，但那也很困难。他们经常会坐在警官你现在所坐着的座位上犹豫不决。人本来对自己说实话就比对别人说实话要难上好几倍。"

蔡忠植好像意识到自己说的话已经对振久没什么帮助，赶紧停了下来。

"但他也来治疗过两次，您应该可以从中推测出一些朴民书的烦恼之类的吧？作为精神科医生。"

"烦恼吗？我说太不清楚。他真的说了特别多东西。有好的，也有不好的，他都是想到什么说什么。啊，他还说了要换工作，还说妻子不相信他，这让他很痛苦，还说现在两人正在分居。反正就是这些内容了。很多患者的情况都跟朴民书的情况很相似，很多人都是因为很多原因纠缠在一起才出现问题的。谁都会有烦恼。关键不是问题所在，而是他会怎样去处理这个问题。"

但振久关心的不是朴民书的精神状况，而是他所遇到的让他困扰的实际内容。

"那他也应该会有一个最困扰他的部分吧？"

"我也说不清楚，不过我觉得好像还是他和他妻子之间的矛盾问题。他那么爱他的妻子，但自己爱的人却不相信他，这让他特别苦恼。就因为这个矛盾，他都从家里搬了出去，这让他觉得自己特别孤单。本来就单身的人和结婚之后再单出去的人所感受到的孤独是不一样的，他们所感受到的孤独的程度就有差异。"

"那他应该就不是固执或者妄想之类的症状，而是因为痛苦和忧郁而过来寻求帮助的了。"

"也可以这么看。但他的这种情况是忧郁症的开端，而忧郁症也经常是自杀的最大原因。"

"……是吗？那如果让你下个诊断的话，你觉得他的病名应该是什么呢？"

"我可以从这方面看，也可以从那方面看，这个诊断真的不太好下。我也不能单单因为他感觉到痛苦就说他患有精神病吧。"

"难道他没有说过他不想与妻子分开，但妻子却强行要求两人离婚的事吗？"

"他就说了两人分居的事。没把内容说得那么仔细。"

"我知道了。那我就直接认为他是忧郁症应该也没问题吧？他就没有其他什么特别的精神问题了吗？"

"其他的精神问题的话……啊，搞不清楚，想让我确诊的话至少要让我再见见他本人才行啊！"

温厚的蔡忠植终于有些不耐烦了。自己对朴民书的情况都还没下一个准确的判断，就被振久问来问去问了这么长时间，他自己也觉得有些难堪。医生现在已经生气了，振久得趁着他还没有怀疑自己的身份之前离开才行。

前台的全智爱护士见振久从办公室走出来，对振久说道：

"您是因为朴民书患者才过来的吗？"

蔡忠植让她把朴民书的就诊记录拿过来，现在连护士都知道自己过来的原因了。振久把头转向她。

"是，是这样的。您是有什么话想对我说的吗？"

"不，不是……我只是觉得他最近一直没来。然后突然您就从警局找过来，我就想会不会是出了什么不好的事而已。"

"啊，您不要误会。我虽然是警察，但不是因为那个才过来的。我是朴民书的弟弟。"

"啊……好吧。但您来我们精神科是有何贵干？"

"我哥现在正在国外出差，在南美那边。也不知道他是不是在什么偏僻的地方，我们都联系不上他。但我们又会有其他的担心，因为他平常会来你们这边接受精神治疗，我们担心他会不会在那边有什么想不开的。"

"啊……这样啊。"

全智爱一直在重复"啊……这样啊"这句话。振久一开始还担心自己编的这个理由会不会被识破，不过这个小护士好像完全相信了的样子。自己理解不了的事情都会以为是自己误解了，她真是一个善良的姑娘。自己这话如果被蔡忠植听到肯定会露馅，不过反正现在她是相信了自己的谎言。振久趁机继续问道：

"我哥他都是因为什么事过来接受治疗的啊？"

"我们医生没有跟您说吗？"

"虽然大致跟我说了一些，但都是一些专业的内容，我也没太听懂。你能稍微给我讲得简单易懂一些吗？"

振久说自己没从蔡忠植那边听得太懂，含而不露地问道。搞不好从护士这边能听到什么有用的消息也说不定呢。但全智爱的表情显得有些难做。

"这个，我也没什么好说的。医生写的诊疗记录应该就是全部了。"

"医生说大概是忧郁症或者苦闷这一类的，你有没有听我哥说起过这方面的问题呀？"

"那些方面我还真的不太清楚。他说话的时候都是彬彬有礼的，这让我经常会忘了他是一个患者这个事实。但我不知道他是不是对外人隐藏了真心……我记得他说过这么一句话：'放宽心好好生活吧。'他说完之后还对我笑了一下，然后说他希望自己能像鸟儿一样自由飞翔……"

"那是什么意思？"

"不知道。他这句话听起来就跟平常大家开的玩笑似的，我也就笑笑就过去了。"

全智爱看了一眼自己身边的李明熙，没有再继续说下去。

李明熙一脸冷漠地低着头，透过眼镜一直盯着电脑屏幕。

振久不太走心地跟她们打了个招呼就往外走去。全智爱非常善良地给他回了个招呼，但李明熙则对此无动于衷。

结果还是没有得到任何信息。如果朴民书能多来这里几次的话，也许他就会对医生吐露自己的心声了。但他已经在这之前被杀害，机会也已经灰飞烟灭了。朴民书这个普通市民的模范也会有不为人知的故事，而且他在生活中好像还比别人把这个故事藏得更深。

不过朴民书这个精神上的问题到底与案子有没有关系呢？自己今天一天的调查会不会都在白费力气呢？虽然这个时间也没什么其他地方可以供他使用，但振久还是为今天一天的时间感到可惜。

第二天，海美一大早就到访了振久位于王十里的公寓。牛仔裤配上一件黄色针织上衣的海美根本就不知道自己男朋友现在心里有多难受，还嚷嚷着说天气好要出去玩。振久窝在沙发里，用他深深陷下去的双眼看着海美说道：

"我现在没心情出去玩。"

"咱不是有钱了吗，为什么不行！"

海美一屁股坐在振久身边，挂在他的脖子上使劲晃着。振久实在是受不了海美这种率直的攻击，准备把实话全都抖出来。

"现在手铐正向着我一步步逼近。"

"啊？为什么？"

海美折磨着振久脖子的手终于松开了。

"文警卫不是被放出来了嘛。那接下来会是谁呢？如果你是警察的话，你想想看。"

"那警察现在是又来抓你了吗？"

"那倒还没有……"

其实振久也挺好奇的。自从 4 天前被传唤过去问了一堆问题之后他一直都在担心会不会再次被传唤而成天盯着手机看，但是一直什么消息都没有。这种情况让振久更加心虚。警察到底在做些什么，脑子里在想些什么呢？如果他们正在悄悄搜集证据的话，自己有可能会陷入更加困难的境地。如果在他还没注意到的期间，警察手中掌握了能扳倒他的证据的话？

"警察把人整一次也就够了，干吗还反复折腾别人啊？"

海美十分生气地抱怨道。

"警察也确实有理由怀疑我。"

"什么，什么呀？他们为什么老是要怀疑你呢？"

"他们说我进去的时间刚好是朴科长的死亡时间。推测的死亡时间是晚上 11 点到凌晨 1 点之间。但是我进去的时间刚好是凌晨 1 点左右。我刚好在那个时间段被逮住了呗。"

"太不像话了。那朴科长他有可能是晚上 11 点被杀的呀。有两个小时的时间差，这些警察还真喜欢拿这些不像话的理由去冤枉好人啊！"

"还有其他的理由。朴科长 10 点 10 分给方秀妍教授，啊，你知道的吧？就是他交往的那个女人，他给住在仁川的方教授打了电话之后就出了门。然后 10 点 50 分给她发了条自己马上就到的短信。那么朴科长 10 点 50 分左右的时候是在仁川那边的。就算我们假设他在发完这条短信之后没多久就从仁川回了首尔，算算路程我们也能知道他大概在 12 点才能到家。这样的话朴科长的死亡时间就只能是 12 点到 1 点这段时间了。在那短短的一个小时之间，除了我，要再找出其他的嫌疑人太难了。就是这么个意思。"

"那人真的是你杀的？"

"呼……"

振久叹了口气，一字一句地说道：

"不是。"

海美一只手扶着下巴开始在客厅里走来走去。振久无言地看着她，突然，她拍了下手说道：

"那就应该是这样了。犯人就是方秀妍。那个女人。她把朴科长杀了之后在时间上动了些手脚。她拿着朴科长和自己的手机伪造了通话记录和短信。伪造成 10 点 50 分朴科长在仁川那边的假象。"

"哇！你真厉害！"

振久发出了一声感叹。海美虽然有时候呆头呆脑，但有时她也能直接干脆利索地分析出问题所在。她抬起头来，做出一副"怎么样？"的表情耸了耸肩。

"虽然这一点我已经想到了，但你也不赖。"

振久就算是这样还是很宠爱地对海美笑了笑。

"什么呀，别说谎哈！又没人帮你做证，难道你说什么就是什么了吗？"

海美不服气地说道。

"好吧，好吧。就当这是你海美独到的推理好了。但非常不好意思的是，也有理由能证明这一条也行不通。"

"那是什么？"

"推测出的死亡时间最早也是晚上 11 点。如果按照你的推测，方秀妍将朴民书杀害之后再做那种伪证的话，那她至少要在伪造的时间，也就是 10 点 10 分之前将他杀死。但那样的话，警察所查出的死亡时间就与这个不符了。"

"嗯，还真是这样呢……"

低着头想问题的海美再一次拍着巴掌说道：

"对了！她是避开朴科长的视线作假的。她把那些都先弄好了，然后在 11 点过后将朴科长杀了。为了给她自己制造不在场证明。"

"也不能排除这种可能。但是她没有理由那么做啊。她这么大费周章地为自己制造不在场证明还不如什么都不做呢。你想啊，她为了主张两个人准备见面却没能见面做了这么多，还不如从一开始就将情况设置成根本就没见面，两个人也从来没有约过要见面呢。比起留下一两条线索，什么线索都不留下不会更好吗？那天除了早上打过电话之后，两个人之间再也没有任何联系，这样多好啊，她又为什么偏要在晚上那个时间做这种危险的事演给大家看呢？"

"也是哦。哎，我还以为自己终于做出了一次像样的推理呢。"

海美把刘海儿往上拨了一下，满脸的可惜。

"哥哥，那现在该怎么办？"

胡乱推理了一通的海美半担心半失望地嘟囔着，不知什么时候竟半躺在沙发上睡着了。呼吸渐渐变得沉稳的海美脸上又变得明朗了起来。振久给海美盖上一床薄被，自己跑到厨房那边继续想去了。

其实不能说他在想东西。反倒是想想警察会注意到哪些地方，会从哪些方面入手之后想好对策会更加容易一些。表面上的风平浪静反而会让人无法估计出水底是否有漩涡。

大概过了一个半小时左右吧，海美突然站起来大声喊道：

"哥哥，我们做那个试试吧！"

"吓死我了！你是鬼吗？睡一半突然爬起来。"

坐在餐桌这边正喝着咖啡的振久被她一吓，咖啡都差点儿洒了出来。

"我睡着睡着就想到了一个绝妙的点子。"

"什么点子？刚才我们海美才做了一次绝妙的推理，看你今天的状态，我对你的这个绝妙的点子很是期待啊。"

振久虽然嘴上这么说，但却面无表情地摇了摇自己的咖啡杯。

"我们去做现场调查啊。"

"说什么呢？"

"怎么了，警察不也会来回去好几次犯罪现场调查嘛。这样每次都会有新的证据被发现。我们也去朴科长家里再看一次吧，怎么样？"

振久放下杯子看着海美。她这个想法只能用可爱来形容，竟然想把电影里的那一套搬过来。不过她这个想法还有点儿意思。海美又加了一句决定性的话。

"放着会开锁的功夫不用干吗，就要在这种时候发挥发挥本事嘛。"

"……做了好像对我也没什么损失。我知道了。"

不是有句话叫作最危险的事就是不做任何事吗。振久的眼光落在了海美的大型照片上。他先把照片的主人公海美支走，然后拿下照片取出箱子，拿出了小而长的铁片和铁丝。他还拿出了那个假警察身份证以备不时之需。

朴民书的家里并没有被春日的暖阳所感染，反而有些阴冷。振久很轻松地用铁片打开了门，但他们却并没有获得什么有用的信息。对振久来说，这个地方虽然会让他想起事发当天的一些事，但却没有了当时的那种毛骨悚然的感觉，更没有什么地方能引起他的注意。

"但是，我们这算不算是非法入侵啊？"

海美这个出主意的人一进到屋子里就怯生生地问道。振久对这种情况已经再熟悉不过了，但海美好像有点心虚的样子。要不是因为这件事关系到振久，海美肯定做梦也不会想到自己会无缘无故地潜入别人家。

"被发现之前我们就是合法的。"

"什么？那就是说潜入别人家是合法的咯？哎哟，紧张死了，咱们还是出去吧。"

海美推着振久想要出去，但振久却微微一笑。

"没有，其实咱们这还构不成非法入侵。"

"为什么？我们都已经进到别人家了呀？"

"这个房子的主人，也就是入住者朴科长已经死了。那么这个房子的所有权就让渡给了文圣熙。但文圣熙她肯定不会反对咱们进来做调查吧？当初可是她指使我偷偷溜进来调查的呢。房主都说行了，咱们当然就不算非法入侵了。所以你也别心虚，咱们慢慢看吧。"

"……好吧。你这个法学院3年级还没毕业的人说的话，我就暂且相信一次吧。"

海美这是生平第一次进入杀人现场，多少还有点害怕，但那依然阻止不了她闪着兴奋的小眼神到处溜达。看到客厅里摆满的音乐CD和DVD，她不禁感叹道：

"他跟圣熙姐姐的爱好还真的是不一样呢。"

海美已经和刚来的时候截然相反，现在的她正在兴头上，但振久已经放弃调查了。

"没什么可看的了。如果还有什么值得调查的话，警察也不会置之不理。咱们走吧。"

听到这话，海美也只有依依不舍地点头答应了。

两人关上门从公寓楼里出来的时候，振久下意识地看了一眼他家的邮箱。整栋楼的铁制邮箱整整齐齐地排列着。朴民书家201号的邮箱里有好几封邮件，但大部分都是商业广告或者是电话费通知单，其中有一封邮件上的寄件人引起了振久的注意。

"明宝珠宝。"

邮戳显示这封邮件是四天前才寄过来的。振久毫不犹豫地打开信件，里面写了一条简洁的信息。

"您所预订的求婚商品已经为您准备好了。由于您的手机无法接通，我们转用邮件的形式通知您。"

信封外面标注的明宝珠宝的地址就在钟路团成社附近。看样子这家店应该也是钟路3街那一条珠宝商店中的一家。

振久与海美相互交换了个眼神。

"天哪，朴科长好像定制了什么宝石的样子。这是个什么情况？"

"我们先去看看吧。"

振久大步流星地往前走去。

他们乘坐地铁3号线在钟路3街下车之后往团成社方向走

去。根本不费一点力气地就找到了坐落在大街上的明宝珠宝。透过透明的玻璃窗，柜台里的金银制品闪烁着耀眼的光芒。

坐在展示台内部的女店员满脸都是困倦。春天的钟路虽然车水马龙，但这种几乎没有什么客人的店里，时间显得尤其冗长。振久把刚刚从朴民书家里拿来的信件推到那个店员面前。

"我们是来取朴民书预订的东西的。"

"但您不是朴民书先生本人呀……？"

女店员终于打起了精神，有些疑心地问道。

"我是警察。"

振久和颜悦色地从钱包里掏出半张警察公务员证给她看了一眼。之前还像养老院似的悠闲的金店里，空气立刻变得有些紧张起来。其他店员的视线也全都集中在振久和海美身上。与厚脸皮的振久不同，海美多少还显得有些心虚，悄悄瞟了一眼其他人的反应。

那个女店员显然也被吓到了，她看了一眼振久和海美，心里好像胡乱猜了下他们的目的之后，说了一句"我们这里从来不接收赃物"作为回答。

"我们不是因为调查赃物而来的。我们只是想确认一下朴民书先生所预定的东西而已。"

"啊，好的。"女店员好像有些惊讶地回答了一声，轻轻走到展示台那边打开了下面的抽屉。

"就是这个。"

女店员把一个紫色天鹅绒的小盒子放在展示台上。振久小心翼翼地打开盒子一看，海美的大眼睛也跟着他手上的动作移动着。

"哦，这不是戒指吗！情侣对戒。"

海美早就把刚刚的紧张感抛诸脑后，高声喊道。然后接二连三地感叹着"哇，好漂亮啊"。她完全忘记了自己现在的身份还是个警察，只是单纯地以一个女人的眼光去看待这枚戒指。

"他说这是准备给妻子制造一个惊喜时要用的戒指而特意定制的。"

旁边的店员也凑过来多了句嘴。振久问道：

"妻子吗？姓名是……？"

"好像，是叫作文圣熙吧。"

听到"文圣熙"这个名字的一瞬间，振久浑身震了一下，海美也睁大了眼睛。

"他特别定制了什么呢？"

"朴民书先生让我们把女式戒指做成两个。"

"为什么？"

"应该是为了那个惊喜吧。"

"那个惊喜是指？什么惊喜需要用两个戒指呢？"振久追问道。

"那我们也就不得而知了。我们当时也问过这个问题，但他只是害羞地笑了笑，也就过去了……"

女店员说着说着自己也笑了起来。

振久把大一号的男式戒指拿起来端详了一下。铂金戒指上镶嵌的一颗钻石闪烁着耀眼的光芒。戒指内侧刻印着斜体的"PMS"字样，这应该是他的名字的大写字母缩写。银白色的戒指设计得并不复杂，就像朴民书本人给人的感觉一样。

盒子里面正如女店员所说，除了男式戒指之外还有两个戒指。振久放下手中的男戒，拿起另外两个戒指自己观察了一下。因为是情侣对戒，这两个戒指的设计与男戒如出一辙，只是尺寸小了一点而已。两个戒指内侧也和朴民书的那个戒指一样，斜刻着"MSH"的字样。

振久又看了一眼大写字母，问道：

"刻上这个字母也是朴民书先生要求的吗？"

"当然了。如果戒指上还有这么细心的部分的话，女士会更加喜欢哦。"

"这个是什么时候预订的？"

"这个，应该有半个月了吧……因为他要三个戒指，所以做起来要多花些时间。朴民书先生在预订的时候我们也提醒过他，说大概需要 2 周左右的时间。"

女店员把预订单拿过来翻找了一下之后说出了准确的预订日期。那一天，振久永远也忘不了。那正是朴民书过世的前一天。

"因为调查需要这个戒指，所以我们能把它拿走吗？"

女店员断然拒绝地摇了摇头。

"这是不行的。如果朴民书先生自己不来取的话，就算是警察我们也不能把戒指交给您。"

到了这个时候，女店员的脸上突然闪现了一下疑惑的表情。好像在怀疑这些人是不是冒充警察的骗子似的。

"好吧，我知道了。那我下次拿到许可令之后再过来拿好了。"

振久适当地，但又不太让人起疑心地留下这句话之后，带着海美赶紧离开了珠宝店。

"哇！这也太棒了吧。"

在回家的地铁上，海美一直很兴奋地想着那个戒指的事。看来她倒是对那枚戒指很满意的样子。

"虽然设计很简单，但也很经典。一件好的设计，不是往上加东西，而是要把不必要的东西撤下来才是。"

　　她这样子都能做个专业的鉴赏师了。

　　"那把那颗钻石拿下来会不会更好？"

　　振久的这句话引来了海美的一阵怒视。

　　"但是他现在跟姐姐的关系又不好，为什么突然要定制情侣戒呢？还一次定了两个女戒，他想用这个做什么惊喜活动呢？"

　　海美歪着脖子看着身边的振久。

　　"朴科长他会不会想和圣熙婶儿和好啊？"

　　"他为什么要这样呢？姐姐不还一直坚持要离婚的吗？"

　　"所以啊，他被逼到这种绝境之后就想用一个戒指去挽回这段感情吧。"

　　"以圣熙姐姐的性格，这一招行得通吗？"

　　就连站在文圣熙这边的海美都对此持有怀疑态度。

　　"戒指是恋人之间永远的浪漫。玛丽·安托瓦奈特在法国大革命时被囚禁在宫殿里时还给情人阿尔赛德·菲尔逊送过戒指。为了让冰冷的戒指染上热血的温度，她把那个戒指戴了四天才送走。戒指上刻着'你这个将她遗弃的卑鄙之人'。当时身在比利时的菲尔逊收到这枚戒指之后感激不已。而那个时候，菲尔逊的人头在法国被悬赏巨额赏金，只要发现就可以当场将他杀死。但他为了去见玛丽·安托瓦奈特，还是不顾自己的生命危险毅然决然地踏上了法国的土地。"

"我说呢，真的好浪漫啊！"

"那是临死之前传递真心的戒指。玛丽·安托瓦奈特当时被关在高塔里等待着死亡降临时给菲尔逊传达的最后的信息。这是她最珍惜的，唯一一个最终带到监狱里的戒指，然后她用蜜蜡把上面的字迹掩住送了出去，送走的时候还说了一句'这句话没有什么时候比现在更有价值'的话。据说那句话的含义是'所有事物都将我引向你'呢。"

"……好可怜。但是，这么了解这个浪漫故事的人怎么在自己的私生活上那么枯燥无味呢？"

海美说着说着又瞟了振久一眼。

"现在好像不是说这个话的时候吧？"

振久挠了挠自己的额头，悄悄回避着这个问题。

"不管圣熙婶儿她有多么凶，看到这枚代表真心的戒指之后也应该会心软吧。朴科长他不是说过自己真的不想离婚吗，所以他才悄悄做了这些准备。"

"不过你凭什么就说是给圣熙姐姐的呢？朴科长他不还有情人吗，方秀妍。"

"方秀妍是他跟圣熙婶儿分居之后才交往的，而且他好像根本就没打算跟方秀妍结婚，方秀妍的想法也一样。"

"那他就赶紧跟方秀妍分手啊。想要跟圣熙姐姐和好的话，当然要先把方秀妍那边断掉才对。那什么来着，姐姐特别讨厌优柔寡断的男人。"

海美总觉得万事都有自己简单明了的解决办法。

朴民书会不会生活在更加复杂的感情当中呢？特别是从与文圣熙分居前两个月开始。他因为寂寞，与方秀妍坠入爱河，但他又想继续和文圣熙维持婚姻关系。虽然真心这种东西并不代表着只能有一种选择，但同为男人的振久也有点理解不了他的想法。这种问题的答案不像数学题一样会有一个定数，它就像水银灯的灯光一样灰蒙蒙的模糊不清。人的感情纠葛已经涉及了经验领域，但这个领域恰好是振久的弱点。

难道是因为自己没结过婚，所以才无法理解的吗？

振久摇着头闭上了眼睛。

一回到王十里的家中，也不知道是不是因为紧张的情绪放松下来，海美直接占据了大床会周公去了。振久虽然也是困意重重，但却根本就不想睡觉。他坐在沙发上，琢磨着自己要不要看个电视。好不容易才从沙发靠背后的缝隙里发现遥控器，正准备把它拿出来的时候，他的电话铃声适时地响了起来，打破了屋内的宁静。虽然电话弄出的声响很大，但还是不足以把海美吵醒。

来电人显示竟然是海美不久之前才嗤之以鼻的坏女人方秀妍。振久上次去仁川找她时拿到名片之后特意储存了她的电话号码。

"我现在在首尔，咱们见个面行吗？我有些话想对你说。"

她为什么来首尔，又有什么话想对自己说呢？不论如何，这回都一定要去看看。

振久在熟睡中的海美头发旁放了一张便利贴后朝玄关旁边的衣帽间走去。虽然他还不太清楚见面的目的，但他还是拿出了洗好的牛仔裤穿好，再套上一件自己很爱惜的西装上衣。穿戴好了之后，振久照了照镜子后满意地出了门。

很巧的是，方秀妍竟然就在王十里这边。振久从来没有跟她提起过自己住在哪里，她竟然就在自己家附近。这一点也让方秀妍吃惊不已。

"你的家竟然就在这里。如果没打这通电话的话那真的要郁闷死了。"

方秀妍坐在咖啡馆里，一手拿着浓缩咖啡杯笑着说道。说是有事想要见一面，但这句台词还是有点小暧昧。橘色外套的衣领很是帅气。虽然上次的见面打破了振久对她的幻想，但她依然是一个有魅力的女人。少了点清高，多了些妖娆。

"是有什么事吗？"

"就是在这边有些事要办而已。"

她这个回答有些傻。振久不是问她来王十里要办的事是什么，而是想问她为什么来找他。直接追问的话老觉得有些明显，振久还是决定等她自己想说的时候再说出来。

两人见面的时候已经到了晚餐时间，他们直接一起去吃了顿晚餐。一家意式餐厅里，方秀妍点了一份白汁意面，振久则要了一份蛤蜊意面。方秀妍还点了一瓶波尔多葡萄酒。

"一瓶酒会不会有点多啊？"

振久有些担心地说道。"难道这个女人是想让我埋单不成？"这才是他真正担心的。但方秀妍咯咯咯笑了起来。

"我其实比看起来要能喝哦。今天这顿我来请，所以你就不用担心，敞开了喝吧。"

一副她知道振久心里在想什么的语气。

方秀妍喝酒就像喝白开水一样咕噜咕噜往下灌。好像对她来说，意面只是配菜，葡萄酒才是主食一样。

"那天你走之后我想了很多，关于民书的一些想法也乱成了一团……"

方秀妍的眼眶渐渐湿润了，她轻启被酒浸湿的嘴唇娓娓道来。振久听到她这么说，心里既感到有些抱歉，又有些忐忑不安。

"我真的没想到会揭起你的伤疤，当时我的情况也比较紧张，所以……"

"我知道，我很清楚。但是回头一想才发现那个人和我之间的事竟然没有任何人知道，这让我有些感伤。现在知道的也就只有你一个人而已。"

像方秀妍这种拥有细腻心思的女人有这种想法也很正常。毕竟她认为婚姻只是一场交易，爱情是决不能用婚姻去衡量的高洁感情。

"你就像是一个小偷。"

方秀妍看了振久一眼，妩媚地笑了起来。就算听到自己是个小偷，振久也没有感觉到有任何不爽。他巧妙地把这句话解读为自己是个"偷心贼"，就在这一瞬间，海美的样子掠过他的脑海。振久在别的女人面前想起海美就只有一个原因，那就是他感受到了那个女人的魅力。那种心动让他对海美产生了一丝抱歉和深深的恐惧。

一顿晚餐直接演变成了酒局。他们来到了上次振久与文圣熙父女见过面的 ruark 酒店地下一层的酒吧。正在下楼梯的时候海美打了个电话过来。

"留下一张便利贴就跑了，你也太可耻了吧？"

"对不起，突然有事找我。你现在在哪儿？"

"还能在哪儿，当然是回蚕室这边了呗。"

振久听到海美回家了之后，不禁觉得有些安心。

方秀妍坐在酒吧的角落位置，不紧不慢地看着菜单。突然惊呼一声"哎哟，这里还有Balvenie（百富）呢"点了这瓶洋酒。

"我还是第一次听说Balvenie这种酒。"

"很好喝。虽然好喝但是最近假洋酒太多了，一般常见的牌子我都有点不放心。像这种这么稀贵的酒，造假的可能性也不大。"

方秀妍竟然还是这么一个疑心重的女人，行事这么小心，这一点让振久感到有些意外。点好的Balvenie和下酒的奶酪之类的送上来之后，方秀妍又开始喝了。看来她还挺能喝的。振久心想自己不能输给一个女人啊，也开始猛喝起酒来。只要是个男人，都多少会在自己不讨厌的女人面前装模作样。至少在"酒"和"开车"上面不能给女人留下"不行"的印象，这已经是男人最后的虚荣心了。

"我吧，就算不醉也能喜欢上一个男人。"

方秀妍舌头打着结，前言不搭后语，还把空杯砰的一声放在桌子上。振久赶紧扶住晃动的酒瓶，给她的酒杯里再次满上。

这个女人会不会没有男人，不是，没有爱情就活不下去？会不会在朴民书死后受不了那种极度的空虚而另外找了男人？但就算是那样她也不能在身边随随便便找一个男人吧，她还穿着女教授的外衣呢。我是个无缘无故出现的家伙，她可能觉得这样能更加随便吧……在酒精的作用下，振久在已经有些模糊的脑子里想着这些有的没的，人渐渐倒了下去。

摇晃着的视野里，他好像看到方秀妍的影子晃荡着跟自己说：

"我今天不想自己一个人回去……"

振久扶着方秀妍走出了酒吧。方秀妍比振久醉得更加厉害，账单最终还是落在了振久头上。虽然他犹豫过要不要拿方秀妍钱包里的信用卡来结算，但最终还是为了守住男人的自尊心，把这个肮脏的想法从脑子里擦除了。

振久和方秀妍一起乘出租车向王十里的公寓驶去。偏偏方秀妍也根本不知道自己今天晚上要干吗，振久也没觉得不能这么做，他根本就没有那么严格的自制力。如果让她住酒店的话，就以她现在这种马上就要失去意识的状态，今晚的住宿费肯定也要振久代付了，这完全就是不必要的浪费嘛。我就是对面山顶上那个公寓的主人，有必要把自己搞得这么狼狈吗？振久用这些理由把自己说服之后上了出租车，但还是有些害怕海美在自己家里，赶紧给海美打了个电话。

"你在哪儿？"

"干吗又打电话？当然在家了，还能在哪儿啊，都这个点儿了。"

虽然海美有点发脾气，但现在振久关心的就只是海美在不在自己家里而已。

振久几乎是抱着倚在自己身上的方秀妍回到家里。他一手搂着她，一手按下了客厅电灯的开关。方秀妍被明亮的客厅灯光闪到眼睛，皱了皱眉头之后直接倒在沙发上。虽然振久一直在告诫自己说没什么目的，但真的到了这个时候，屋子里只剩他们两个人的时候，他心底有一股冲动在蠢蠢欲动了。

振久一边告诫自己不要有什么想法，一边在心里幻想着那个场面：一回到家里，方秀妍突然变得有些清醒，给了振久轻轻一吻。振久则温柔地把她抱在怀里……然后这对男女随着节奏不断……

不过方秀妍一点动静都没有，是睡着了吗？

振久走到沙发那边轻轻摇了摇她的肩膀，没有任何反应。振久站在旁边蒙了一会儿，又更加用力地握住她的肩膀摇了摇，这次她只是"嗯"了几声之后翻了个身又睡过去了。妈的。

振久放弃了这个想法。

他把方秀妍的腿抬起来放上沙发，还帮她把缩上去的裙摆拉下，然后把旁边的小毯子盖在她的身上。那其实也是为了振久准备的东西。要和这种诱惑性极强的双腿过上一夜真的太具有挑战性了。

振久摇了摇头。我这都在想些什么呢。现在自己都已经是自身不保了，还有心情去想这些男女之事？就简简单单地给这个孤独又疲惫的女人提供一个休息的地方好了。

振久洗完澡后独自一人躺在床上。现在家里有两个人在，但为什么有一种自己一个人在家时不曾感受到的寂寥呢。

在酒精的作用下，瞌睡虫很快就来了。正在振久要进入深睡眠状态的时候，客厅那边好像发出了咔嗒的一声。振久一开始还以为是风吹倒了什么东西发出的声音，但那个声音一直持续了很久，咔嗒，咔嗒，咔嗒。振久几乎已经睡熟了。如果不是另一个声音打破了深夜的静谧的话，振久肯定爬不起来。

叮咚。

振久扑腾一下从床上翻身起了床。有种不祥的预感。这么大晚上的，不可能是送快递的人，小偷也不会按铃。

这个时间点还会按门铃的人……就只有海美！

他几乎是飞也似的跑向客厅，根本就没意识到自己只穿了条内裤。方秀妍可能是睡觉的时候挪了下身子，面对沙发靠背睡得正香。

打开玄关门一看，站在门口的人果然是海美。她撩起振久的胳膊，推着他进了房间。海美本来就是黑着脸进来的，看见躺在沙发上的方秀妍之后两只眼睛里都快要迸出火花来了。盖在方秀妍身上的毯子不知何时滑落在了地上，她那两条光滑的大腿在海美面前展露无遗。海美这回把视线转回光穿着内裤的振久身上。

"不是那样的！"

振久赶紧用手捂住了自己的脸。

振久在地上跪了 30 分钟。方秀妍睡醒之后酒也醒得差不多了，但她并没有解释什么，留下身陷泥潭的振久和杀气腾腾的海美自顾自地回家了。

"你这段时间打着去找警察的幌子把我支开，净干这些事儿了吧？"

她没叫自己狗崽子振久就要感恩戴德了。

"不是的，这次真的是误会啊。真的。"

"我就觉得有些奇怪。你觉得我好骗是吧？你以为就你有这些小聪明啊？我眼力见儿可高了，我说你怎么打两次电话都问我在哪里，我会不知道你？"

近朱者赤，近墨者黑。与有点小聪明的振久交往了 2 年的海美现在也不是那么好骗的了。热血海美这不就因为振久三番两次地打电话起了疑心，然后跑过来确认来了嘛。

噩梦一般的晚上终于过去了，但第二天，还有更加现实的噩梦化作电话的形式找上门来。主人公正是城东警察局的江度日，"终于"来了吗？

"你来一趟城东警局吧。"

老粗的嗓音来通知振久去警局了。根本就没什么郑重的传唤，只是打电话像召唤下人似的呼之即来挥之即去的语气。难道他们已经有了可以把自己变为嫌疑人的自信心？该来的终于来了。振久的心里反而轻松了许多。但是为什么不走正常的逮捕程序，反而让他先过去一趟呢？是想让他先做陈述再来进行逮捕吗？如果自己侥幸不用被逮捕，那这次反倒是一次能够了解警察们在想些什么的最好时机。振久更希望是这样。但如果真的要被关进去的话，穿身休闲的衣服应该会更舒服吧？振久穿了条肥大的裤子，T 恤上面套了一件套头衫就出门了。

城东警察局重案组的办公室里依然是一派乱糟糟的景象。

振久又想起了之前自己接受调查时的景象，不禁有些倒胃口。但与上次不同的是，这次的振久没有一丝遗憾地坐了下来。江度日本来正埋头于研究桌上资料，看到振久之后反而十分和颜悦色地接待了他，甚至还给他用纸杯倒了一杯绿茶。

江度日等振久一坐下就开始发问了。

"那天你擦掉的指纹是哪些地方的，你今天把这一点讲清楚就行了。"

"擦掉指纹的地方吗？"

振久稍微回想了一下之后回答道：

"玄关门，房门把手和电灯开关。"

"我不是让你一个不落地全部说完吗。你明显还擦掉了玻璃杯和啤酒瓶上的指纹。"

"我没有擦那个。"

"你又在耍什么鬼！我只要你实话实说就行了。"

"这就是事实。那个本来就不是我擦掉的。"

"凶手另有其人，你是想这么主张吧？所以你把它擦了之后就没有再碰过它，水果刀那边也是一样。反正今天就这么算了，我也不是因为玻璃杯才把你叫过来的。"

振久也就没有再继续摇头了。自己本来就擦过一次指纹，拿这个跟警察开过一次玩笑，他们不相信振久的话也是情有可原，振久对此无话可说。反正今天江度日叫自己过来好像不是因为这个，而是因为其他的什么事。

"你都擦了哪些地方的开关？"

"开客厅那个灯的开关，还有卧室的开关。"

"你好好想想。你确定你是擦掉了客厅和卧室开关上的指纹吗？"

"是，我确定。那天我也被吓得不轻，所以我做的这些事我都记得清清楚楚。"

江度日像是嚼到什么苦东西似的表情，咂了咂嘴。

"怎么了？"

"没什么，算了。你走吧。"

"啊？"

这与自己心理准备的落差也太大了。警察竟然让自己回去，这反而让振久的心里有些不踏实起来。

"那我的嫌疑是已经被洗清了吗？"

江度日眯起眼睛说道：

"你开玩笑的吗？"

振久叹了口气。江度日今天倒没有用那种凶狠的目光看振久，反倒是笑得让人有些毛骨悚然。

"你要是害怕就跑路呗，那样的话我就太感谢了。到时候我就可以直接申请逮捕令了。"

从警局走出来的振久咂了咂舌。江度日真的希望振久心虚逃跑吗？现在他们怀疑振久是嫌疑人，但调查却毫无进展，他会不会希望振久直接逃跑，用行动来证明自己的罪行呢？不过江度日到底在想些什么？为什么把自己叫来警局之后只确认了一下擦掉指纹的地方就放人了呢？

就在这时，振久的脑子里突然有一阵电流流过，一下子让他把两个相去甚远的事实联系了起来。

方秀妍昨天突然来到王十里附近，还给振久打了个电话。

她一直到昨天两个人见面才知道振久就住在王十里，所以她不可能是专程过来跟振久见面的。

然后就在第二天，一直没什么动静的江度日把振久传唤至城东警察局，结果只莫名其妙问了一句指纹这种细枝末节的问题就没了。

而城东警察局正位于王十里。

那么难道方秀妍昨天来王十里是被城东警察局传唤过来的？所以她录了些口供，然后江度日为了确认她的口供是否属实，又把振久叫过来问了些关于指纹的问题？

住在仁川的方秀妍不仅来了首尔，还来了王十里。第二天警察就把振久叫了过去。如果这两件事情真的不是偶然的话，那就只有这一个结论了。这个五段论所指出的结论很明显。

振久立刻在王十里站坐上了地铁，而他的目的地正是仁川的麦迪逊大学。

"教授来了个客人，出去了。"

大眼睛的女助教这样告诉振久。都怪振久自己昨晚太过紧张，以至于现在脑子里都还是混乱的，忘了提前给她打个电话。结果就这样错过了。

"你知道她可能会去哪里吗？"

"好像已经出了学校了吧。不过有一家店教授常去那里。"

方秀妍常去的那家咖啡店就在校门口对面靠右手边的某建筑的2楼。昨晚喝多了，到现在振久还觉得有点犯恶心。他用手顺了顺气，向着麦迪逊大学的校门走去。一出校门，振久就发现了助教跟他说的那个咖啡店。虽然招牌很小，但整个建筑的2楼全都被刷成了灰色，就像是单独凸出来的一样，特别显眼。

振久推开门走进店里，马上看到了坐在角落里的方秀妍，她的一头长发很是明显。但她并不是一个人。有一个人坐在她对面，方秀妍的视线一直没有离开过她。不过那个女人怎么看着觉得那么眼熟呢？穿得又丑又土的……她对面的女人像是在说些什么,在她低头的那一瞬间,振久看到了她的侧脸。振久早就觉得有些不好的预感,还想着不至于吧,没想到那个女人真的是文圣熙。

上次他把方秀妍的联系方式给文圣熙的时候就预见到了。文圣熙不可能不过来找她。但是为什么偏偏是今天呢?仔细想想,这好像也不是偶然的样子。原因应该就是海美。海美昨晚在经历了那么多乱七八糟的事,肯定会向文圣熙一吐为快。她要是说振久瞒着她跟方秀妍有什么什么的话……什么?那个女人勾引了我老公还嫌不够,竟然还跑来诱惑振久?文圣熙如果这么想的话,那以她那种急性子肯定会火冒三丈,然后她就很有可能会比原计划提前,今天来找方秀妍算账来了。今天这两个女人的见面是必然,但偏偏振久怎么也挑这个时间过来呢。

振久故意挑了一个不容易被她们发现的盲区坐下,巨大的绿色植物将他可视范围的三分之二都遮住了。她们之间的对话好像没有振久想象中的那么激烈。

"文圣熙还挺让人意外的吗?"

振久还想着她们可能会互相揪头发,至少也会泼杯水啊什么的,这么有魄力的戏码竟然没有在这里上演,这让振久多少有些讶异。文圣熙什么时候那么有教养了?而且她说话的声音也没有很高。

这比想象中的要无聊多了。

20多分钟过后，文圣熙站起身来。她根本就没打算付钱，直接开门走人了。振久朝方秀妍那边瞄了一眼，发现她还是坐在原位上，只是拿出一支烟开始吞云吐雾。

振久动了动脑子，赶紧跟在了文圣熙身后。文圣熙下楼梯下到一半，好像突然想给谁打电话似的，从包里掏出了一个大屏手机。她还没开始说话呢，振久就从她身后出现开口问道：

"方秀妍都说了些什么？"

"妈呀！"

文圣熙被振久吓了一大跳，失声尖叫了一声。然后说了句"你怎么会在这儿？"，向振久投来了怀疑的眼光。她的脸色看起来还不算太坏，根本就看不出她刚刚才和前夫的情人这个天敌一样的人物对决过，在她的脸上压根儿看不到一点紧张或者愤怒的痕迹。

"你刚刚太稳重了。我本来是偶然路过的，看见你们之后担心你们之间会闹出什么事，所以一直在旁边小心观察着。"

"我现在过来找她揪着那些不放又有什么意思呢。"

"方秀妍她也没有无理取闹吗？"

"没有，还不至于。我一开始还以为她是一个精明狭隘的女人，没想到她还挺好的，我也就心平气和地跟她聊了聊。不过她一直到最后也没说什么对不起之类的话。我也没生气，只是留下一句话之后就甩手走人了。"

"说什么了？"

"那你就去问那个女人好了。她也就是披着一张教授的外衣而已，其实挺傻的。也不知道她有没有听懂我话里的意思……"

文圣熙的眼神和话里出现了刚刚没见到过的狠毒。她是搁在台面上不说，背后把人恨得牙痒痒吗？振久对文圣熙这种瞬息多变的本事佩服得五体投地。

"虽然我现在也不是能说这种话的立场……"

文圣熙好像要说什么振久不想听的话一样。振久虽然想捂住耳朵不听，但文圣熙才不管这么多呢，径直说了起来。

"振久你也不能那么对海美吧。就算方秀妍她本来就是那样，那你不能那样啊。"

果然文圣熙还是从海美那边听说了昨晚的那些事。要不然就是她想警告自己不要出轨。文圣熙从海美那边听到这种一半误会，一半实话的故事，肯定心里多少有些想法，搞不好她现在根本就没把自己当人看。

解释，自己昨晚已经给海美解释得够多了。振久找了句适当的话把文圣熙给搪塞过去了。振久看着文圣熙飘然而去的背影，不禁觉得要接受精神治疗的人不是朴民书，应该是文圣熙才对。

振久重新爬上楼推开门一看，发现方秀妍依然在原地吸着烟，手指头还不断地敲着放在桌面上的 iphone。都是为了让自己镇定下来，为什么与刚刚的文圣熙比起来，方秀妍就显得那么优美呢。振久向她走去。

"心情还好吗？"

"哦？振久啊。"

方秀妍虽然对振久的突然登场显得有些惊讶，但还是对他微笑了一下。振久一屁股坐在她对面的座位上。

"昨天因为我，你应该被女朋友骂得狗血淋头了吧？对不起，竟然让她误会了。"

两个人好像心照不宣地都想把昨天发生的事情当作什么都没发生过一样。

"没有啦，海美她不是会因为这种事就误会的那种心胸狭窄的人。别担心了。"

方秀妍一副"原来如此"的表情点了点头。尽管现在从振久憔悴的脸上明显可以看出昨晚他被海美整得有多惨，但她还是不想去揭穿他的谎言。

"昨天你是不是去城东警察局那边说了些什么呀？"

这虽然是振久的猜测，但他还是装作早已经知道的事实一样问出了这句话。方秀妍轻轻抬起头来说道：

"你的消息还真灵通。我昨天是接到了城东警察局的传唤，让我去做证言。这已经是第二次了，上次朴民书死的第二天我也被叫去做过一次。"

"是因为什么传唤你的呢？"

"说是因为指纹。"

现在终于能理解江度日为什么问振久擦掉了哪些地方的指纹了。方秀妍像是再也没有办法隐瞒了似的，将自己的事和盘托出。

"其实那天晚上，朴民书死的那天晚上我去过他家。不过我到的时候他已经死了。"

振久暗自咽了口口水。方秀妍继续开门见山地补充道：

"民书他说好了要来我家的，但却一直没来，我就生气了。所以大晚上的就跑过去找他。那时候应该是凌晨3点左右吧？我自己越想这事儿就越睡不着，越想越生气。让我苦等那么长时间还不来，不来也就算了，连个电话也不打。然后我就打了个出租车跑到了首尔。这段时间我是故意装作不在意，都是因为自己的自尊心所以才没把这些说出来。不论是对你，还是对警察。"

自尊心这个东西就是这么碍手碍脚。除了纠缠着你，让你不能随心生活以外一无是处。振久在脑子里使劲摇了摇头。

"……那你应该看到朴科长的尸体了吧。"

"……是。"

方秀妍连这个都说得很淡然。

"不管我怎么按门铃他都没有反应,我就直接拿自己手中的钥匙开门进去了。啊,当时的门好像就是开着的。反正我就看到了那幅恐怖的场景。当时我真的被吓坏了。当然是既有自尊心在作怪,又怕自己被误会成杀人犯。所以我都没跟警察说过我那天晚上去过朴民书家里的事。但是这次说是检出了指纹。"

"什么指纹?"

"卧室电灯的开关上。我每次开灯的时候都有把开关下面碰一下的习惯。他们好像是这次才发现我留在开关下面的指纹。"

卧室的电灯开关振久明明已经擦得干干净净了,上上下下全都擦得一干二净。那么如果方秀妍的指纹在开关下方被发现,那么就只能是振久离开后方秀妍才进去的可能。但是玄关门和房门振久也已经擦过呀?

"你的指纹没有在玄关门或者房门那种地方被发现吗?"

"那天晚上是倒春寒,不是特别冷吗?我戴了手套,进屋之后才把手套摘了下来。里屋的门本来就是开着的,我也就没去碰门把手,就只是开了一下开关而已。"

　　振久这就能理解了。警察在开关那边发现了方秀妍的指纹之后高兴得不得了，把她叫过来做口供。虽然他们对振久不是犯人这件事感到有些意外，但管它是黑猫还是白猫呢，只要找到真凶就行。方秀妍是被害者的情人，这种人物经常是这种案件中的主角。本来就有充分的理由怀疑她，结果这次还发现了她的指纹，这就百口莫辩了。其实她作为朴民书的情人，在朴民书的屋子里发现她的指纹十分正常，但是在振久已经擦得干干净净的开关上再次发现了方秀妍的指纹的话，事情就有些不一样了。方秀妍之前说过自己那天晚上在自己位于仁川的家里，但其实她还去了一趟朴民书的家。那么将这一事实隐瞒的情人，没有比她更有力的嫌疑人了。

　　被警察传唤过的方秀妍没头没脑地说出了实话。那天晚上她确实去过朴民书家里，但却因为自己的自尊心和恐惧将这个事实隐瞒了起来，而且在她去的时候朴民书已经死了。警察对她的这个口供有一些疑问，怅叹不已，所以又把振久叫过去问他到底擦掉了哪些地方的指纹。但是方秀妍的口供并没有什么破绽，暂时高兴了一下的警察就想从振久这里入手破案。但是不管怎么看，从卧室开关上发现方秀妍的指纹开始就应该预料到。那个指纹可以证明她当天晚上确实去过朴民书家，同时也是朴民书死后她是在振久离开之后进去过的痕迹。这种有矛盾的小线索也能让警察陷入调查困境。

反正那天晚上朴民书家真的很热闹。凶手、振久和方秀妍从晚上开始一直到凌晨都轮着番地从他家里进进出出。

"跟文圣熙那边都解决了吗？"

振久换了个话题。

"你看见我跟她见面了？"

"啊，是啊。我当时就坐在那边的座位上。我怕你们会出什么问题，到时候我在现场还能帮上一把。"

"她坚信他们是因为我才分居的。就算我告诉她我跟朴民书是在他们分居之后才认识的，她也根本就不相信。"

"也正常吧，她只要一旦开始怀疑就不会轻易停止的。"

"我现在觉得她和朴民书之间的关系真的薄得像层纸一样。"

"这又从何说起呢？"

"我说朴民书是一个孤独的人，还问她说他的孤独是不是都是她的杰作。结果她竟然冷笑了一声，反问我说他这个有家庭有工作的人又不是小孩，有什么好孤独的。"

"这场面还挺危险的啊！不过以圣熙的脾气，她说出这样的话也正常。"

"是啊，我也觉得她当时没有过来揪我的头发就已经是万幸了。但是……"

方秀妍抬起头来问道：

"文圣熙反而说我是个可怜的女人，这是为什么呢？"

她的语气让人听起来有些伤心、凄凉。

"还能有什么意思呀？这只是她这个被抢走老公的女人对你发的牢骚罢了。"

振久虽然这样安慰着她，但方秀妍却没说一句话，只是自嘲似的笑了笑而已。

再去一次城东警察局也并没有给振久留下什么好的感觉。虽然这次并没有把他当成嫌疑人对待，但是也让他想起了之前那些不好的回忆。这让振久心里的不安就像潮水一样越涨越高。他离开重案组时江度日的那两道凶狠的眼神也让他不安，警察会不会过不了几天又要传唤自己呢？

手机铃声不合时宜地响了起来。来电人竟然是文启东，这让振久有些意外。

"振久啊，咱们一起喝杯酒吧。"

很随便的一句话，就像认识了很长时间的公司前辈对自己说话的语气一样。跟已经蔫了的振久不同的是，已经洗清嫌疑的文启东好像又再次充满了活力。

"为啥非要找我呢？"

振久也是有些脾气的人，文启东这个才被释放了几天的人干吗非得找自己出来喝酒呢。不过惊讶归惊讶，他突然想到了自己应该可以通过文启东来窥探一下警察的想法。警察在调查文启东的时候说了些什么话，是怎样的一种态度，如果能知道这些东西的话，自己把握警察的意图起来就更加简单了。

那天晚上文启东在位于新川巷里的一家生鱼片店等着振久的到来。宽阔的店里因为客人吸烟而烟雾缭绕，人声鼎沸，就像集市一样。课桌一样的桌子摆满了整个大厅，里面大概有五六张要脱鞋才能就地入座的桌子。文启东就坐在里面，对刚进门的振久招了招手。

振久上去一看，发现他好像已经提前喝了一两杯的样子，红光满面。他这次简单地穿着一件春天的薄外套，跟上次在 ruark 酒店见面时打扮得很不一样。在他的身边，还有一个四十岁左右的女士安静地坐着，穿着两件套，显得十分淑女。她给振久的感觉就像是一个影子，或者是一件家具或壁纸一样。难道她就是和文启东同居的赵美妍？海美说的时候自己也没在意听，现在亲眼见到了以后就只能在心里发出一句"果然"的感叹。她那个样子真的就像是永远的少女一样。

振久对他们鞠了个躬之后才坐下。文启东特别夸张地跟振久握个手之后才给他和赵美妍互相介绍了一下。

"这是和我一起生活的人。这位是金振久，我非常喜欢的人生路上的后辈。"

赵美妍对他嫣然一笑。那个美丽的笑容与现在吵闹的生鱼片店的氛围格格不入。她的美，是走在时尚最前沿的美。男人永远的期待，女人味。海美以后年纪大了会不会也有这种感觉呢？振久想到这里，不禁用力甩了甩头。海美估计只能像个女汉子一样老去了。

"怎么啦？怎么突然摇头？"

"没，没什么。"

接下来就是一阵烧酒的洗礼。文启东已经喝嗨了，他的话就像阵雨一样倾泻而下，一个人hold住了全场。

"美妍你吧，我真的是很爱你，所以才说要生活在一起的。怎么样？这么美的女人，对男人来说啊，就应该为她们献出自己的人生才对。"

这种上了年纪的男人根本就不会在说话的时候顾及体面这个问题。振久虽然不讨厌他那种随和的性格，但还是没弄懂自己来这个地方到底是为什么。神志有些模糊的振久逢场作戏地跟文启东一唱一和，而文启东突然问了他一句。

"调查进行得还顺利吗？"

"您是指朴科长的这件案子吗？"

"对，你不是说要为自己洗清嫌疑嘛。"

振久不禁顿了一下。文启东见状，不由得噗哈哈地大声笑了起来。

"没事儿，没问题的。我这次不也被当作嫌疑人抓进去过一次吗，应该会没事的。别担心了，难道警察还会把无辜的人抓进去不成？你看我都出来了就能知道不可能的嘛。"

"是，应该会这样吧。"

文启东的话在振久听起来就像是不懂情况还乱说一通的胡话一样，只能起到让人怒火中烧的效果。但振久又不喜欢什么事都跟别人较真，他也就随便答应一声给糊弄过去了。不过警察是怎么想的，文启东是不是知道些什么，这些要不要旁敲侧击地问一下呢？

"那现在警察是在怀疑谁呢？"

"别担心了，他们已经完全不怀疑你了。"

不会吧。文启东虽然拍着胸脯这样说，但振久还是不敢相信他的话。就在前几天，振久还看到过江度日那种想把自己生吞活剥了的眼神呢。他那句马上就会把自己送进监狱的威胁到现在还经常在振久耳边回响。文启东当时也只是被当成嫌疑人调查过而已，他不可能对警察的方阵那么清楚，更不可能从警察那边听说振久还在不在嫌疑人之列的消息。文启东为什么要说这种大话呢？警察本来就把振久当成嫌疑人，在知道是他在指纹上做手脚之后更是把他恨得牙痒痒。从客观上来看，朴民书被杀时在时间和空间上与其最接近的人就是振久。就算没有江度日的威胁，是个人都会觉得振久现在不是能安心的时候。文启东的那句大话根本就毫无根据可言。如果他不是因为了解什么内幕才这么说的话，那就只能得出一个结论。那就是对别人人生的漠不关心。

赵美妍几乎没说什么话。弱不禁风的外表下酒量却很棒的样子。几乎是一口生鱼片干掉一杯酒的架势。

"就是，振久你现在可以放下心来把那些事都忘掉了。人活在世上总会遇到那么几次不如意的事嘛。"

她一开口就是这样，文启东说一句她也就附和一句。看来振久受文圣熙的委托去调查朴民书，结果被怀疑成杀人凶手的事赵美妍也知道。但赵美妍这一句安慰性的话怎么会让自己觉得很受用呢。振久突然想起了朴民书的情人方秀妍。比起虚有其表的方秀妍教授，这个女人反倒更有一种傻傻的魅力。

突然，振久旁边出现了一个模糊的人影。一个胡子拉碴四十中旬的男人不声不响地走了过来。他从头到脚穿着一身黑，显得有些落魄。振久一开始还想着是不是就是路过的人而已，没想到他竟然在振久身边盘腿坐下了。振久有些惊讶地转头看了他一眼，但他却像个没事儿人似的一直看着坐在对面的文启东和赵美妍笑。看来他跟文启东和赵美妍应该都认识，但这两个人只是咬紧嘴唇一言不发地看着他。这个男人向他们递过去一个酒杯。

"新来了一个人都不给倒杯酒的吗？"

但这杯酒并没有被满上。文启东十分厌烦地看着他压低嗓子说道：

"滚开。"

"哎一股，大哥，以我们之间的关系应该不至于这样吧。"

这个男人一点都不买文启东的账，赵美妍的脸变得惨白，她悄悄低下了头。振久这才反应过来，这个男人就是赵美妍的前夫。文启东强压着火气低声说道：

"你现在和美妍已经没有任何关系了，我这儿还有客人，你赶紧走。"

振久的直觉是对的。不过这个前夫跑过来作威作福的情况到底是个什么意思？男人朝振久瞟了一眼，回头对他们说道：

"就是因为有客人在我才刻意来的啊。这样我这边说话才更加简单。"

不管是衣服还是语气都很痞的这个男人一正经说完这句话，桌上的气氛立刻就变得阴沉起来。一瞬间变得很厉害的这个男人继续说道：

"我，任载烨，没有未来的男人。你们要是对我上心呢，我就干净利落地把'东西'还给你。"

听到"东西"这个词，振久坐在原位上也竖起了耳朵。

"话别乱说，什么东西不东西的。"

文启东的脸上有一丝惊慌。这是他认识振久以来第一次心虚地瞟了一眼振久。但赵美妍的态度却一直没什么变化。

"我也不想让大哥你难做。说多了也还是这句话，所以只要你能稍微帮我一下，我就会把那个还给你。"

从对话内容来看，叫作任载烨的这个男人手中握有对文启东和赵美妍很重要的某样东西，而他现在正在以归还这个东西为砝码要求着什么。振久觉得自己坐在席上有些尴尬，赶紧低下头来。这个自称是任载烨的男人继续挖苦道：

"我不仅会把东西给你，还把美妍都一块儿给你了。啊，美妍你早就已经拿走了呢。"

"小心你的臭嘴。"

文启东的眼里几乎能喷出火来。但他没有再采取其他的任何措施。振久悄悄瞟了任载烨一眼。普通体型，一头卷发，额头很窄但眼睛里的黑眼球很大。他还一直在翻白眼，这完全就是一副二流子的模样，赵美妍之前怎么会和这种人结婚呢？果然男女间的组合是人生最大的，也是最后的谜语啊。任载烨好像对振久的存在根本不在意的样子，顶多把他当成自己压迫文启东和赵美妍的那种在旁边观战的工具而已。

"我，任载烨，不是一个会耍赖的人。"

"我，任载烨"好像是那个男人的口头禅。这正是喜欢虚张声势的人最喜欢的语气。

"我不是把房子都让给美妍了嘛。你只要给我弄一间可以住的房子就行。你现在已经和美妍住在一起了，就算没住在一起，给我弄间房子住住对你来说也不是什么难事，不是吗？"

"房子是美妍自己赚钱买的，你只是个一分钱都没赚到的家伙而已。"

"是吗？你好像光听了美妍的说法，对这个有点儿误会啊。房子是用美妍的名义买的，也正是因为这个原因我才没有要房子，净身出户。但是美妍现在马上就要再婚了，她就要找到一个全新的人生了，那我也要有我的那一份，就是这个。我也不是白找你要的啊，不都说了会把东西给你的嘛。不要意气用事，好好动脑子想想吧。这个东西要是被公开的话，那可能毁掉好几个人的人生呢。"

"你真卑鄙，那是你悄悄来我家把东西偷走的！"

赵美妍抬起头来咬牙切齿地说道。温婉的她竟然会说出这样的话，通过这个能看得出她对这个人有多大的敌意。

"怎么能说偷呢，这不叫偷。那里曾经是我的家，我拿着我的钥匙进我家难道也有错吗？在我家里的东西不就是我的东西吗？"

对任载烨这种人讲理是行不通的。不对，应该是任载烨专门挑着让他们无语的话说。从这两个人所说的话来看，这件事应该很严重。

任载烨好像在赵美妍家里发现了什么东西，而且还把它拿走了。而那个东西对文启东和赵美妍至关重要。任载烨以把这个东西还给他们为代价要求他们给自己一大笔钱。而且他选择今天有振久这个第三者在场的场合说这件事就是为了能更加有效地威胁到他们。那么，那个"东西"就应该是指不能让振久这种第三者知道的东西……

"如果我能吃好住好的话，也就不会搅进别人的事情里了。我为什么要那么做呢？只要你能给我一间房子，我就会把东西还给你，而且会对此保持沉默，永远。"

他抬起右手，在嘴边做了一个拉上拉链的动作。赵美妍本来还想抬头说些什么，但是被文启东抬手挡住了。

"你先给我点儿时间吧。那些钱也不是一时半会儿就能凑齐的。还有，我能放过你，容忍你在别人面前做这种事，今天这是最后一次。你要是再敢在有其他客人的场合下干出这种事的话，咱们就只能拼个你死我活了。到时候我到死都不会放过你。"

但文启东的这个威胁似乎并没有起到什么效果。

"这个决定下得越快越好。等你下定决心之后再联系我吧。啊，要是可以的话，我也很欢迎你直接把钱送到我家里来。我家在哪儿想必你也清楚吧？"

任载烨厚颜无耻地看了文启东一眼，从座位上站了起来。

又只剩他们三个人了，但现在根本就不是能继续喝酒的氛围。振久不知道自己该说些什么，只能垂着眼睛一直看着酒杯。赵美妍说自己要去一趟洗手间之后也离席了。过了一会儿，振久也以上厕所为借口站起身来。他悄悄回头看了一眼，发现文启东像是在泄愤似的将剩下的烧酒一口接一口地喝完了。

振久站在有一面墙挡着的卫生间入口处，把手机举在耳边。看到赵美妍从里面出来之后，他赶紧叫住了她。

"这，我的手机没电了，能借一下你的手机用用吗？"

赵美妍将自己那个黑色小巧的手机递给他之后就回到了座位上。振久装作自己在打电话的样子翻了翻她的通话记录。有"启东"，也有看着像朋友的女式名字。振久一直把记录往下翻了好久才看到有几次与"任氏"的通话记录。这应该就是任载烨了吧。振久用他已经有些晕乎的脑子记下了那 11 位号码，然后给海美打了个电话。

"您……是谁？"

海美好像也喝了几杯的样子，话都有些说不清楚。振久在心里喷喷地咂了咂嘴，挂断了电话。现在没什么事要找海美的，他只是想在赵美妍的手机上留下个通话记录而已。赵美妍倒不确定，但前任警察文启东那么有眼力见儿的，谁知道他会不会去确认一下手机里是不是真的有通话记录呢。

振久回到座位上，边把手机递给赵美妍边说道"海美也正在外面喝着呢"。

然后他们就起身，离开了新川这座不夜城的小巷。

文启东给振久留下了一句掺杂着不安的话。

"刚刚那家伙的事你就当作没见过吧。他跟你和朴女婿都没关系，是我们之间的问题。他这个人让我很头疼。我怕圣熙也会因为这件事而费心，你就别告诉她了。你不会告诉她的吧？"

"当然啦。"

振久装出一副与我无关的事我干吗要随便乱说的疑惑表情点头答应了。

对振久来说，重要的不是任载烨的威胁性质有多不堪，而是他与现在振久面前的这个案子，或者说是朴民书杀人事件有没有关联。虽然振久还不太能确定，但只要有这种可能，他就不会让这个机会白白溜走。

回到家里已经是深夜了，振久一个人坐在客厅沙发上，拨通了任载烨的电话。

"谁呀？"

咋咋呼呼的声音传入振久的耳朵。"这家伙的礼貌都让狗给吃了吧。"振久在心里暗自骂道，但表面上还是恭恭敬敬地回答道：

"您好，我们之前刚刚见过面的。"

"刚刚？谁呀？"

振久的嗓音一听就很年轻，任载烨也就没管那么多，直接没对他尊敬起来。

"就是刚刚和文启东先生一起的那个人啊。"

"嗯？是吗？你有啥事？"

"你刚刚所说的那个'东西'啊，那到底是什么？"

振久也不管三七二十一地开门见山直说了。对任载烨这种

人，兜着圈子说话是根本就没意义，更没什么效果。要是自己
让他觉得很好欺负的话，那这场游戏就结束了。就是要从一开
始就装得比较强势，要不然他都不会把你当个人看。

"什么？"

振久没头没尾地来上这么一句，把任载烨也惊了一下。不
过他只缓了一小会儿，接着就呵呵呵地大笑起来。

"你算个什么东西？"

"怎么说呢，我跟文启东先生也就是一面之交的关系吧。"

"一面之交？"

"我跟任载烨先生你今天还不算是一面之交吧。"

"任载烨先生？你刚刚是叫我'先生'吗？"

在这儿千万不能被他看扁。振久无视了任载烨的反驳继续
自顾自地说道：

"我在想，我对你会不会有些帮助呢？说实话吧，我虽然
不知道那个东西到底是什么，但是我对文启东的情况还是有一
些了解的。"

"所以呢？"

"我们现在见个面吧。"

振久用那种"甲"要求"乙"的语气坚定地说道。他就是
想给任载烨一种"这个小子应该知道些什么吧？"的感觉，来

激起他对自己的好奇心。虽然他不能保证这一招一定会成功，但任载烨肯定是一个时间多得没处花的闲人一个。

"你这小子还挺稀罕的呀。我刚刚也没仔细看看你，看来你还挺逗。你要说的那个话，我就勉强听听吧。你过来我这边，渴了就得自己挖井找水喝不是？"

任载烨的家位于会贤洞的一个坡顶。振久直接打车往那边奔了过去。任载烨好像住的是个月租房，不过还挺幸运的是会贤洞那边的陡坡并不用爬太高。小山坡顶上还有几盏霓虹灯刺激着人们的眼球，知道的人都知道那是会贤洞这边有名的几家风月场。虽然它与住宅区在一起显得有些不协调，但是感觉上还挺适合给任载烨这种人当栖息地的。不过这么仔细一看才发现，这个地方与他前妻赵美妍的家不远。走过明洞和清溪川之后马上就是赵美妍的家，这么点路程步行过去都绰绰有余。难道他选择这个地方是因为他对前妻还留有迷恋？

任载烨的房间只是一间加了面墙的门房而已。不锈钢窗户的外面，玄关灯的灯光照亮了整条小巷，从窗外都能看见屋里任载烨晃动的身影。一看就是副穷酸相，潦倒到这个程度，也难怪他会想到威胁文启东他们来逃离这个地方了。

任载烨根本就没有想要招待振久这个不请自来的客人。没把见面地点定在一般的咖啡馆就算了，竟然还让振久来他家门口。振久站在他家门口打了约 5 分钟的电话之后才推开门，见到了身穿卡其色运动装的任载烨。任载烨抬头看了一眼振久，立马把他往旁边的巷子里带了过去。他们进到巷子里，电线杆的影子被灯光拉得很长。

"说吧，你想说啥？我来听听你能说出个什么名堂来。"

任载烨在昏暗的灯光下催促道，露出一口大白牙。

"我们先找个地方坐着……"

"不，我现在不想喝酒。你要是还有把我灌醉了套出话来的想法的话，我劝你趁早放弃吧。咱们就在这儿清清醒醒地说。"

还以为他只是个傻不愣登的小混混，没想到他还有这么缜密的一面。

"我就想知道您说的那个东西……"

振久故意说得很恭敬的样子。说话时一会儿尊敬一会儿不尊敬，反而会给对方一种不安的感觉。振久这回又一本正经地说道：

"是什么时候偷的？"

他不仅一本正经，还装作自己知道事情的始末一样。

"怎么能叫偷呢，你这是说的什么话。你现在不会是在录音吧？"

"我从来都不知道录音两个字怎么写。那我换句话问吧。我知道你是从赵美妍,也就是你前妻家里拿走的。那么那是什么时候的事呢?"

"真可笑啊,你过来找我的,不应该先向我禀告些什么吗?"

任载烨把这笔账算得很清楚。振久本来想在他还没反应过来的时候拿到自己想要的答案,但是他并没有上钩。

"其实我是侦探事务所的所长。"

"所以呢? 你是想在我面前显摆显摆自己年纪轻轻就功成名就了吗?"

"虽然我不能全都告诉您,但我收到了某人的委托,让我去调查文启东的财产状况。"

"那个某人是指谁啊?"

"我作为侦探事务所的所长,怎么能随意泄露委托人的信息呢。"

"我不跟你这种躲躲藏藏的人做交易。"

"比起说是躲躲藏藏,你不觉得它是交易的基本原则吗?反正委托我的人肯定很关注文启东的财产问题,而且这个人跟文启东的关系很近,他要是知道了肯定会大吃一惊。我的话就只能说到这里了。"

就算是在这么昏暗的地方,振久还是敏锐地捕捉到了任载烨眼里闪过的一丝光亮。振久给他留了一点时间去想象那幅故事性极强的画面——啊哈，赵美妍。你这个恐怖的小妖精，果然跟文启东那个老东西结婚就只是为了钱而已。所以你才委托侦探事务所去调查老东西是不是真的有钱。

"好吧，你继续。"

"我是觉得咱们可以交换交换才过来找你的。当然啦，不是物物交换，而是情报的交换。"

"你想要的情报是什么？"

"就是你说的那个东西。"

"你为什么要好奇这个？"

"我也不是没有眼力见儿的人。那个东西被别人知道了不是会影响不好吗？所以我知道了的话，文启东就会变得比较难做了。我的营业方针就是合法办事。之前有一次我去调查一个人，结果那个人拿到了一件不好的东西，我还因为这个被搅进去受了不少苦头。从那以后我首先考虑的就是这种问题。文启东如果是那种拿着什么危险的东西跟别人做交易的人的话，那就算是拿钱砸死我我也不想管。"

任载烨只是动了动嘴，没有回答。振久看不出他到底是在笑，还是在皱眉。他要是在这里有什么反应的话，那本身就代表着他已经打算将情报告诉自己了。

"你千万不能觉得我好笑或者怎么样。你现在不也是为了威胁文启东想跟我同分一杯羹嘛。"

"绝对不会。看着我的脸，你觉得我像是会那么做的人吗？文启东他之前可是警察啊，不论是力量还是脑子，我在他面前就像是老鼠见到猫一样。我只是想给我自己找点自信罢了。虽然我现在受人委托正在调查，但也不能打无准备之仗呀。"

"我告诉你，然后你查清楚文启东有多少财产之后也要告诉我。"

"那是当然。虽然你现在是想从文启东那边捞到点好处，但也要知道对方的情况如何，房产、存款、有价证券之类的有多少才能规划你的美好宏图不是吗？"

"你以为我会相信你的话吗？你这个家伙肯定只是想抓到文启东的把柄而已。"

"看来就算我否认你也不会相信我。随便你怎么想吧，反正我手里确实握着文启东的财产情况。你只要把这个交易当作是平等交换不就行了吗？"

"那你先把你的情报说出来看看。"

"在这之前你要先跟我说说那个东西。"

"你这就不对了嘛，哼哼。"

任载烨阴险地笑了笑。

"公开那个东西的相关情报本身就对文启东是个威胁。但是我要是跟你说了的话，那它就没什么价值了。不是吗？让别人害怕会变成自己不想见到的那样才叫作威胁，他瑟瑟发抖的时候就是我成事的时候。但是如果我把这件事告诉别人的话，那这个威胁也就不成立了，到时候就成了该咋地咋地的状态。这些不都是些很基础的东西吗？你看起来应该对这一点也很清楚嘛。"

"对，那你就跟我透露一点点也可以嘛。那个东西是什么时候，怎么样到你手上的？"

"为什么要问这个？"

"因为我要知道这个东西的情报到底对我有没有用。"

"呼呼……"

任载烨的嘴角抽动了一下，开口说道：

"如果只是这个程度，我就告诉你好了。大概是 2 周前，我在美妍家里找到的。"

"家里的什么地方？"

"东西放在床头柜的抽屉里。那个地方不是很私人吗？"

"但是你怎么知道那个不是赵美妍的，而是文启东的东西呢？"

"等等，你这可有点过分了啊，竟然想把我的话全给套出来，我不能再告诉你了。现在应该轮到你把情报跟我说说了吧。文启东现在有多少钱，不是，现在能花的钱总共有多少？"

就算现在振久把文启东的财产情报告诉任载烨，估计他也不会再开口了。更何况振久手上根本就没有掌握任何类似的情报。

"我现在也是什么都不能跟您说。我就把存款告诉你吧，其实已经快没了，也就剩个几百万左右？"

"什么呀？不准说谎！"

任载烨的眉毛都快竖起来了，眼角的皱纹也显现了出来。

"你难道是文启东派过来的探子？"

"不是。就算他现在可用资金不多，但其他的房产什么加起来那又不一样啦。"

"算了吧。今天看样子也没有再继续说下去的必要了。我也不知道你是不是胡编乱造的。看样子你也挺想跟我联手的，那你下次拿着文启东的存折复印件或者房产登记证明之类的再来找我。先让我确定一下是不是有用，然后咱们再谈。"

任载烨像只猛兽一样低声说道。然后提了提运动裤，头也不回地回家了。

振久站在原地整理了一下思路。任载烨分明说了自己是在2周之前把那个东西偷到手的。他没有说谎的理由，看起来也确实没有说谎。而那时大致就是振久被捕后放出来的那段时间。任载烨虽然是在赵美妍的床头柜抽屉里发现了那个东西，但这个东西好像对文启东来说更加重要，所以他才想拿这个去威胁文启东。然后他把自己的想法说了出来，而文启东则因为任载烨的要求冷汗直流。

难道是毒品或者枪支类的东西？怎么想都不应该是这种东西啊。任载烨还说过如果这个东西被公开的话，会毁了好几个人的人生。如果是毒品或手枪的话，他应该不会那么说才是。

不管怎么样，怀疑那个"东西"与朴民书杀人事件有关的可能性比无关的可能性要更加自然一些。而且朴民书杀人事件是振久无论如何都必须要脱身的深坑。

那个东西到底是什么？假设那个东西与朴民书杀人事件有关，能让文启东面如死灰的话，那就代表着它就很有可能会成为破案的关键。

振久特别想知道这个东西到底是何方神器。

如果我从任载烨那边把东西偷过来呢？

这肯定不是什么简单的事。任载烨又不是那种白天上班的人，更何况他还挺不好对付的样子。小偷如果要防止自己被偷，那防范绝对难以攻破。毕竟那是他自己擅长的领域。而且拿着这个东西还能向前任警察文启东要求巨款，他肯定不会让东西就那么轻易地被别人偷走。

　　振久从会贤洞顶上下来的时候脑子里还在想着这些混乱的东西。

　　"你认识一个叫任载烨的人吗？"

　　振久第二天就给文圣熙打了个电话。

　　"不知道。"

　　她好像根本就没有这个心理准备，也回答得十分冷漠。看她回答得没有一点犹豫，振久反而觉得她这句话的可信度很高。他开始给文圣熙形容起任载烨的外貌来。

　　"他个子不高，额头很窄，黑眼球的部分很大……"

　　"不知道。"文圣熙中途打断了振久的话。特别不耐烦的样子。

　　"那你有没有听说文警官的家里遭窃过？"

　　"小偷吗？我爸家里？"

　　"啊，准确地说应该是赵美妍家里。文警官在她家放了个东西，结果被偷了。"

　　"我完全不知道有过这种事。"

　　说到第三次"不知道"的时候文圣熙已经临近怒气爆发的

边缘了。她应该觉得振久的这通电话就像房地产公司悄悄把地卖了之后给她打的电话一样。振久也因为她的这个态度失了兴趣，不想再说下去了。

文圣熙知道有这个东西的存在吗？她知道这个东西已经被窃了吗？如果连文圣熙都知道这件事的话，那这个东西肯定就与朴民书杀人事件有着千丝万缕的联系。振久把问题抛给她之后从她的反应来看，虽然表面上像是一个女人听到这种风马牛不相及的话之后的敏感反应，但也没有证据证明她不是从一开始就下定决心装傻到底的。如果是这样的话，那么就需要去见一个人，让她帮自己做个更加直接的证言了。

振久去到蚕室把海美叫了出来。

"怎么，竟然现在还没进监狱呢。"

海美走进咖啡店，坐在振久对面说道。她还在为上次方秀妍的事情生气，故意把话说得这么难听。

"我们海美的幽默还是一如既往地能让人这么开心呢。"

振久举起双手表示投降。

"这是吹的什么风？我不太喜欢这家店的咖啡。"

海美看了一眼这家店沉闷的装潢，心气不顺地说道。振久冷不丁地伸出手来。

"能让我看看你的手机吗？"

"干吗？干吗拿我的手机？我把没收了你的手机监视着你还嫌不够啊。"

果然她心里还挂念着方秀妍的那件事呢。振久决定对她说一部分实话。

"昨天晚上应该有一个电话误打到你的手机上了，刚接就挂断了的一个电话。"

"是吗，好像是有那么回事。"

"也是，你没什么印象也正常。你当时也醉得不轻。"

"我醉了？所以那通电话是你打的吗？"

"嗯，用赵美妍的手机打的。当时我们正在跟文警官一起喝酒。"

"所以呢？"

"那时候的通话记录里应该还留有赵美妍的电话号码，我想看看。"

"你干吗要看那个大婶的电话号码？"

海美恶狠狠地盯着振久。她绝对不允许方秀妍的事再上演一遍。虽然她并不怀疑振久这么做是为了跟比他大的女人传绯闻，但他怎么能找自己的女朋友要其他女人的手机号码呢。

"事情不是海美你想象的那样的，我是因为有些事情需要调查一下才这么做的。"

海美虽然有些怀疑，但还是乖乖地将手机递给了他。

"我就是喜欢你这种不会刨根问底的直爽性格，你知道吧？"

振久接过海美的手机，从里面翻出了昨晚的通话记录，将赵美妍的号码存在了自己的手机上。

"你要查些什么啊？"

"下次再跟你说。现在我也不清楚是个什么情况。"

海美把咖啡杯放下，向他投来了怀疑的目光。

"等等，你这个手法跟上次偷着和方秀妍见面时的感觉很像吗？装作要做正事，其实心里不知道在想些什么乱七八糟的东西。"

"我求你方秀妍的那件事别再拿出来说了！"

振久痛苦地揪住了自己的头发。

自己如果马上跟赵美妍联系的话，要是文启东正好在她身边就太尴尬了。振久给她发了条短信，还把发件人的号码改成了文圣熙的号码。

"我有些话想瞒着爸爸跟你说，我会在公寓入口处等你。"

振久给赵美妍发完短信之后就跑去她家公寓入口旁的墙后躲着，等着赵美妍出来。赵美妍家的地址只要问海美就知道，上次她陪着文圣熙来过一次。虽然他想要拿到地址必须得忍受海美那句"我才不会相信你是为了跟踪她才问她家地址"的嘲讽。

20多分钟之后，赵美妍终于出现了。她穿着一件家居裙，上面搭了一件羊毛开衫，推开她家楼下的大门走了出来。能看出她在梳得整整齐齐的头发上下了不少功夫。擦了BB霜的脸上光泽红润，嘴唇上还隐约抹了一点裸色唇彩。她果然是随时随地都准备将自己的女性美发挥得淋漓尽致。不过越是这样的女人，妆前妆后的差异就越大。

她走到小区入口的地方四处观望着，振久悄悄地来到她的面前。

"哦，振久？"

赵美妍像是早就知道似的，没有显得很吃惊，也没有很冷漠，就像是外交官一样做出了最准确的反应。这让振久不得不感叹她的修为。

"您好。"振久打了声招呼之后直接进入了正题。"您出来是为了见文圣熙的吧？"

"所以……那条短信是振久你发的？"

"对，那条短信确实是我发的。其实我也不算是骗您，我确实是受文圣熙之托过来找您的。"

"受她之托？"

"对，现在文警官在家里吗？"

"没有，他不在。"

振久之前还小心翼翼的害怕她跟文启东在一起，现在看来是白担心了。不过每件事情都小心处理，做事不留痕迹的这种慎重是振久能够长寿的原则。还有一条，不论对手是何人，都不能太过轻视，不能低估对方的欲望。虽然他是有这样的原则，但要守住后一条实在是太难了。就在不久前，自己不还因为低估了海美的眼力见儿，结果被自己最亲近的人狠狠地整了一顿吗。

"我们能稍微聊一下吗？可以去附近的咖啡馆，或者方便的话，去您家里也行。"

"那就来我家吧。"

赵美妍爽快地答应了。振久是受文圣熙之托调查朴民书的人，虽然并不是能够获取自己信任的立场，但振久长得那么善良，又与文启东的关系不错，她觉得让振久进屋也没有什么不可以。虽然不知道振久为什么过来找自己，但比起那个凶巴巴的文圣熙，看起来比较温和的振久好像让赵美妍有一种安全感。

整齐的家具和淡雅的壁纸，看起来温馨的小装饰品让人更加觉得这个房子特别温馨。这里根本就不像是 40 多岁的女人居住的房子，她的布置少了些实用性，但多了些生活气息。最重要的还是赵美妍本人能够让别人感受到一种安乐的氛围，她就像是这个空间的一部分一样让人安心。电视上面摆着几张她跟文启东的合照，阳台上的晾衣架上很自然地挂着几件男人的衣服。男人们下班之后应该都非常愿意回到这样的家中吧。振久住在王十里的那间公寓里只能算是"栖居"，这种地方才让他有一种与家人一起生活的感觉。这种感觉的空间，振久在他懂事之后就没得到过，也更没有梦见过。他突然觉得过上这样的生活应该也不错，不过这种感觉只是像流星一样转瞬即逝。

赵美妍给坐在客厅沙发上的振久倒了杯茶，正准备往地上坐的时候，振久突然感觉有些不太好，连忙说了一句"要不我们在厨房喝吧"之后拿着茶杯往餐桌那边走去。赵美妍也没说什么，只是静静地端着茶杯跟在振久身后换了个地方。虽然振久来来回回地搞得有些奇怪，但赵美妍还是随客人的便换了地方。这也体现出了她的细心和关怀。

两个人面对面地坐在餐桌上，振久说出了自己造访的理由。当然其中绝大部分都是他胡编乱造出来的。

"您也知道文圣熙她一向疑心重吧？上次也是因为文圣熙怀疑自己的丈夫朴科长出轨，让我背后调查一下才弄出这么多事来的。"

赵美妍没说话，等着振久继续往下说。

"文圣熙她这次好像也有些怀疑您，虽然在我看来她的怀疑毫无根据可言。"

赵美妍低下头轻声叹了一口气。好像已经明白大概是因为什么事的样子。

"是因为我的前夫吗？"

赵美妍这样先把话挑明的话，振久也就不需要那么麻烦了。

"对。那我就实话跟您说了吧。文圣熙怀疑您与前夫的离婚是在作秀……您的前夫还在盯着文警官的财产，是叫任载烨吧？昨天在新川生鱼片店里见过的那位。文圣熙怀疑您是不是在和那位计划着某件事情。所以她拜托我来调查一下。"

振久说是文圣熙拜托他调查的这件事全都是他的谎言，但前面一部分的内容是海美告诉振久的，她上次跟文圣熙一起来找过赵美妍之后绘声绘色地给振久来了一遍情景再现。多亏了海美再现当时文圣熙质问赵美妍是不是假离婚的场景，现在振久编起故事来才能这么得心应手。文圣熙当时应该是在气头上才说出这样的一句话，只要她还有一点理智，就应该绝不会变态似的说出那种没有根据的阴谋论。搞不好她现在早就不记得自己曾经说过那样的话了。

"我也是无话可说。人吧，一旦开始那样怀疑的话……所以你应该也是抱着那种想法过来的吧？"

赵美妍的语调不论何时都是如此的冷静。

"不是，我当然觉得文圣熙说那种话很没有道理可言。所以我才想事先跟您把话说明白。"

"那你是因为什么而来呢？"

"我几乎是站在您这边的。昨天才见了您第一面，说这种话可能您会觉得有些好笑，因为我觉得文圣熙的话实在是太荒谬了，根本就不能让人信服。把没有的事情说成有的，其实比把事实揭发出来更难，不是吗？"

"所以你是想反把圣熙给说服吗？"

"是，我想在您这边听到真话，然后去对文圣熙把事实都说出来。我也是受她所托，如果不跟您见个面聊聊天，不了解情况就给她回复说这不是事实的话，我也不好给她交差。所以还是这样直接过来找您，从您这边听到具体的情况之后才能给文圣熙一个有理有据的交代。从您的角度来看，如果您也能通过这次的见面免去烦人的误会的话，那就更好了。这就是我为什么选择亲自过来见您的理由。"

"也是，不做调查，直接回复一句'不像是真的'就拿了报酬自己心里也会过意不去。"

赵美妍隐隐笑了一下。振久心里的小九九被发现，不禁轻轻挠了挠头。

"其实……是这样的。我已经先收了定金了。但是，也确实。其他的事我可以帮忙辩解一下，不过昨天我也看见了，任载烨先生好像说他偷了什么东西？"

"那个跟圣熙一点关系都没有……难道你已经把这件事告诉她了？昨天见到任载烨的事情？"

赵美妍有点不像平常的她，直接瞪大了眼睛质问道。

"没有。我不是那种还没查到结果就随便乱说的人，我的口风还是比较紧的。"

振久耸耸肩，做出一副很难做的表情。就像在说我不收钱就不可能把还没定下值多少钱的那种未知的情报告诉别人。赵美妍那苍白的脸上终于浮现出了一丝笑容，她好像觉得振久的这句话让她很安心。这个年轻的男人只要没有拿到钱，就绝对不会有行动。如果还期待着他能做一些免费服务，那就想都不要想了。振久肯定应该给她留下了这样的一种印象。而且这个年轻小伙作为文圣熙的传达者竟然还帮自己瞒着这件事，这对赵美妍来说十分有利。

"那是文警官的东西，为什么会在这里被任载烨偷走呢？"

"原来你现在是在怀疑我悄悄把东西给他的呀。"

"我再重申一遍，绝对不是。我只是为了消除这种可能性才这样问的。而且我怎么着也是从文圣熙那边拿了钱的，有疑虑的部分瞒着文圣熙也不太好，所以我就只能先照实转达给她了。如果我能够得出'这个东西与朴民书的案子毫无关联'的结论的话，那我也就能放宽心，再也不去追究这件事了。"

振久正在想办法，希望能巧妙地让赵美妍说一些关于那个东西的事。他的措辞很委婉，因为如果想要听到实话，又要让赵美妍不顾忌自己会向文圣熙转达这件事，那就只能悄悄地做好铺垫才行。

"那个被窃完全都是我的错。离婚之后本来应该换掉玄关的门锁，但是我想着他应该不会回来，也就偷了个懒没去换……虽然我知道他这个人有很多问题，但我真的没想到他会趁我不在家的时候偷偷溜进去。后来我了解了一下情况才知道，这不是他第一次偷偷进我家了。关键是那天启东又刚好把那么重要的东西放在了家里，结果就被他给拿走了。事情就是这样。我是绝对不可能把东西交给他的，他那种人也太肮脏了。"

"原来是这样啊。"

她所说的话与任载烨的话基本一致。虽然也有可能是提前准备好的情节，但赵美妍根本就没想到振久会过来找自己，她也根本就没那个时间去跟任载烨对对口供。所以，她说的应该是事实。更何况还有更有力的心理和主观上的证据可以证明。

虽然不知道任载烨年轻的时候是用何种花言巧语将单纯的赵美妍追到手，但是现在不管是在风范、钱财还是其他方面，作为一个男人，他根本就不是文启东的对手。振久深深怀疑任载烨是不是有那个魄力让赵美妍去跟文启东演戏，自己还敢保证能抓住赵美妍的心。

"那个东西是什么？"

振久的这个问题让赵美妍有些猝不及防，她沉默了一会儿之后小心翼翼地开口问道：

"……这好像没有知道的必要吧。"

"为什么呢？"

"你不是受圣熙的委托过来调查的吗？那么可以说你就是圣熙的代理人了，对吧？你现在是这种立场，而这件东西跟圣熙完全一点关系都没有。"

"是吗？但是您这句一点关系都没有好像没有办法让我信服。"

"你不是说相信我吗？"

"我是相信你，但文圣熙那边仅凭这一句估计说不太通吧。"

"关于被窃的东西你不是说把你说服就行了吗，没必要跟圣熙说，这句话明明就是你刚刚亲口说的呀？你还说只要我能让你相信那个东西与圣熙无关就行了。现在你只要不把这件事告诉圣熙不就可以了吗。"

振久被她堵得有些不知道该说什么才好。赵美妍虽然是一个柔弱女子，但绝对不愚蠢。振久再次开口问道：

"那么这个东西跟朴民书有关系吗？"

"你为什么老是往那方面想呢？与圣熙都无关的东西会跟她的新郎有关吗？"

"只要你能告诉我那个东西到底是哪一类，都能或多或少打消一些我的疑惑。"

杯子里的咖啡已经剩得不多了，赵美妍默默放下杯子开口道。

"其实我也不太清楚，就只是启东把它放在这个房子里的某个地方结果被偷了而已。你也认识启东和任载烨吧，要是那么好奇的话，你可以直接去找他们两个问呀。可能那个东西挺值钱，所以他们才会那么做吧？"

赵美妍终于使出了最后一招——自己不清楚，想知道就去问文启东去吧。她的台词也最终演变成为房地产公司客服给客人打电话时的那种绕圈子的感觉。他们两个人的谈话遇到了瓶颈，如果再继续下去的话，两个人只能更加无话可说。

等等，会不会一直到现在都是自己理解错了？

振久突然发问道：

"难道……是那个东西跟您没什么太大的关系吗？"

赵美妍好像是吃着打糕被卡在嗓子眼儿了似的，一时没能接上话。她缓了一会儿，喝了口咖啡润润嗓子了之后才说道：

"我刚刚不是才说过不清楚那个东西到底是什么吗。如果是与我有关的东西，我能不知道嘛。"

仅从赵美妍的语气和表情来看很难判断出她这个答案的真假。假设这个东西跟赵美妍有关，那么振久一直到现在的努力就都化为泡影。如果与赵美妍有关系的同时，又跟朴民书的死有关的话，那么振久要想知道实情就更难了。"东西"的实体到底是什么，振久已经不打算继续追问下去了。

他按耐住心里的紧张问道：

"我再问最后一个问题。任载烨他到底是个怎样的人？"

"你为什么对我前夫这么感兴趣？"

"昨天他给我留下了很深的印象，还有，我感觉他跟您实在是不怎么合适。"

赵美妍瘪了瘪她的薄唇，很明显能看出她对任载烨的感情根本就不深。

"你不会是想要跟他接触一下吧？我劝你还是不这么做比较好。"

"为什么？"

"那个人啊，他如果从你这里得不到一点好处的话，是绝对不会行动或者开口的。而且他跟你还有一点不同，他可以为了自己的目的什么事都能毫不犹豫地干出来。我到现在还没见过任何一个人能从他那边捞到什么好处的。"

"是吗，您是不是太小看我了，或者特别对我有些照顾呢。"

"所以你还是决定要去见那个人吗？"

振久虽然已经见过了，但他还是装成没见过的样子。

"既然您不告诉我，那我就只有去见一见……"

赵美妍好像并没有继续劝说的意思，只是一声不响地埋头与咖啡做斗争。振久站起身来向玄关走了过去，赵美妍也跟着他站了起来。正准备出门的时候，振久又回过头来问了一句。

"您跟朴民书见过面吗？"

"你不是说刚刚那个问题是最后一个吗？"

"不好意思，我是突然想起这个问题来的。不过看您这么说，应该是已经见过了吧？"

"他和圣熙分居之前，启东把我们组在一起吃过一顿饭。他想把我介绍给他的家人。"

"那您对他的印象如何呢？"

"我当时觉得他很沉稳，很有内涵。到了我这个年纪，看男人还是很准的。他给我的印象很好，和前夫这样纠缠不清之后，我特别讨厌'坏男人'。"

虽然振久觉得文启东也算是个"坏男人"，但他这个想法仅止步于想想而已。

"他分居搬去金湖洞之后就再没见过他了吗？"

"在那之后我怎么会有事要去见他呢？"

振久悄悄注意了一下赵美妍的表情，但她一直都是一副与我无关的旁观者的态度。振久迈出玄关之前又问了一句。

"今天的事，您不会跟文警官说吧？"

"不说的话会更好吗？"

"不管怎么说，自己的女儿那么怀疑您，如果他知道了的话应该会多想吧，我怕到时候会出现一些不必要的矛盾。"

"不会的，启东他多怕圣熙呀，就像是一句话都不敢跟婆婆说的儿媳妇似的。不过我知道了，不会跟他说的。"

振久郑重地跟她告别之后走了出来。他并不相信赵美妍给自己许下的承诺。就算文启东不会向文圣熙追问为什么要派人过去调查赵美妍，他只要因为女儿的这个行为对赵美妍抱有歉意，赵美妍都不会有什么损失。就算赵美妍把这件事告诉了文启东，对振久来说也没什么害处。凭文启东和文圣熙两人之间的力学关系来看，这件事就算是被捅出来，振久也不会受到责备。而且如果文圣熙委屈地大叫"你在胡说些什么"，也只会被当成死不认账而已。相反，文启东还有可能会为了消除文圣熙的疑心而采取什么行动。这样的话反倒给振久提供了一个从反面了解事情真相的机会。

与赵美妍见面的第二天，文启东就给振久打了个电话。

"一起喝一杯吧，我在乙支路这边，你出来吧。"

乙支路的话，跟赵美妍在东大门的家不是很远。振久虽然不太清楚他是从赵美妍家里出来之后去的乙支路，还是准备在乙支路喝完之后去赵美妍家，反正对他来说，这个电话打过来他还是很欢迎的。会是赵美妍把昨天的事跟文启东说了吗？还是他只是单纯地想把振久叫出来喝上一杯而已？振久其实根本就不想喝酒，几天前他才因为方秀妍喝了个昏天黑地，对他来说最有吸引力的还是任载烨嘴里所说的那个可以威胁到文启东的"东西"到底为何物，这一趟会不会有机会把这个问题给挖一挖呢？

从乙支路入口站往里走一点就是鼎鼎有名的武桥洞章鱼巷了。像蛇的身子一样弯弯曲曲的窄巷里，林林总总地开了许多家章鱼料理店、啤酒屋、饺子店和明太鱼料理店，吸引着下班后想要喝一杯的各类客人。

文启东点了一份鲜红似血的章鱼小炒一个人拿着烧酒杯坐

着。一般如果是一个人喝酒的话总会显得有些凄凉，但文启东的那种堂堂正正的样子却让振久感觉他是在引领着整个店里的客人喝酒一样。他看到振久之后，特别夸张地朝振久挥了挥手。

"振久！在这儿！"

洪亮的声音穿过嘈杂的大厅传了过来，许多身穿白衬衫系着领带的人都被他吓了一跳。今天应该没有哪个客人敢去惹文启东了。振久还没来得及坐下，文启东就已经把烧酒瓶递到了他面前。振久赶紧双手拿起酒杯，恭恭敬敬地接过文启东给自己倒的酒。

"今天有什么事吗？"

"能有什么事啊，就是喝酒而已，来，先干了这一杯！"

文启东好像觉得这个问题没有什么回答的价值，只是接二连三地劝酒。还没吃几块章鱼呢，两瓶烧酒已经喝完了。文启东肯定是想先把自己灌醉，然后再问一些问题。果不其然，文启东等到振久喝得差不多了的时候终于把话说到了正题上。

"你还记得几天前见过的那个家伙吗？就在新川生鱼片店那边。"

"啊，嗯。他是叫作任载烨吗？好像说了些关于什么东西的话。"

振久故意说出"任载烨"这个名字，以表示自己还记得那天的事。能看出来文启东对自己还记得这个人有些震惊，看来赵美妍并没有把昨天的事情告诉他。如果文启东知道自己昨天找赵美妍问了许多关于任载烨的问题的话，他现在也不会对自己记得任载烨这个人表现得这么惊讶了。文启东今天应该是通过他自己的判断想把振久那天的所见所闻瞒过去，所以才把振久叫出来喝酒的。对受到威胁的文启东来说，那件事简直就是侮辱，但对振久来说，没有得到任何情报的话，他是没有办法安心入睡的，因为他总是觉得这件事肯定与朴民书杀人事件有着不一般的关系。如果文启东知道自己还记得任载烨这个人的话，他有可能会更加着急地对此做出解释。

文启东调整了一下心态，笑着说道：

以"那个浑蛋……"为开端的话全都是围绕着任载烨这个人在与赵美妍结婚之后各种耍流氓，不赚一分钱还整天过着寄生虫一般的生活等这些故事展开的。不难知道他所说的这些应该都是从赵美妍那边听说过来的。

赵美妍好不容易盼到跟他离婚了，但他依然因为钱的问题缠着赵美妍不放。知道赵美妍马上要跟看着挺有钱的文启东再婚之后，他就更加变本加厉地做一些为人所不耻的事情。这些故事应该有一部分是文启东自己亲身经历过的内容。

"美妍也是太不懂人情世故了，她根本就没想到前夫会悄悄溜进自己家。所以她也就没换门锁，结果就让那个家伙拿着原来的钥匙开门进来把东西都偷走了。如果不是有法律在的话，我早就把那个家伙大卸八块了。"

"那丢的东西到底是什么呀？"

"就是存折和房产证，还有什么注册证书之类的东西。"

振久根本就不相信他的话。存折只要补办一个就行了，注册证书如果遗失的话，在法律上肯定有能够解决的办法。如果是这些东西，任载烨应该不可能有那种自信去威胁赵美妍和文启东给他那么大一笔钱。振久觉得有些失望，文启东也太小看自己了吧……振久没有再继续追问下去，他觉得在这里应该不会有什么收获了。

振久重新找了一个话题。

"朴科长他是一个怎样的人呀？"

"怎么突然问起朴女婿？"

"因为我有些好奇。周围的人都只说他有风度、干净整洁，是一个很好的社会人之类的。我自己也是那么觉得，不过我在想，他是不是有什么不为人知的比较复杂一点的情绪啊？"

"你还想得真多。每一个有社会生活的人不都会那样嘛。而且说到朴女婿的话，圣熙肯定比我更了解。我能知道些什么啊？"

但振久觉得，文圣熙应该是对朴民书的认识最肤浅的人。她根本就不知道朴民书去看精神科医生的事，而且也没有想要去了解的意思。还对朴民书所说的想找到真爱的话嗤之以鼻。朴民书客厅里的唱片多得能用卡车装，他就是这么一个热爱音乐的人。但振久却知道文圣熙讨厌音乐已经到了厌恶去KTV的程度。文启东拥有对各类人超强的洞察力，振久认为他对朴民书认识的可信度更高。

"就算是那样，但您不也有您的视角吗。更何况咱们还同为男人呢。"

文启东一口干完了杯里的烧酒。

"当然也有我自己的视角啦，不过那些有什么重要的！你赶紧把这杯喝了！"

振久的杯子里还剩大半杯酒，文启东又给他添满了。好像不太愿意振久把这件事拿出来说一样。

朴民书和文圣熙的婚姻生活就只能用蜻蜓点水来形容。他们当初何必要结婚呢，离婚才更加正常。难道朴民书当初跟与自己合不来的文圣熙结婚本身就是有什么理由吗？

"他们两个人好像不怎么合得来呀，怎么还结婚……"

"因为朴女婿他一直热烈追求圣熙来着，他直接被圣熙给迷倒了。"

文圣熙之前也说过类似的话。虽然这个理由不足以使人信服，难道她是因为对方与自己差异太大以至于两个人互补相吸吗？振久又抛出了另外一条线索。

"据说朴科长他去看过精神科医生。"

"精神科？"

文启东听到他这句话之后愣了一下，然后给振久丢出一句。

"要去。那个家伙应该去精神科看看。"

"您这句话是什么意思？"

"能有什么意思。他不是把我们家女儿整成那样了吗，那样的话他的精神还能是正常的不成？"

文启东又一次把问题给顺了过去。看来他今天的目的就只是想安抚一下振久对那个东西的关心，然后让他口风拉紧一点而已。对振久提出来的问题，他一律没有给出什么建设性的回复。这种行为让振久更加起疑。

对任载烨这个人，文启东满是憎恨。他们又重新回到任载烨这个话题上，文启东一聊到他就来气，忍不住开始猛给自己灌酒喝。他这么喝还有可能是因为振久让他觉得安心的原因在，至少还有振久能够很快理解他的故事。振久偶然看了一眼文启东才发现，他的眼神已经在不知不觉间有些涣散了。

几天前才照顾过喝得烂醉的方秀妍，今天要轮到文启东了吗？振久不由得轻声叹了一口气。

"别喝了，咱们走吧。我扶着您。"

"放开，你自己先走吧。我有认识的出租车司机。"

文启东大幅度地挥着手，含糊不清地说道。看来他是想叫出租车过来直接去赵美妍那边。

振久跟他告别之后便站起身来。

他走到乙支路入口站旁的大路边想要拦一辆出租车，但根本就没有空车。振久就算是醉了也认识到了这个问题，大晚上的想在乙支路这边打车根本就是难于登天。他想着明洞那边会不会打车容易一点，开始晃晃悠悠地往明洞方向走了过去。

振久走到新世界百货门口时突然想起了任载烨。虽然一个年轻男子在春天灯火通明的夜路上晃荡时想起他是有一些不合理，但他的家就在离明洞不远的会贤洞，这让振久一下就从明洞联想到了他。对任载烨这种人来说，只要振久手握能让他眼馋的条件，那么就算是大晚上突然到访也不是什么失礼的事情。问题就是现在振久手上并没有当时交换情报时给他承诺的东西。搞不好今天晚上任载烨也在为即将要从文启东那里拿到手的财产而庆祝，在某个地方喝酒呢。

振久稍微走了一下神，回过神来之后才突然意识到现在自己的当务之急是打车回家，马上投入到打车作战之中。

芳山市场里根本就找不出任何城市的影子，它后面的胡同里更加可以用光线的盲区来形容。芳山市场以装修材料而闻名，里面的壁纸、铺地材料、塑料、照明等小店就像是杂树林一样顺着蜿蜒曲折的小路铺开，铁制卷闸门全都整整齐齐地放了下来。店内放不下的东西全被店主拿军绿色的塑料布罩上，以免晚上的露水将商品浸湿。这里与充满酒和年轻人、霓虹灯的清溪川大路边完全就是两个世界，那边的噪音隐隐约约地传了过来。市场里，靠近大路的地方虽然还能被路灯笼罩，但里面几家店面中间的空巷里，黑色的影子就像是大鸟的翅膀一样洒在路上。在这一片黑暗之间，一个男人的影子被拉得细长细长。

李秀台握紧裤子口袋里的花岗岩石头，像在做准备活动似的往胳膊上注入了些力量。他正无聊地等待着醉酒的行人。虽然在干这种所谓的"抢劫"时一般是要用砖头，但砖头块儿太大，没办法放在裤兜里，而且也不能保证现场一定会有砖头。穿着嘻哈风的肥裤子，将小石块放在裤兜里再合适不过了。如果运气不好，拿着刀被盘查的话，搞不好还会被当作随身携带凶器处理。揣着石头就不一样了，警察绝对没办法因为他随身带着块小石头就将他逮捕。"收集石头是我的兴趣"这句话虽然听着有些无理，但他完全可以以这种理由为自己辩解。李秀台就抱着这种想法，挑了一块大小合适的石头装进了裤兜里。芳山市场虽然紧挨着繁华的清溪川，做起案来有一定的危险性，但这个地方平时路人很多，刚离开热闹地方的人也不会有多少戒心。这正是李秀台将此地选为作案地点的原因。

远处有一个晃晃悠悠的影子朝这边越走越近。他连"之"字步都迈不稳，只能扶着墙气喘吁吁地勉强前行。他好像知道自己要去的方向，但已经被酒精麻醉的身子就是不听他的话，双方就这样僵持不下。

李秀台像是给自己一个肯定似的点了点头，今天的目标就是这个家伙了。醉酒的男人就像避开地雷行军一样踩着"之"字步走着，停在路边的车和店面前面的东西都是他前行的障碍。正要经过李秀台藏身的巷子口时，酒气扑鼻而来。李秀台从黑暗中突然冲出，跑到那个人的身后抓起他的右手就往巷子里拉。

"呃……哦……"

已经喝醉了的男人根本就没什么反应，一下子就被李秀台倒拉着进了小巷。他现在应该还没搞清楚到底是怎样一个情况。

李秀台从裤兜里掏出花岗石，照着男人的后脑勺用力砸了下去。正好被砸到后脑勺正中间的男人只发出了"呃"的一声就像块木头一样倒了下去。与他之前奋力往某地走去的脚步相比，现在的他只能毫无还手之力地任由身体往下倒去，完全被没入了黑暗之中，一动不动。李秀台本来想着如果需要的话再给他一击，现在看他这副模样，已经完全没有必要再多此一举了。他甩了甩手，缓解了一下紧张感，然后将花岗石重新装回裤兜。

沾了血的石头到时候路过清溪川时扔进去就解决了。李秀台翻了翻男人的口袋，找出了钱包。他把现金全部拿出来，剩下的就扔在地上了事。在暗处看，现金大概有20万左右的样子。信用卡拿走的话，会给警察留下追踪的线索，他也就没有动。

"妈的，是乞丐吗，才他妈的20万。"

李秀台离开的时候还不忘低声咒骂了一句。

春天的清晨，天边还没有露出鱼肚白的时候，稀疏的阳光已经洒在了城市的中心。前一晚醉客们消失的街道上，空酒瓶和传单随风翻滚。市场也到了要准备开始一天生意的时间。年长的清洁工为了清扫前一晚留下的垃圾，踩着蹒跚的步子往芳山市场的巷子里走去。

将帽子压得低低的清洁工很吃力地慢慢扫着地面，帽檐已经遮不住他花白的头发了。扫完市场入口之后，他转入了最靠近大路的一条小巷。在那里，他见到了他这一生永远也忘不了的一幕。一个中年男子面朝下扑倒在巷子里的电线杆后面。

啧啧，又是晚上喝完酒之后直接在这种路上睡了吧。

清洁工咂了咂舌。不过说他是醉客吧，又感觉有些奇怪。他仔细看了看，发现有血从他的后脑勺一直流到地上。老人感觉有些不妙，他按耐住自己怦怦直跳的老心脏稍微碰了碰男人。没有反应。这明摆着就是死了。老人虽然强忍着不叫，但喉咙里还是不自觉地发出了"呃呃"的声音，双手也不停地发抖。过了好久，他才想起来自己应该报警。

听到任载烨昨晚遭打劫致死的消息，振久着实被吓了一跳。不过比这个更让他惊讶的是，警察竟然第一个找上了他，这让他气得直跳脚。

振久的爱巢，也是他的圣域——王十里公寓。门铃响起的时候振久就觉得有些不妙。打开玄关大门，江度日和张明焕就像进自己家一样冲了进来，一股即将打破最后一道和平的不安感直冲冲地向振久袭来。海美也正好在家里。两个人原本充实舒适的午后时光就这样莫名其妙地紧张起来，振久觉得这个阵仗让他很头疼。

"你们来干什么？"

"你刚刚在电话里也听到了吧？任载烨昨晚死了。"

江度日好像不需要振久这个主人的同意一样，自己大步踏入了客厅。

"你要是能把鞋脱掉我就更感谢了。"

心气不顺的振久有些挖苦地说道。江度日跨坐在厨房的椅子上，张明焕则在他周围晃悠。江度日像是给振久传达什么好消息似的，又仔仔细细地将任载烨在芳山市场后面的巷子里被人敲后脑勺后死亡的情况说了一遍。还连带着现金被掏空，只剩个空钱包丢在一旁的事实也描绘了一遍。这两个警察的表情显得特别从容，好像特别有自信的样子。

振久坐在客厅的沙发上默默听着这个故事。首先最起码要多了解些情况。怎么任载烨偏偏就在昨晚被抢劫，还被杀了呢。振久想起了自己昨晚走在明洞大街时没由来地想到任载烨的事情。难道是任载烨死之前通过心电感应向自己发射了 SOS 信号不成？

海美这是第一次见到警察，她一脸害怕的表情待在振久身边，眼神不断在振久和警察身上游离。振久听着江度日所说的故事，自己脑子里却想到了别的东西。

任载烨为什么大晚上的要经过芳山市场呢？这一点他无法得知。能知道的只有一点，那就是事件发生的地点正好在任载烨住的会贤洞和赵美妍家的中间地带。走过芳山市场，穿过清溪川，再多走一点就是赵美妍的家。那么任载烨是在喝了酒之后像歌词里唱的那样"踏着月光的双腿迈向赵美妍等待着自己的家"走去的途中遇到这个变数的吗？假如是这样的话，他为什么大晚上的要去赵美妍家呢？难道只是心血来潮？或者他有那种自信，知道自己大晚上去她家赵美妍还会欢迎他的到来？

江度日的故事一说完，振久也将脑子里的这些疑问暂时收了起来，跟江度日对视着正色说道：

"但是你为什么要对我说这些东西呢？"

江度日没有直接回答，反倒像对振久问候一样轻声问道：

"凶器你怎么处理了？"

"什么凶器？那是谁的名字吗？"

"打任载烨的凶器，你扔到哪儿去了？"

现在他的态度从和蔼可亲渐渐变成了烦躁不安。就像很有礼貌地向振久挥来一拳一样做着诱导审问。

"真是太过分了。我是警察的冤大头吗？为什么说是我啊？你们现在都把我看成会出去抢劫的坏蛋了吗？"

"就是那么看的。"

振久深叹了一口气。

"我的身价还真的跌了不少啊！我从来不干那种肮脏的事。"

"你连杀人都干了，还不能出去抢个劫吗？"

"你们干脆把我当成阿富汗基地组织的幕后势力好了。这次你们真的怀疑得太不着边际、太过分了。"

振久虽然这么抗议，但江度日对他的抗议充耳不闻。

"那就先不说这次，你在朴民书的案子中有一些联系，这个你承认吗？"

"你以为我不知道你现在在跟我玩文字游戏吗？"

面对振久的挑衅，江度日只是嘻嘻嘻嘻地笑着。

"那你就从那个开始解释吧。为什么你金振久偏偏就搅进了朴民书杀人事件和任载烨杀人事件这两件案子里来呢？"

"等等。朴民书那个案子我承认我是刚好在现场，但那不是我的本意。不过你说任载烨的案子和我有关这是什么意思？"

"你这次可就装不过去了。几天前你给任载烨打过电话，还去他家找过他对吧？我们有通话记录。那天晚上你和任载烨在巷子里说些什么秘密的时候房主也看到了。"

真丢脸。振久感觉到自己后脑的血压一下就升了上来。如果早知道任载烨死后自己还会因为这个被怀疑的话，他肯定不会用这种能留下自己电话号码的方式跟他联系了。这样就不会引人注目，更能避开这次家访了。但是任载烨突然死了，虽然他这个人很倒胃口，但确实就这样糊里糊涂地没了。江度日继续攻击道：

"那我们从那个开始说吧。为什么要杀了他？"

"没有理由。"

"没有任何理由就把人杀了？"

"那倒不是，是因为我没杀人所以才没有理由。"

"哦吼，那你为什么去找任载烨？去找他当然会有理由，这里的理由你说来听听吧？"

"这个……"

振久的脑子飞速旋转着。如果自己照实说的话，这件事很有可能越来越麻烦。警察如果知道了任载烨拿着某个东西要挟文启东的话，那这件事就肯定会被搅得越来越复杂。现在自己都还不知道那个东西是什么，就算找到了也不知道是对自己有利还是有害，这一点根本就没有任何保障。在振久看来，现在警察一直执着于"金振久凶手说"，喜欢胡乱下判断。要他现在就把事实对与自己敌对的警察说出来，他觉得和他们之间根本就没有一丁点的信赖可言。

要编出一个适当的理由还需要一些时间。

"……他委托我调查一些东西。他和前妻还有一些财产问题没处理。"

"刚刚想了这么久，结果就编出来么个不像话的理由吗？"

他好像只是把振久的话当成小区里的狗在乱叫而已。他应该还没有查到任载烨的前妻与文启东同居这层关系。事件发生才不到一天的时间，他们就先把振久当成了抢劫的人。

"我没有胡说。我跟任载烨根本一点都不熟，我又有什么理由去杀他呢？"

"理由就算了吧。朴民书和任载烨，两个杀人事件。而这两个事件都与金振久你有着深刻的关系。这个你能解释一下吗？"

"偶然，或者就是倒霉。不能这么解释吗？"

"倒霉？搞笑死了。"

"不是哥哥！"

一直在身边害怕得只会眨眼的海美突然站起来大声说道。江度日和张明焕被海美小宇宙的大爆发吓了一跳。

"哥哥昨天晚上和我一起待在这里，那他怎么出去杀人呢？"

"小姐你是金振久的女朋友吗？"

江度日看着海美问道。

"是。我就是昨天晚上一直跟他在一起的女朋友。"

振久早就有预感，以海美的脾气她肯定不会袖手旁观。虽然海美这样毫不留情地发了顿脾气，但振久并不希望她这样。

警察昨天开始就在围绕着任载烨调查，那么赵美妍是他前妻的事就会被发现，文启东也很快会被扯进来。那么昨天晚上振久和文启东在外面见面的事情也很快就会被警察知道。如果这样的话，海美现在帮自己做的不在场证明就会被发现是在说谎。这样就变成了伪造不在场证明。为什么？因为是真凶才会这样……这反倒会加深警察的疑虑之心。

海美，你真是个没有眼力见儿的女人啊！

但现在除了配合海美将这出戏演完之外别无他法。

"对，我昨天晚上一直都和海美一起在这间公寓里。根本就没有出去过，更绝不可能跟那种事情扯上什么关系。"

江度日和张明焕有些无语地互相对视了一眼。海美所做的不在场证明他们虽然知道只是虚张声势，但现在他们好像也没有能够立即反驳的证据。江度日手上所掌握的线索应该就只有振久去找过任载烨这一件事而已。

振久咬住自己是清白的这一点不放，再加上海美还在旁边添油加醋，警察们也不知道该继续说些什么，两个人有些难堪地站起身准备离开。

不过江度日在走出玄关门的时候还不忘说他的最后一句台词。

"你这次绝对逃不了，你想清楚点吧。趁着这次一起把朴民书的那个案子也一起爽快地说出来算了。"

第一次听到这句话的海美脸色变得有些铁青，但她在最后也来了一句。

"你们为什么要这么对他？难道你对他有意思吗？"

江度日明显是一副吃了屎的表情，振久低着头哐的一声关上了玄关门。

"是你杀的吗？"

振久回到客厅一坐下，海美就马上跑了过来。

"海美啊，怎么连你也这么想呢？"

振久的心里郁闷至极，双腿撂在沙发上躺下。

"任载烨是谁啊？是你认识的人吗？"

"认识，赵美妍的前夫。"

"哦，真的吗？那是怎么回事……怎么看他都跟你扯不上关系啊？你也没有理由要去杀他。虽然哥哥你也不算什么善类，但也不会为了几分钱就去干这种抢劫杀人的事。"

"杀人是我知道的事情中最亏本的生意。你想想那得担多大的风险啊，我根本就没有理由去干这种事。"

好奇心爆发的海美虽然总是想让振久多说一些，但振久早已沉浸在自己的思想中。约 5 分钟过后，振久一个鲤鱼打挺从沙发上起来，拿起了电话。

"你准备给谁打电话？"

"给文警官。"

"为什么打给他啊？"

"你等会儿，我有些事想问他。"

连接音响了很长一段时间之后文启东才接起电话。

但他的第一句不是"喂"而是"干吗"。明显就是一副不耐烦的态度。

"您昨天晚上顺利到家了吗？"

"你又不是我爱人，干吗打这个问候性的电话啊。"

文启东醉酒之后的声音听起来还有些嘶哑。

"今天您应该要去解解酒才行吧。"

"不，不用解酒也行。美妍给我熬了冻明太鱼汤。"

看来赵美妍去他家了。这个人就只在自己有事的时候约人见面，别人有事要找他的时候他根本就不带理的。振久心里有些不舒服，突然想吓吓他。

"今天我去了趟警察局。"

比起说警察找到自己问了几句，还不如说自己去了警局，那样会更有效果。

"为什么？"

从他的声音里已经听不出之前的不耐烦了。

"任载烨那个人死了。说是被抢劫致死。"

"什么！"

文启东突然这么大声吼了一句，振久赶紧把电话从耳边拿开。电话对面沉默了很久。

"你等等我。"

刚才还无精打采的声音立马变得比之前任何时候都要真挚。文启东应该在担心振久会不会给警察胡说些什么东西。如果振久把任载烨威胁自己的事告诉警察的话，那麻烦就大了。文启东理了理思路，接着说道：

"你说任载烨他是什么时候死的？把你知道的全都仔仔细细告诉我。"

"据说就是在昨天晚上，死在芳山市场后面的巷子里。"

"那有没有说任载烨是因为什么大晚上的要去芳山市场吗？难道又想去做什么偷盗的事吗？"

"不知道。警察也不会仔细把情况讲给我听呀。他应该就是喝完酒出来之后就那样了吧。"

"为什么是芳山市场啊，那个地方还偏偏跟美妍家隔得那么近。"

文启东自顾自地一直念叨着这句，振久也没什么话能回答他。

"任载烨死了，那警察为什么要叫你过去呢？"

"就跟上次一样，又误会了呗。"

"但那也太莫名其妙了吧。任载烨那个家伙能跟你有什么关系啊。"

文启东并不知道振久去找过任载烨这件事，当然对警察找到振久头上这件事表现得有些惊讶。振久绕过这个事实，适当地找了个理由混了过去。

"就因为这个啊。任载烨的前妻现在和您生活在一起，而且上次您被捕的时候他们也看到了我当时和您在一起。有这一点连在一起，他们自然就从最简单的我来下手，先把我叫去警局了吧。估计过不了太久也会过来找您的。"

"是吗……"

这个理由貌似还不能将他说服，但他现在继续追究警察为什么找振久这个问题也得不到什么准确的回答。他换了个问题问道：

"你去警察那儿都说了些什么？"

"没什么，什么话都没说。我也没什么话可说呀。"

"嗯，好吧。"

他看起来稍微放心了一点。

"不过……"

"不过什么？"

"警察还提到了朴民书的案子。"

"什么？他们怎么说的？"

"他问我任载烨和朴民书两个人是什么关系来着。"

"所以你怎么回答的？"

文启东焦急地问道。

"我也有些惊讶。我什么都不知道，就说自己什么都不知道了。这就是全部了。"

"嗯……"

振久与文启东的通话就到此结束。

"你干吗给文大叔打电话啊？"

一放下电话，海美就跑过来问道。振久让自己舒服地背靠在沙发上。

"我有几件事需要确认一下。"

"什么呀，什么呀？"

"文警官现在几乎就是和赵美妍生活在一起吧？"

"是啊，是这样。"

"那个叫作任载烨的人是赵美妍的前夫，他偷偷溜进赵美妍家里偷了样东西。但那样东西原来是文警官的，任载烨就用那个东西悄悄地要挟文警官。说是给他钱他就把东西还给文警官，就是这样。"

"天哪，要挟吗？那个东西到底是什么呀？"

"我现在也不清楚。所以我刚刚才给他打电话把这个消息告诉他，试试他的口风。对任载烨手上掌握着的那个'东西'文警官会做何反应。结果就是'果不其然'。比起警察问了我些什么，他更关注的是我向警察说了些什么，有没有提到他因为那个'东西'被要挟的事。果然，那个东西肯定对文警官来说特别重要。"

"这样啊……竟然会有这种事，天哪。"

"但这是我的猜测，我总觉得那个东西与朴科长被杀事件有关系。"

"真的吗？"

海美不禁睁大了眼睛。

"我也不能确定，一半一半吧。这也是我刚刚给他打电话的原因之一。"

"对了。你刚刚不还撒谎说警察提起过朴民书吗？我还纳闷儿你为什么要撒那种谎呢，原来你是这么想的呀。"

"我说警察将任载烨的死和朴民书的案子联系在一起的时

候，文警官的反应很奇怪。如果任载烨的那个'东西'和朴民书被杀事件没有任何关系的话，文警官的反应应该是觉得很荒唐，类似莫名其妙甚至是不着边际的那种感觉，对吧？但是文警官直接跳过了那种反应，只问了警察说了些什么。从这一点可以看出，任载烨的那个'东西'肯定跟朴民书被杀事件有着很深的关系。"

"原来如此。"

"其实我给文警官打电话还想知道另外一件事。"

"又是什么事？"

"……现在还不清楚。还要等过段时间才行。"

"头疼啊。事情怎么变得这么越来越不可收拾了呢……这些事要赶紧解决，这样你才能洗清罪名啊。"

振久的眉头也深深地皱了起来。事情发展到这个程度，这也是振久万万没有想到的。

警察离开之后，海美陪着振久一直到晚上才离开。她一直在自言自语。

"任载烨那个人拿走的那个'东西'到底是什么呢？"

海美的存在虽然会让振久觉得有些安慰，但她总是在旁边念叨着这些总归是有些妨碍。海美在吃晚饭的时候还一直歪着头在想那个东西。

"现在我也不知道。只有杀人事件的话应该还比较容易得出结论，但现在为什么要把这么多事都搅在一起呢？那个东西肯定可以给出一个答案，搞不好它就是所有事件的原因和结果。"

振久和海美两个人面对面坐在餐桌上，白米饭就着午餐肉边吃边聊着天。

"那凶手是想偷那个东西的吗？那难道是个国宝不成？"

"也不一定是那样。"

振久比较含糊地摇了摇头。

从厨房里可以斜眼看到电视里正在上演着连续剧。因为两个家庭的反对而烦恼的男女主人公正在找神婆算命，海美饭吃到一半，眼神直直地盯着电视画面。

"对了，我们去算个命吧！"

海美扬扬自得地把筷子放在桌上说道。

"算什么命啊。"

"不是，有一家店据说算得特别准，在麻浦那边。你知道我有个朋友叫水晶的吧？她也是听说了之后过去看了一次，说那个人特别神，好像是被神附身还没过多长时间吧，在神附身的前6个月算命是最准的。"

"我可没什么兴趣。"

"你一定要这样对每件事情都这么消极吗？"

海美瞪起了她的大眼睛。看来她对从朋友水晶那边听到的这个算命的地方充满了好奇心，不过海美是那种只要一旦开始耍赖就不会罢休的人。振久虽然刚开始的时候一直摆手拒绝，但听了海美的劝说之后心里也有些动摇，所有的事情都搅在一起，会不会有"或许"的存在呢？最终他还是点头答应了。

"那就去看一次试试吧。研究弗洛伊德的《梦的解析》的人不也会在梦到猪的第二天早上跑去买彩票呢吗。"

红脸将军留着长胡子，如屏风一般立着。传统人偶透露着一股莫名的阴森，两边的巨大的烛台上，烛火在诡异地跳跃着。这里算卦准不准还不得而知，但这种阵仗已经足够把人给唬住了。

小漆桌后面，坐在松软坐垫上的算命先生被大家称为女菩萨。振久原本还以为她会穿着女巫的服装装神弄鬼，没想到她就只穿了一身改良后的宽松韩服而已。30岁出头的扁圆脸，像是要在气势上压倒客人似的面无表情地低着眼睑。话也不说长，大部分还都是非敬语。貌似她并不想与客人亲近，只想用威严来树立起自己的形象。果然是与她的外貌相符的战略啊，振久这样想道。

"21岁的时候有一份很好的姻缘，但你错过了。"

"天哪，是吗？"

本来是因为振久的事才去算命的，但海美却更加热衷于自己的事。听到算命先生这么说，海美的双眼立刻变得明亮起来。她赶紧往桌前靠了靠，展开了提问攻势。算命先生回答得像模像样，海美不由得听得走了神，沉浸在自己的思想之中。

接着就轮到振久了。他先说了几件很久以前的事探探口风，没想到算命先生给的回答准得让他有些惊讶。他心里想着要不也问问现在自己这些盘根错节的事，看她能给出个什么样的说法？

"其实最近我遇到了很多很头疼的事。"

"什么？"

你不应该从是什么事这个问题开始猜吗？振久心里这么嘀咕着，大概回了句。

"就是我对未来感到很不安。"

"我看看……你的前方有很大的纠葛。"

"您说的纠葛是指？"

"你暂时没有工作。"

"那倒是。"

这个说中了，但振久不想再问下去了。算命先生老是谈工作问题，振久也就失去了将案子的问题说出来的欲望。

"换句话说也就是我的命好，玩玩乐乐也能有饭吃。知道了，那我就先告辞了。"

振久本来想问的问题没问出来，随便糊弄糊弄准备走的时候，算命先生一点儿都不可惜地补了一句。

"既然你们已经问了我一些问题，那么就要交钱。一人三万。"

振久听到这话，坚持自己还只算到一半，不能算是全部算完。双方讨价还价了一会儿之后决定两个人一共交四万的占卜费了事。

"你怎么出来得这么快，既然来了就仔仔细细多问些问题嘛。"

看到振久这么快就出来，海美大声责怪道。然后两个人步行到忠正路站乘地铁2号线往王十里方向驶去。白天的地铁里，冷清得可以让他们肩并肩坐在一起。海美那么大的声音响彻整间车厢，搞得所有人都知道他们刚刚去算了命。振久一边感叹海美神经大条，一边压低声音说道：

"不想问，我看她好像也说得不是很准啊。"

"她跟我说的时候还都说得很准呀。就连哥哥你看起来像个模范学生，实际上心术有些不正这些事全都说对了，还说你孤身一人长这么大啊什么的……"

"这种东西随便观察观察就能知道。"

"看看吧，你又开始狡辩了吧。一般人见到你还以为你是什么书香门第出身的呢。大概是那种把解数学题当成兴趣的倒胃口的模范生那样？"

振久扑哧笑了。

"海美你的直觉好像比那个算命的要好很多哎。"

"人家不会看才那样。算命先生才会看得准嘛。"

"这可不好说。算命先生不把话挑明了说的话，感觉应该会更好一些吧。"

"把什么挑明了说？"

"我说我遇到些困难才过来的，结果她莫名其妙地跟我说一些暂时不能工作的话。"

"那你找到工作了吗？"

"那倒没有。我的意思是在那种情况下，这种话谁都能说。20多岁的年轻男人还能苦恼些什么呀。女人和工作，就这两种。但是我是跟女朋友一起来的，而且关系还那么好，那就应该不是女人这方面的问题，剩下的不就只有工作的问题了嘛。青年失业不是最近的社会问题吗，一般人也都能知道我最近找工作遇到了些问题。如果找工作顺利的话，我也没必要跑来这边算命了。而且一定要跟找工作困难挂上钩，这样的话她才能给你开个符咒什么的多增加点儿收入不是？然后你要是找到工作了之后就会觉得'果然是那个符咒起了作用啊'，没找到工作的话也只能感叹'算命先生真是算得太准了'，就是这样。"

"这，这么看也是有道理……不过我那个她看得也太准了，让我直起鸡皮疙瘩。"

海美还是对算命先生的神通之力感叹不已。

"她都算准了些什么？"

"说我21岁时有个好姻缘，但是错过了。"

"是个什么样的男人啊？"

"不想跟你说，我不会告诉你的。"

"你难道觉得我会因为这个吃醋不成？"

"也是，我就是因为你酷才喜欢你的。不过很奇怪的是，不管我说别的男人怎么优秀，你都不会有自卑的感觉哎。"

听到海美这么说，坐在振久旁边的一个女人转头看了一眼振久。

"那个，我以前交往过一个男生，他对我特别特别好。但是我当时也是年轻气盛，嫌他年纪大，个子又矮，就把他给踹了。但是后来才知道他早就继承了一栋8层楼的商场，车也是开的奔驰。"

"那你现在再回去跟他交往不就成了嘛。"

振久像是在聊别人的事一样云淡风轻地抛出这一句，结果海美还特别没眼力见儿地一直兴奋地在旁边说个不停。"我现在有你呢，胡说些什么呀"这句话应该是正确答案才对，但海美竟然正经给他解释起原因来。

"这你就不懂了吧。你以为那些女人会放着这么个钻石王老五不管吗？早就有女人贴在他身边了。"

"看来你们最近有见过面啊。"

"偶然听到的一些消息而已。不过那个男人离开我的时候我正好 21 岁，刚刚那个算命先生正好算对了。"

"呃……"

振久思索了一下说道：

"是吗，这种东西在心理学上叫作巴纳姆效应……"

"突然神不隆冬地说些什么呢！"

"也就是说，每个人不都有自己的性格或者经验吗？人们经常会把那个当成自己固有的东西，她就是利用了这一点。算命先生只要适当地说一句'啊，以前你有一个爱人，不过已经是过去的事了'这样的话，大家都会回想起自己以前的经历。其实与别人分手之后有些后悔的经历是每个人都会有的，对吧？但是别人的话引着自己回想起这些事的时候，人们就会不自己地觉得那就只是自己的故事一样。算命先生就是利用大家的这种心理赚钱的。"

"是吗，真是这样吗？但我这个她也看得太准了，你不觉得吗？准确地说出我那时是 21 岁，你都不知道我当时有多震惊。"

"21 岁不正是女人跟男人交往的大好年纪吗？回想起那个时候，哪个女人没有一两个男人啊。"

"所以你的意思是，这并不是我一个人的故事，而是很多人都有过这种经历而已，是吗？"

"我只是说这有可能是算命先生算得准，也有可能不是。我是这个意思，她算得准不准我没法断定。"

"你真的要活得这么一点乐趣都没有吗！"

海美对算命先生的幻想被振久打破，直接把火气撒在了振久身上。

"突然觉得你很讨厌。你从出生的那一刻开始就从来都不相信有圣诞老人的存在吧？还有 UFO 你也不信吧？"

"不是，我相信有 UFO。"

"这太阳打西边儿出来了。"

"因为相信它会更有意思。"

"那你怎么不相信算命？"

"未来被确定了的话不是太无聊了吗。"

"别跟我狡辩。还说《梦的解析》怎么着，那你当时干吗要跟着我过来算命。不就是人家说你前面有什么纠葛你就觉得没意思了嘛，如果告诉你前面是一大块金子搅在一起的话，估计你已经流口水了吧。"

海美说话的时候振久已经将视线转向别处发起呆来了。过了一会儿，他像是在自言自语地说道：

"等等……说着说着，我觉得……"

"什么呀？"

"不是，我突然想到了一件事，让我觉得特别茫然的一件事……"

海美虽然一直在催促，但振久只是目无焦点地看着车厢而已。

"等会儿……如果那么想的话……"

振久突然抬起头来。

"啊，戒指！"

"什么，戒指怎么啦？"

"没事，没什么……我就是突然想到了一些东西。"

振久说完这句之后就再也没有继续说什么了。看来今天晚上又要借借酒来办事了，振久暗自在心里想道。

昨晚一直觉得有种不祥的预感，今天全都成为了现实。江度日到访王十里公寓的第二天早晨，振久就接到了城东警察局重案组的办公室打来的传唤电话。江度日的声音虽然听起来很公式化，但振久还是压制不住自己心里的愤怒。

"我这都是第几次接到警察局的传唤电话了，你们有记录这是第几次吗？"

振久虽然在电话里能抗个议，但却只是无用功而已。

"哦吼啦，抢劫杀人的嫌疑人这是准备拒绝过来吗？是准备逃跑吗？"

当证据不足的时候，警察最希望的就是嫌疑人畏罪潜逃。逃跑就是用自己的行动去证明自己的罪行，同时警察也有理由去申请拘捕令。江度日为了提防振久提前准备辩词，故意没有告诉他这次传唤的原因。难道警察这次找到了什么能置振久于死地的证据？这也不是没可能，海美的那通谎话实在是太容易被揭穿了。振久做好心理准备，穿上肥大的裤子和圆领 T 恤往警局而去。如果这次被捕的话，穿这种衣服才最舒服。

跟振久一样，江度日也已经对此习以为常了。他看了一眼坐在自己铁制办公桌对面的振久。

"让我来听听你在任载烨被杀当晚的不在场证明。"

"我昨天不是告诉过你我当时在家里嘛。"

江度日听到振久的这个答案，反倒很高兴地笑了起来。那笑容就好像在说"还真是自己挖了坑还往坑里跳"一样。振久有些丧气。警察以这种方式让他把自己的不在场证明说出来就代表着他们已经调查过了。海美当时即兴编出来的不在场证明要多蹩脚有多蹩脚，应该早就已经被他们发现了。振久决定在自己陷入更加不利的处境之前将实话说出来，这才是上策。

"其实……那天晚上我出去过一段时间。"

"就是嘛。当然应该是这样啦。出去干吗去了？"

"和文启东一起喝酒了。"

"哦吼啦，一号嫌疑人和二号嫌疑人碰头了，是这个意思吗？在哪里？"

"乙支路。"

江度日一脸满意的表情点了点头。从他的态度来看，这些东西他应该都已经调查出结果了。这段时间他应该也调查过文启东，这些东西应该是从文启东那边听来的。

"果然是这样哈？"

"如果你已经知道了事情的全部的话，就别问了。"

"其实我刚才才给文启东打过电话，他已经全都说了。"

江度日嬉皮笑脸地说道：

"任载烨死的地方是清溪川附近。那地方跟乙支路也隔得不远，这也是偶然吗？"

"当然是偶然。抢劫无论在哪里都能发生。"

"所以你不就是抢劫的那个人吗？"

"我们江警官现在是在跟我绕圈子呢。"

江度日扑哧一声笑了。

"你们喝酒喝到了什么时候？"

"大概凌晨 1 点左右吧。"

"然后呢？"

"回家了啊。"

"那之后你就一直一个人了吗？"

"对。"

"任载烨的死亡推测时间是在凌晨 1 点到 4 点之间。也就是说你在那个时间段内没有不在场证明咯。"

"那么大晚上的我为什么去见任载烨啊？"

自己想想也觉得这个抗议都显得特别无力。

"那就只有你自己知道啦，因为是你去见了他。"

振久被堵得郁闷坏了，正在他想反驳的时候，张明焕和另外一名年轻警察领着一个被手铐铐住的年轻男子走了进来。他大声对江度日喊道：

"大哥，不是他！已经抓到了，抢劫犯。"

"什么？"

江度日回头看着张明焕，声音不禁高了起来。

张明焕指着被铐着带过来的男子说道：

"是这个家伙。他叫作李秀台，有前科。当时有目击者。他在上午的时候被捕，被捕当时就承认了罪行，抢走的钱也都还了回来。"

江度日的表情有些不爽，他僵硬着身子靠在椅背上。相反，振久的脸上乐开了花。真凶竟然这么快就被捕，他对警察的信心又恢复了一些。根据对李秀台的审问和他的自白，振久的嫌疑完全被洗净，立马可以回家了。

"我现在觉得这一瞬间警察真的是太好了。"

面对振久的嘲讽，江度日只能以苦笑作答。

江度日办公桌的对角线方向，张明焕开始对李秀台进行审问了。办公室里的聚光灯也从振久这边转向了李秀台。脸上失去笑意后皱着眉头的江度日好像已经完全泄了气，现在对振久的审问只剩下一点追加审问了，这完全是为了完成一次记录而做的公式化的东西。振久敷衍着回答着江度日的问题，注意力全都在李秀台这边。江度日也只是机械性地记录下振久的话而已，他的注意力也在李秀台那边。至少在任载烨这个案子上，李秀台的陈述要比振久的陈述更重要。

20多岁的李秀台已经能算是个个子高的男人了。他戴着金属项链和耳钉，脖子较长，穿着一件圆领衬衫，上面还留着一些汤水的印记。看来他是想要帅但是没耍成。他深深地把头低下，振久看不清楚他的表情，只看到他几乎把所有的罪行都承认了。

"我就在巷子里等着那个路过的男人，然后在后面拿石头打了他。他当时喝醉了酒，走路都晃晃悠悠的。我根本就没想杀死他，真的。"

之前还一直在低声嘟囔的李秀台现在也不知道是不是真的比较害怕，抬起头来向张明焕求起情来。他哭诉着主张自己的行为不是故意杀人的"强盗杀人"，而是在抢劫途中失手将人杀害的"强盗误杀"。强盗杀人和强盗误杀虽然法定刑相同，但在实际判决的时候有很大的差异。从李秀台的大个子和有点肌肉的胳膊来看，他当时拿着石头砸下去的力度肯定能致人死亡。

"事发时间大概是？"

"凌晨1点左右。"

"让我看看，这与死亡推测时间一致……如果是事后才死亡的话，被害者有可能是被石头砸中倒地不起，然后在地上呻吟了一两个小时后死的，真凄惨啊！"

在这个紧要关头，张明焕突然瞪了瞪眼睛，李秀台赶紧又将头低了下去。

"后脑勺，也就是后脑部位是要害中的要害。格斗的时候也因为打后脑勺是会威胁到生命的攻击，所以都是被禁止的。这一点你清不清楚？"

李秀台这回有些犹豫着没有回答。张明焕火冒三丈地说道：

"那我说简单一点。用石头去打喝醉酒的人的后脑勺很有可能会将别人置于死地，这一点你应该知道吧？"

"……是。"

李秀台无力地点了点头。振久懂得张明焕这么问的意思。他不会让他故意承认是"一定要把他杀死"，而是把他往"杀了也没问题"这个方向靠。警察分明就是不想让他以强盗致死结案。

反正现在李秀台已经全部认罪，警察也只能将振久放了。江度日将振久的陈述书上的原题"嫌疑人审讯调查"悄悄改成了"相关证人审讯调查"。振久又再一次恢复了自由之身。

不过江度日这次依然没有忘记给振久留下一句"你这家伙运气实在是太好了。再等一段时间，下次我一定会把你送进去"来警告一下振久。

振久从城东警察局走出来，提到嗓子眼儿的心终于放了下来。这次这么快抓到真凶是算自己幸运，不过这个突发事件真是让他又心惊肉跳了一回。

振久并没有打算回家，他直接坐地铁往会贤洞而去。从2号线会贤站下车之后，顺着阶梯往上爬。虽然他爬这条路是有目的的，但昨晚的过度饮酒再加上大清早的就被警察当作杀人嫌疑犯传唤到警局受了些惊吓，现在振久还没爬多久就已经气喘吁吁，大汗不止，踩在坡上的每一步都像灌了铅似的沉重。白天的这条路上冷清得有些不真实。没有行人，只有下面城市的喧嚣声传来，犹如回音一般。被阳光直晒的脖子上已经浸出一层汗来。

振久站在任载烨租住的房门前按下了门铃。只听见咔嚓一声，铁门静静地打开了，一位刚迈入老年的胖女人顶着一头乱糟糟的头发从房间里探出头来。她见到振久之后满是惊讶，眼神里充满了怀疑，而手却止不住地颤抖。看来她应该就是几天前看到振久和任载烨说话而且还将这件事告诉警察的那个房主大妈。租住这间房子的任载烨两天前的晚上死了，警察因怀疑几天前过来找过任载烨的振久又过来调查取证过，现在那个被怀疑的振久就站在自己面前，她也确实有害怕的理由。振久觉得自己应该充分利用利用她这份恐惧才行。

"我想看看任载烨住过的房间。"

振久平了平呼吸，镇静地说道。

"你是谁？为什么要看他的房间？"

女人的话里满是紧张。

"虽然这对几天前才过世的人有些抱歉，不过任载烨他欠了我的钱。我上次过来找他也是因为这个，所以我想看看他的房间里有没有什么值钱的东西。我只看，不动手。只要确认有值钱的东西，我就会走法律途径通过财产扣押来获取我的那一份。我绝对不会随便碰东西的，您如果不放心，也可以在旁边看着我。"

女人一边说着"哎哟，里面应该什么都没有吧……"一边点头答应了。她没有必要帮已经死亡的任载烨去拦着振久，去保护他的财产和私生活。

有一样东西引起了振久的注意。任载烨的房门并没有上锁，简陋的房间却配上了一把格格不入的大锁，而且还是那种能从外面上锁的那种。

"这个是怎么回事？这个人原来就这样不锁就出门吗？"

"这个是今天早上警察来的时候打开的。"

"原来警察是拿着钥匙过来的啊。"

"不是，警察也没有钥匙。他们自己还纳闷儿说钥匙到底会在哪里呢。他们还问我有没有钥匙，但是我也没有啊。最终他们打电话叫119过来帮忙开了锁。"

"大妈你是这个房子的房主，你手上连钥匙都没有吗？"

"这个人最近这段时间把门看得可严实了，就连锁也换成了这么贵的锁。这里又不是什么仓库，也不知道他干吗要挂上这么大把锁。"

"这是什么时候的事？"

"差不多有半个月了吧？"

这个时间正好是他把东西从赵美妍家偷出来的时间，他换锁应该也是因为这个"东西"。那么那个"东西"就在这个房间里，至少曾经在这个房间里放过一段时间。警察还不知道有这个"东西"的存在，而且他们早上还对这个房间进行了调查。之前抓到抢劫犯后在警局审问他时振久在旁边注意听过，警察好像也没有搜到什么特别的东西。也就是说自己今天还是有希望找到那样东西的。

进到房间里一看，就连振久都被他冷冷清清又杂乱无章的房间所震惊了。整个房间里没有床，只有一张瑜伽垫脏兮兮地铺在角落，应该放置衣柜的地方被一台只有20英寸大小的电视占据着。褐色的壁纸散发出阵阵霉味儿，上面还有很多地方被人拿笔画得乱七八糟。窗户关得严严实实的，从不锈钢窗棱向外望去，就能看见底下的胡同。这明显就是一个无家可归的人所寻找的临时住所。振久翻看了一下他的衣柜，发现里面也确实像女人所说的"里面什么都没有"。振久连窗户缝和墙体的角角落落都看了，也没能找到能藏匿东西的地方。房间里也几乎没有能装东西的器具和日常用品。

"也不知道这个电视还能不能用。"

振久向女人借了把螺丝刀，直接把放在地上的电视后盖给卸了下来。

"哎一股，你这么做怎么行呢。我不管，反正你千万不要跟别人说是我把螺丝刀借给你的。"

"大妈，你就放心吧。要想给这台电视估个价的话也要打开里面看的。经常会出现画面正常但里面其实已经糟糕的不能再糟糕的情况。"

虽然跟大妈扯了那么多，但打开之后还是一无所获，只有电路板孤零零地躺在里面而已。

虽然还不知道那个"东西"到底是什么，但这么找都没能找到就只能说明那个东西并不在任载烨的这个房间里。但是振久又很难想象他会把东西藏在外面的某个地方，因为如果他把东西放在外面的话，那他就没有必要给大门换锁了呀。

以财产调查为借口的搜查很快就结束了。

"他还真是一无所有呢。啧啧，难道我要就此放弃我的钱吗……"

振久装出一副垂头丧气的样子走出房间，向那个女人问道：

"像这种生活水平，房租他能按时交吗？"

"那个人啊，虽然他没什么家具，但手里还是有点现金的。我之前也问过他说这虽然只是一个月租房，但怎么着也是自己要住的地方，为什么不买些家具过来把自己的生活弄得好一点。结果他跟我说他马上就会搬家，嫌买那些东西太麻烦就不打算买了。"

果然他与赵美妍离婚之后不可能是净身出户。他手上拿着现金还在离赵美妍家不远的会贤洞这边找了个临时住所住下，经常游荡在前妻周边。然后这次手里拿到那个东西之后就要挟文启东，想从他那边拿到一大笔钱之后再搬家。

"早上警察来了之后有没有收走什么值钱的东西呀？"

"他们好像是空手走的，几个人发着牢骚叽叽喳喳地就走了。哎呀，我不知道啦，别再问我什么问题了。"

"好吧，刚刚有些失礼，还请见谅。"

振久像是想缓解一下女人的紧张感一样，态度亲切地跟她打声招呼之后就走了。但他在会贤洞往下走的时候又做了另一个决定。

"我们今天把圣熙婶儿叫出来一起见个面吧？"

"好不容易我们两个人才一起出来一次，叫上姐姐干吗啊。"

振久突然提起这个，海美显得很不高兴，不禁皱了皱眉头。振久正准备去海美位于蚕室的家，他打电话约了海美在她家附近的一家咖啡馆见面。最近一直都是海美去振久家里，现在好不容易能正正经经地在咖啡馆里面约个会，振久竟然还提起要跟文圣熙见面，海美对他这个提议十分反感。

"对不起啊，其实我好像是无罪的。"

"什么呀，你本来不就是无罪的嘛。"

"说错了，我的意思是，我好像可以给别人证明我是无罪的。"

"嗯？所以你已经找到真凶了吗？"

如果是这样那就真的是大好消息了。正拿着吸管喝着焦糖玛奇朵的海美脸上充满了期待。

"这不好说，我说的也不一定就是对的。"

"那你为什么说要见圣熙姐姐呢？"

"首先我先帮她把朴科长留下的那个戒指拿回来。虽然在世的时候两个人互相讨厌，但这毕竟是她丈夫留给她最后的一样东西。告诉她应该是没错的吧。"

"对哦！那个情侣对戒。我也把这事儿给忘得一干二净了。

我们家哥哥这是中了哪门子邪了，竟然还这么有人性的光辉。"

海美因为振久的这个提议高兴地嚷嚷起来。她好像觉得自己就是一个爱情传话筒一样，备受鼓舞。开心地拍了拍身旁振久的肩膀。

"我就知道我们海美最懂我了。"

"为振久的人道主义精神干杯！"

海美开心地举起了装有焦糖玛奇朵的咖啡杯，朝振久眨了眨眼。

他们给文圣熙打电话的时候并没有提起情侣对戒的事。文圣熙好像不太情愿，一点眼力见儿也没有地让他们过去找她。

"你们知道亭子洞的那条咖啡街吧？那里有一家华夫饼特别好吃，店名好像叫作'petit mignon'……"

妈的，什么店名啊，竟然叫作"小可爱"。就凭这店名都不敢相信里面的东西会好吃。振久心里有些郁闷，他有点不耐烦地用眼神促催着海美。海美则拿着手机语重心长地想要说服文圣熙过来。

"姐姐，今天哥哥好像要交给你一样很重要的东西哎。你就稍微过来一下下吧。"

海美一直把电话放在耳边，过了很久之后才小声"呼"地一声叹了口去。看样子文圣熙一直到现在才妥协准备过来。

"啊，对了。你过来的时候记得把居民登录证或者亲属关系证明书什么的东西带上。"

海美在电话的最后也没忘记让文圣熙把振久嘱咐的东西带过来。

他们两个人在蚕室见到文圣熙之后连原因也没说，直接拉着文圣熙就往钟路走。文圣熙看到振久的表情那么真挚，也就没有多说什么，乖乖地跟着他们上了车。三个人乘坐出租车不一会儿就到了钟路3街"明宝珠宝"门口。

"来这儿干吗？"

文圣熙有点丈二和尚摸不着头脑。但她依然按照振久的指示进到店里，拿出了准备好的居民登录证和身份证，证实了自己就是朴民书的妻子。店员确认身份之后递给了她一个小盒子，她的眼神在接过盒子的那一瞬间变得有些严肃。

"这是什么？"

文圣熙的表情就像自己手中握着的是一个小炸弹一样。

"我们去别处谈谈怎么样？"

文圣熙按照振久的提议，拿着盒子和海美一起往附近的一个2层楼的咖啡馆走去。点的咖啡全都送上来之后，振久对坐在自己对面的文圣熙开口说道：

"那是朴科长过世前一天专门为你定制的东西。"

"什么呀？"

"你自己打开看看吧。"

振久看到文圣熙咽了一下口水，眼神里满满的都是紧张。一打开盒子，铂金戒指上玲珑剔透的钻石在咖啡馆灯光的照耀下散发着闪耀的光芒。

"这是……情侣戒？"

"是。你把里面的两个女戒拿出来看一下吧。'MSH'上面刻的是圣熙你的名字缩写。"

"……这是怎么一回事？"

文圣熙看着振久和海美，支支吾吾地说道：

"朴科长虽然因为各种原因才跟你分居，但他确实是想跟你一直好下去的。"

"他不是有个情人吗，叫方秀妍的那个女人。"

文圣熙的这句话在振久听起来还是觉得她有些气愤。这就是长时间的厌恶和疑心所造成的齿轮，与眼前紧张的心情相撞后偏离了原有的轨道，只能在空气中空转起来。振久悄悄地看了看文圣熙的脸色，继续开口说道：

"是。不过你可能不会相信，她的出现并不是你们分居的原因，而是结果。那都是因为朴科长分居之后心里空虚才暂时出了轨而已。对心思细腻的朴科长来说，分居给他带来的冲击是你难以想象的。他甚至因为那份苦恼还去看过精神科的医生。朴科长和方教授他们俩之间也从没有考虑过要结婚这件事，这一点我作为调查专家可以向你保证。当然我这样空口无凭地跟你保证，你也不会相信，不过我并不是指朴科长就像个修道士一样一尘不染。你看看那枚戒指吧，那不就正好代表了朴科长的真心吗？上次你说过这样的话吧？你觉得他摘下情侣对戒是因为他已经出轨了，而且还因为这个原因误会他，甚至闹到两个人分居的局面。他就是想表达他的反省和歉意才来这里定制了这几枚情侣戒的。他还特意做了两枚女戒，这里包含了他对你两倍的爱意。我觉得他应该是想用这两枚戒指给你准备一个惊喜，从而消除你们之间的误会。"

"啊，啊……"

文圣熙将戒指拿在手上，不知道如何是好。她的头深深地低了下去，沉默不语的脸上闪过了许多种不同的感情痕迹，好像是某条警戒线上面全都是复杂的感情在碰撞一样。好像也有一些对自己无端误解的一些悔恨。海美也在旁边听得眼泪在眼眶里直打转，一直用那种可惜的表情看着文圣熙。文圣熙虽然表面上像在看着戒指内侧刻着的字，实际上眼神早已失去了焦点。

　　摆在自己眼前的这个爱情的见证直接击垮了她的疑心之墙，她的眼眶逐渐变红，两条清泪顺着脸颊缓缓流下。

　　"那个人……那个人……"

　　一阵呜咽涌上心头，文圣熙感动得连一句完整的话都说不出来，只能断断续续地冒出几个字而已。振久和海美沉默着，给了她一点悔恨的时间。

　　与文圣熙告别后，振久和海美去了一家位于建国大入口站后方某建筑的地下，那里开了一家名叫"游子"的酒吧。那是振久在短暂的高中时节结缘的好哥们儿宋治久苦心经营的一家民俗酒吧。海美对酒吧的名字不是特别满意，竟然叫作游子。这种名字就应该放在钟路3街后街或者pagoda公园那种地方才正合适。还好店主宋治久是振久几个为数不多的好朋友，要不海美早就忍不住说他一通了。

　　"哎哟，振久。快进来，海美你也好久不见啦。"

　　宋治久刚开始在店里招呼客人，看到他们俩之后笑得十分开心地向他们挥了挥手，大步走了过来。他身材颀长，长得也不赖，当然做出的动作也很大。海美正在心中悄悄地给他打分，加加减减忙个不停。她不满意的地方是他既有那种男人的英姿，

293

又有让人有种距离感的不良之气，这两种感觉合在一起让海美
很是反感。但海美喜欢他的部分在于他考虑到振久的感受和他
那种让人能够忘却忧愁的轻松态度。但他一直都不知道海美的
心理活动，只是一味地对她笑脸相迎。海美之前在美里川保育
院工作的时候来过一次，之后就再也没来过了。

"老宋，你这店里没什么酒味还这么多客人，看样子生意
做得不错嘛，能去参加奥运会了都。"

振久信口开河地开了个玩笑，找个地方坐了下来，点了两
杯啤酒和一份炸鸡。

"哎,怎么点啤酒呢？难道你知道我们家的米酒味道一般？"

"我的舌头有点儿敏感。"

宋治久并没有离开，反而在振久身边坐了下来。

"怎么这么久也没联系啊？"

"我进了趟拘留所。"

"小子，真不会开玩笑，冷场了都。没头没尾的来上这么
一句。"

宋治久根本就不相信振久的话，也压根儿没有被吓到，只
是拍了几下振久的肩膀就当耳旁风过去了。

"哎哟，就信你一次。再给这儿来一份豆腐。"宋治久对
服务员说道。这也是海美喜欢他的一方面。等到豆腐一上来，

宋治久也不管振久愿不愿意，直接喂他吃了。然后开始聊一些有的没的。

海美一开始还以为他只是没什么眼力见儿，坐坐就会走的。没想到他竟然压根就没把海美放在眼里，一直在跟振久聊天。

店里，*When a man loves a woman* 的旋律大声回响着。但放的不是 Percy Sledge 的原版，而是 Bette Midler 在电影 *The rose* 里现场演唱的版本。如果说原版是形容那种深爱着女人的男人可以为了女人抛弃世界的求爱情歌的话，后者则是对风一样的男子厌恶不已的女人自己伤心落泪的呐喊，她感慨的是世上真的没有一个男人愿意为女人付出真爱。

当一个男人爱上一个女人的时候

他能毫不犹豫地将整个世界与她互换

就算她是个坏女人

他也充耳不闻

她就是命中注定的那个她

如果朋友侮辱她

他连最好的朋友都能刀剑相向

就算是在下雨天

他也能在屋外入眠

只要她愿意

海美觉得振久和宋治久的对话无聊极了，她自己一个人沉浸在歌声当中，品味着歌词自言自语道：

"啊，如果一个男人陷入爱情的话，真的会这样吗？不论女人做什么事，他都无条件相信，只要女人愿意，他就能为了她睡在原野里……"

"当然啦。"

宋治久低笑着接过她的话：

"在跟她睡觉之前。"

海美差点没抓个鸡腿砸过去。跟宋治久长时间待在一起的话，往往没什么好结果。海美为自己刚刚的小期待后悔不已，宋治久好不容易在海美心里加上去的分数就因为他这一句话付诸流水了。他从座位上站起身来说道：

"振久啊，那你们在这儿玩吧，海美，我们以后再见咯。"

"好啊，以后见。在地球灭亡之前。"

也不知道宋治久是不是没有意识到海美话中带刺，只是"嘿嘿嘿"笑了几声就走了。

“那人怎么那样啊。”

海美看到宋治久走远之后噘着嘴对振久抱怨道：

“什么？”

“你刚刚没听见他说什么吗？脑子里想的就只有女人的身体而已。柏拉图式的，难道你就没有这种朋友吗？”

振久笑了笑，没有回答。

“等等……你不会也跟他的想法一样吧？”

“什么？不是啦。”

“那你为什么不认同我的话？你要么做出一副感叹的表情，要么跟我一起抱怨抱怨，你总该做些什么吧。”

海美现在正在气头上。她那种具有攻击性的态度让振久吓得一哆嗦，赶紧帮自己辩解道：

“我并不是对他的那句话有同感，只是觉得有一部分还说得挺有道理的，你不觉得吗？”

“你竟然说有一部分还挺有道理，也就是说那一部分对你来说也是适用的咯。”

“我不是说那一部分对我适用，只是一部分男人确实是那么想……没什么，好吧。对不起，对不起哈。”

“从今天的事也能看出来吧？你看看姐夫为了挽回圣熙姐姐的心，还特意准备了戒指。他们俩已经是夫妻了，难道姐夫还会为了跟圣熙姐姐睡一晚而准备这么大的礼物吗？"

海美竟然再次用"姐夫"代替了"朴科长"这个称谓。

"那应该还不至于。"

"姐夫虽然在分居的时候有交往过其他女人，但仅凭这一点，他就比一直想着那些事的男人们要强上一百倍。"

振久有些无语地接过话：

"但是比起那些只能想想而不能付诸实践的人来说，他那种已经有事实行为的人不是更坏吗？"

"啧啧，这就是你思维受限了吧。男女问题是能用这种角度看的吗？你能不能更加感性地看待这个问题呢？"

"那你说说我要怎么感性地看待这个问题？"

"就算现在比较流行坏男人，但是女人是不会喜欢风流男人的，更讨厌那种玩暧昧的男人。比起那种老练又能说会道的男人，我们觉得那种纯真笨拙，在我们面前不知所措的男人会更可爱。"

"男人在女人面前因为失误而紧张得只能拽头发自责，你们还觉得这样的男人可爱？"

"那看着多纯真啊。"

"那他也有可能就是个傻子。"

"你别老是把话往偏了说行不行。"

振久突然问了个问题。

"你觉得朴科长他哪方面的魅力比较吸引女人？"

"姐夫吗？什么，哪方面？"

"他是比较老练，还是比较纯真啊？"

"这个嘛……他应该是哪方面呢？我之前一直觉得姐夫是那种老成的人，但今天一看，觉得他也有挺单纯可爱的一面。他是这两方面都有的那种男人。所以女人们才会喜欢他嘛。"海美啃了一口鸡腿继续说道，"今天看到姐姐哭，我心都快碎了。姐夫也太可怜了，你看看他为了挽回姐姐的心，还特意准备了戒指，这个男人多可爱啊！但是竟然就那么死了，哎。"

海美想到朴民书为文圣熙准备的惊喜还没来得及送出去就那么去了，不禁有些伤感。振久对此倒没什么感觉，只是面无表情地看着海美，没有继续在这个话题上聊下去。但是他没头没尾地来了这么一句，没把海美给气死。

"你怎么能把两只鸡腿全给吃了啊！"

海美勃然大怒。

"我还说你今天有人情味呢。现在是纠结鸡腿的时候吗？"

振久耸了耸肩。

"那好吧。不过，今天这么多事我都还挺感谢你的。"

"嗯？我吗？我今天做了些什么吗？除了帮你把圣熙姐姐

叫出来以外。"

"没什么，只是有些事对我来说很有意义。"

"不过你确实是帮圣熙姐姐解了心中的一个大疙瘩。好可惜啊，他们两个人只要再稍微早一点向对方坦白,那该多好啊!"

"确实是。但是人好像年纪越大就越难把这些事情说出来。"

"男人吧，虽然像牧羊犬一样忠厚稳重是最好，但好像也需要一定的对话才行。"

"就像宋治久那样?"

"哎! 说什么呢。像他那种话那么多的人就只能是灾难。不过像姐夫那样脑子里光想着姐姐有什么用啊，平常要把爱意多表现出来才更好。"

振久本来想回一句来着，想想还是放弃了。如果自己要是把那句文圣熙也不是那么好说话的角色说出来的话，估计与她关系这么好的海美肯定气不打一处来。振久像是下定什么决心似的站起来伸了伸懒腰说道:

"我之前心里还有个问题放不下来着，今天托你的福也给解决了。"

"有问题放不下，什么问题啊?"

"事件的真相啊。"

"把戒指还给人家之后这又说什么胡话呢? 你现在到底在

想些什么呀。"

"从现在开始，我就要将想法付诸实践了。"

"是吗？那你从现在开始要干吗？"

"对决。"

振久拿起海美吃剩下的一根鸡脖，眼里闪烁着光芒。

"找我有什么事？"

第二天，振久给文启东打了个电话，希望两个人能见上一面，结果文启东竟然没好气地吼出这么一句。自己有什么事需要帮助的时候对振久就像对 10 多年的老朋友一样亲切，现在轮到振久有事要找他，他竟然还这么不耐烦。振久没理他，继续自顾自地说道：

"我有些话想跟您说。"

"就在电话里说。"

"电话里说好像不太好。"

"那就给我写信说。"

"通过信件、电子邮件之类的方式肯定会留下痕迹，我怕文警官您会更加不喜欢吧。"

"你这话是什么意思？"

振久不紧不慢地抛出了一句话。

"什么？"这句话说完之后文启东停了很久都没再说话。过了一会儿，他回答道"好吧，那就出去见个面吧"。

就如振久非常有自信地把文启东约出来一样，他也自信满满地将见面场所定在隔自己家不远的建国大学。不论是在王十里站坐地铁还是乘出租车，振久都还能负担得起。见面地点是建国大学的名胜日鉴湖（音译）旁边的长椅。充满智慧的设计者在湖边的许多地方专门为情侣设计了这种静谧的约会长椅。因为有大树的遮挡，从外面几乎看不清里面的人，而湖水又正好为情侣两人展开了只属于他们的美景。这边的情侣专座是块风水宝地人气超旺，一般根本抢不到座位，而且这种地方也不太适合振久和文启东两个人见面。振久所说的地方是日鉴湖东边的休息区，那里也有一些长椅。如果一定要说出个用途的话，应该只能叫作公众用地了吧。好几个人都各自占一个长椅，大家虽然同坐在一个地方，都能互相看见对方，但也没有人会对你投来奇怪的目光。用一句话总结就是一个公开的空间却同时又充分保障了安全和隐私。

文启东已经提前到了。他坐在正对着日鉴湖的最前排，视线没有任何遮挡。他右边的长椅空着，左边坐着三个女生开心地聊着天。后方的长椅上也有三三两两的同学拿着纸杯咖啡嬉戏打闹、聊天玩耍。象征着青春的声音明亮地像音叉的波长一样让人心情愉悦。湖边杨柳翠绿的枝条在春日的鼓动下奋力地往湖面伸展着，兼具温暖和凉爽的春风将它吹拂得摇摆不止。但是不管是多好的场所，也要根据见面的情况来判断好坏。现在这个地方对文启东来说好像就不是特别满意的样子。他穿着已经没了型的衣服，头上还戴了顶帽子，左手搭在椅背上，指间夹着的烟头还在闪烁着火光。烟雾顺着春风往左边飘去，在那边聊天的女生们不禁皱起了眉头。振久走到文启东左边，边坐下边向他打了个招呼。

"您来得挺早呀。"

"又不是学生，干吗把人叫来这种地方？"

文启东一看到振久，像是有些生气似的不管三七二十一就开始大声质问道。但他一看到振久冰冷的眼神，也不知是不是感觉到了什么不对劲，没有再继续埋怨下去。振久在他左边一坐下，他就将手中的烟头扔在地上，又掏出了烟盒。

"像您这么个抽法，对身体好像不太好哟。"

振久在旁边转头看着他，酸溜溜地说道。

"切，不就几根烟嘛，我的身体好得很。"

"怎么会呢，我怎么觉得您现在身体就很不好呢。"

"什么话！就凭你，我现在跟你扳手腕都能赢了你！"

文启东露出自己粗壮的胳膊生气地说道。他从振久把他叫出来开始就一直心气不顺。

"你有什么事赶紧说。不是说有什么对圣熙很重要的事吗？"

"等等，先让我来检查检查文警官的身体状况。"

"什么？"

振久突然从座位上站了起来，文启东有些莫名其妙，眼神也跟着振久从下往上看去。振久慢慢绕到文启东身后，在他的正后方站定。文启东根本就不知道现在是个什么情况，只能弓着背坐在椅子上。振久抬起右手，用手掌轻轻碰了一下文启东的后脑勺。

"啊啊！"

文启东惨叫一声，上身赶紧往前弯了下去。他双手捂着自己的后脑勺，好半天都没反应过来。振久重新走到他的左边坐下。

"果然被我说中了吧？您身体是不太好呢。"

振久虽然在旁边唠唠叨叨，但文启东依然捂着头往前弯着腰。也不知道是不是疼得厉害，他嘴里只能不断发出"呃，呃"的声音。振久也不管文启东有多痛苦，将自己的视线投向日鉴湖对面的远方。

"呃啊。"

过了好久，文启东终于直起了身子。他正想开口发火，振久却抢在他前面干巴巴地说道：

"我觉得您心里应该很清楚我今天请您出来的原因。"

振久先发制人，没有给文启东发火的机会。听到这句话的文启东立马在气势上就软了下去。

"什么清不清楚？我不知道你在说什么。"

文启东摸了摸头，一脸不解地看着振久。振久也看着自己身旁的文启东，像是先放他一马的语气说道：

"那个您好好地拿着呢吧？"

"什么那个？"

"任载烨偷走的那个东西。"

文启东没有说话，只是用左手扶着头上的帽子，用布满血丝的眼睛看着振久。振久则慢悠悠地继续说道：

"我就是因为文警官您的眼神太恐怖，才把您约在人这么多的地方见面的。"

"……"

"任载烨并不是被抢劫的时候死的。"

"那是什么？"

"被抢劫的那个人应该是您吧？"

"说什么呢。"

文启东虽然想大声吼出这一句，但实际的效果却只是毫无底气地哼唧了一下而已。

"既然这样，那我们就从那个开始说，您看如何？您为什么突然戴帽子呢？您平常对时尚可是没有任何关心的呀。刚才我只是轻轻碰了一下而已，您怎么疼成那副模样呢？您现在有那个自信摘下帽子让我看看吗？"

"我头上是因为洗澡的时候不小心滑倒受的伤。"

"这个伤应该是那天和我一起在乙支路那边喝酒之后的第二天才有的吧？以后警察从您的医院治疗记录里面就能知道具体的受伤时间，所以您不能说谎哟。"

"日期大概也就是那几天吧。"

振久像是早就知道他会这么说一样，轻轻吐了吐舌头继续说道：

"那天警察在调查我的时候说过这么一句话。他说不管我有什么理由，都与朴民书的案子和任载烨的案子有关，偏偏这两个人还都死了。他问我这难道是偶然不成。相同的话我现在也可以说给您听听。偏偏在任载烨被抢劫的那一天，受他威胁的文警官就在洗澡的时候摔倒，不小心伤了头部以至于现在要戴着帽子来掩盖伤口。这会不会也太巧了呀？"

"人活着，遇到这种事也不是没可能啊。你不也因为偶然，还被误认为将朴女婿杀害，甚至还进了拘留所吗？"

"好。那我们就当是有那种偶然吧。不过您要怎么解释这个呢？任载烨的遗物中并没有他家的钥匙，抢劫他的那个家伙也没理由去拿他家的钥匙。就因为这个，警察没能找到他家的钥匙，还专门打了119叫人过来帮忙开门取证。倒在地上的任载烨身边竟然没有他自己家的钥匙，这一点您准备怎么解释呢？"

"那个吗，我作为前任警察，对这种案子还是很了解的……"

与心平气和的振久相反，文启东竟然已经开始紧张得掉汗了。但现在才只是春天而已。

"抢劫犯可以通过被害者的身份证之类的证件知道他的住所，所以他有可能是想拿了钥匙之后去他家再搜刮一把。所以他把任载烨放倒之后就从他口袋里面翻出钥匙和身份证，然后跑到任载烨家里搜刮了些东西走了。"

振久听到这里，果断地摇了摇头。

"我在警局里面见到过那个抢劫犯。他是那种只拿现金，连信用卡都没拿走的思虑周全的家伙，抢劫之后就立刻将凶器扔了。像他这种人，你觉得他会拿走有可能成为证据的被害者的钥匙吗？还有，他又怎么知道任载烨只有一个人住，然后想去他家里再偷一次东西呢？就算他觉得家里有人也无所谓，那他也就从抢劫犯直接变身成为入侵民宅的强盗，你不觉得这两个差得有点儿大吗？还有啊，那个抢劫犯在第二天上午就被捕了，他从任载烨的钱包里拿走的钱都全部还带在自己身上。也就是说他还没来得及把这些钱给藏起来。那么，如果他把钥匙拿走了的话，那他被捕的时候钥匙应该也会一起被没收。但是事实并不是这样，警察不也是因为没有钥匙才进不了任载烨的房间，想了各种办法之后才得以进门的吗？"

"你到底想说什么？任载烨也有可能是因为一时忘了带钥匙出门啊。"

"我去任载烨家里看过了，他的锁是要从外面上锁的。任载烨死后，警察去他家调查的时候锁还是牢牢地锁着的。那应该是任载烨最后一次出门的时候上的锁，所以他不可能是在外面把门锁上之后再把钥匙放在家里忘了带出来，这一说法根本就不成立。"

"反正，钥匙不见了很重要吗？有什么大惊小怪的。"

"任载烨的钥匙不见了就只能说明是谁把他的钥匙给拿走了，而拿走钥匙的那个人应该就是让他倒地不起的凶手。他并不是把任载烨杀死之后正好看见钥匙才把钥匙拿走，而是本来就是冲着那把钥匙才将任载烨杀害，不对，应该说是既得了钥匙又干掉了任载烨，一举两得。凶手必须要将任载烨杀死，也必须要拿到他的钥匙。为什么呢？当然是因为凶手想进任载烨家里啦。

"不过任载烨的房间几乎就是一个无家可归之人暂时居住的地方，根本就没什么值钱的东西值得被偷。除了一样东西，那就是任载烨拿来要挟您的时候所说的那个'东西'。我去他的房间看过，里面就只有一床老旧的被子而已。难道他会拿被子要挟您不成？能够威胁到您的那样'东西'，我根本连它的影子都没看见。虽然我不知道那个'东西'到底是什么，但就他家的那副样子，我也知道那个'东西'肯定已经不在房间里了。而且他也不可能将东西藏在房间外面，因为他还为了这个'东西'给房门换了把新锁。

"任载烨死在了大街上，正好这个时候房门被打开，'东西'消失得无影无踪。怎么样？我只能认为这是凶手将任载烨杀害之后拿走钥匙，进入他家将'东西'拿走了。"

文启东的视线一直盯着地面看着，从头至尾都没有说一句话。振久看着日鉴湖继续说道：

"我们在乙支路喝酒的那天晚上，根本就没有空出租车。我都是往明洞那边走了很久才好不容易拦到一辆的，文警官您应该也跟我一样，没有拦到出租车吧？虽然您当时说自己有认识的出租车司机，但已经那个时间了，你叫他过来他也不会来，只会告诉你说车调不过来而已。所以你还不如直接走路去赵美妍家更加方便。任载烨被发现死亡的场所是芳山市场后的巷子，而从乙支路到东大门那边赵美妍的家正好是一条直线贯穿芳山市场。估计您是想着抄小路才从市场后面的小巷子里面走，结果就遇上抢劫犯了吧。十分幸运的是，你只是受了点伤而已，不过现金应该是被抢光了。

"而您那个时候就突然想到'这种抢劫事件能不能运用到任载烨身上呢'？果然您这个前任警察对犯罪这方面的感觉还是宝刀未老啊。既然已经出现了这种抢劫行为，那么只要到时候将抢劫的那小子被捕，自己的罪行就完全可以转嫁到他的身上。反正他在黑暗中也看不清楚醉客的样子，只是拿石头砸了别人的头而已，那么他肯定就无法区分死的人到底是不是自己下手的那一个了。这一点，当时被砸了一下后脑勺的您心里应该更清楚，您一定在想'抢劫犯肯定没看清楚我的脸'吧。更何况他还没有拿走钱包和身份证，那就更不可能知道自己是谁了。正好任载烨又住在与那个地方距离不远的会贤洞，这么一来，所有替换被害者的条件就都已经具备了。

"您当时应该是去会贤洞敲了敲任载烨家的窗户，因为打电话什么的会留下通话记录。而且让别人看到自己头上有伤会比较麻烦，所以您应该还去了趟深夜也照常营业的东大门服装市场买了顶帽子戴上，我说得对吧？反正您告诉任载烨说要给他钱，让他悄悄地去清溪川那边跟自己喝上一杯，把他给引诱了出来。对任载烨来说，他才不管是白天还是晚上呢，只要提到钱的问题，他肯定就像猫看到鱼一样百分百上钩。

"而您就装作在找酒吧一样将他带到芳山市场的后面，看准时机瞄准他的后脑勺就拿石头使劲砸了下去。就是用您刚刚还在炫耀的那只像猩猩的胳膊一样粗壮有力的胳膊，对准与自己受伤的同一个部位狠狠砸了下去。您是有多恨他呀？谁受了你的那一击估计都要上西天了吧。就算以后那个抢劫犯被捕，他肯定也只能承认是自己杀了人。因为他确实是那天晚上在芳山市场后面用石头砸了'某个醉客'的后脑勺。当然他肯定不知道在漆黑的巷子里，被害者已经被更换掉了。真正抢劫的时间是在凌晨1点，任载烨的死亡推测时间是凌晨1点到4点之间，这一点也没什么问题。如果任载烨的死亡时间是在这个时间之后，假如是在凌晨3点或者4点出来的话也没有问题。可以说任载烨是在被石头砸中头部之后没有立即死亡，而是昏迷了几个小时之后才断气的，这个假设也能成立。您这么多年经手过这么多起案件，对这种情况应该也很了解。

"您将任载烨杀害之后，拿着他的钥匙再次去了他家，然后偷偷拿走了那个'东西'。出来的时候您应该还想把屋子恢复原状，所以重新把门锁了起来。我后来去他家的时候发现'东西'已经不在了，那么拿走'东西'的凶手应该手上拿着任载烨家的钥匙。正是您的这个锁门的行为让我起了疑心。怎么样？我这么解释了一番，您还有要补充的吗？"

振久在分析这些的时候，文启东也渐渐地从之前焦躁不安的情绪中缓了过来。他将自己的身体完全靠在长椅的靠背上，慢慢掏出一支烟叼在嘴里。开始了他的最后一次抵抗。

"虽然你确实在这件事上动了一番脑筋，但是你这些全都只是空想不是吗？从推理上看虽然确实有些道理，但现实的犯罪是很简单的。抢劫犯打了人抢了钱跑了，就是这样。然后喝醉酒的人就那样死了，这就是现实的犯罪。"

"真的是这样吗？也是，我年纪还太小，有点儿不知天高地厚。那要不这样吧，我们去有公信力的地方让他们来帮忙判断判断，你觉得怎么样？比如说警察局之类的地方。"

振久作势要站起身来。

"算了算了，我知道了。"

文启东赶紧挥了挥拿着烟的右手，痛苦地闭上了眼睛。振久也暂时一声不响地坐在旁边。把他逼到这个份上，也该给他一点时间让他理一理思路才对。当然他应该还想了些其他的东西。

不久后，文启东睁开了眼睛，他好像已经下定决心准备接受所有的情况，整个人都显得有些空虚。就算他矢口否认振久的推理，也早就已经意识到自己躲不掉这个看起来挺好欺负又让人心里有些发怵的年轻人了。至少在某种程度上来说，他已经死心了。

"你怎么会挖这么深？"

文启东问完这个问题之后又立即自己回答道：

"啊，也对。都是因为我，那个抢劫的小子才被蒙上杀人犯的帽子。你是因为年轻人的正义感吧，觉得那个小子太冤枉。"

振久轻轻摇了摇头。

"我还没那么伟大。装成正义的使者只会让我自己浑身起鸡皮疙瘩。我只是因为我自己深陷危险之中，才没有对这件事置之不理而已。"

"你自己深陷危险之中？警察到现在还在怀疑你吗？"

"是啊，太伤感了。"

振久耸了耸肩。

"也是，警察嘛……"

身为前任警察，文启东好像对警察的这种执着程度很是了解的样子。

"那你为什么不直接去找警察，反倒是先过来见我呢？"

"那个理由就是我现在要说的。我也是为了生存，但是警察局是那种仅凭一面之词就能说明白的地方吗？我吧，需要一些眼见为实的东西。而且我还认为任载烨手里，现在已经被您拿走的那个'东西'就是所有事件的根源。所以为了我自己能生存下去，我得出的结论就是也需要那个东西。"

"你这么想的理由是？"

振久回头看着文启东，故意加重声音说道：

"朴民书过世的当晚，文警官你去过朴民书家里。而且还是在我去很久之前。"

文启东之前有过的那种空虚的表情又浮现了出来，根本就隐藏不住他心里的慌张。不过文启东经验丰富，并不会轻易屈服。

"你这话说得还真让人无语啊。我为什么要把朴女婿……"

振久嘀咕了一句"看来还是不行啊"环顾了一下四周。发现大家都在专心致志聊自己的天，确认没有人注意到他们这边的动静之后继续说道：

"最初的问题呢，就是事发现场有好几处指纹被擦掉了，这件事很奇妙。我在这儿可以告诉您，我在那个房间里发现尸体之后为了避免自己被怀疑采取了一些措施，把水果刀、门把手、电灯开关上的指纹给擦掉了。然后又在门把手和电灯开关上留下了自己的指纹。凶手在杀人之后也擦掉了指纹。我再回到我摸了门把手和电灯开关的那个地方哈。我摸了这两个，不过肯定不会去再碰那把水果刀。"

"呃，振久你……"

"但是后来调查后发现，除了水果刀和门把手，还有电灯开关以外，桌子上的玻璃杯和啤酒瓶上的指纹也被人擦掉了。这还真让我惊讶不已啊。这件事只有我一个人知道，我擦过的地方和没擦过的地方。我从始至终都没有擦过玻璃杯和啤酒瓶上的指纹，但是那个地方的指纹也被擦掉了。这代表着什么呢？这就刚好是我当时编的那个故事，也就是说是凶手将指纹擦掉的。那么凶手应该就是在朴民书家里留下指纹的话会让人觉得奇怪的人吧。也就是说那个人之前从来没有进出过朴民书家，或者说是会让别人认为从来不会进出他家的人。"

"所以你的意思是，那个'擦掉指纹的人'是我吗？"

文启东毫无生气地问道。

"因为所有的事实都指向了您啊。"

"你怎么能说得那么绝对呢？我为什么要杀死朴女婿？在他们俩马上就要离婚的时候。"

"我并没有说文警官你就是凶手，只说您是'擦掉指纹的人'而已。"

文启东被堵得一句话也说不出来，脸色也变得更加黑暗了。

"我把指纹的问题又重新想了一遍。凶手因为跟朴民书发生了冲突，所以用水果刀将朴民书刺死，然后将朴民书的家里翻得乱七八糟。但是，他马上又镇定下来，将可能留下自己指纹的地方全都擦得干干净净。这好像有些说不过去。当然他也有可能是装作偶然犯罪的有计划性犯罪。我就这么假设吧，因为一时的愤怒将朴民书杀害的凶手和擦掉指纹的人是不同的两个人。而这里我能确定的是，擦掉指纹的这部分内容很奇怪。我能理解他将水果刀上的指纹擦掉，因为水果刀上最后留下指纹的人一定会被指认为凶手。但是擦掉玻璃杯和啤酒瓶上的指纹就很奇怪了。按照我看到的情况来推理的话，凶手和朴民书一起喝酒，之后再将其杀害，所以他才会将杯子和酒瓶上的指纹擦掉。但这与我所知道的杀人的真相，与凶手都完全不符。"

"那你觉得应该是什么？"

"我觉得凶手应该没有必要将自己留在玻璃杯和啤酒瓶上的指纹擦掉……这部分我等会儿再跟您详说。反正我觉得至少玻璃杯和啤酒瓶上的指纹并不是凶手擦掉的。那么为什么呢？对，就是那个。就是那个人帮凶手擦掉了指纹。那么跟朴民书喝酒的那个客人就是凶手了。

"最终，您这个'擦掉指纹的人'就起到了两个作用。第一，您将您自己留下的指纹全都擦得干干净净。第二，您擦掉水果刀和玻璃杯，还有啤酒瓶上的指纹就相当于将凶手留下的痕迹隐藏了起来，同时将房内的状态伪造成凶手之前从来没有去过朴民书家的情况，从而帮助真凶完美地隐藏了起来。甚至不惜将嫌疑引至自己身上。那么，结论是什么呢？很简单，真凶应该相反地是经常出入朴民书家的人，而且还是文警官您特别想保护的人。"

"推理，都只是推理而已。这都不是事实。"

振久根本不受文启东的妨碍，继续说道：

"杀害朴民书的真凶和'擦掉指纹的人'分别是不同的两个人这件事以后自然能够得到证实。但是您为了保护真凶，却让自己陷入了更加危险的境地，这都是托了某件事的福。这个您应该清楚吧？就是您装成抢劫犯将任载烨杀害的事。任载烨拿'东西'要挟您，您却把他杀害之后拿回了那样'东西'。然而那样东西与朴民书被杀事件有着深刻的联系，它应该可以暗示真凶到底是谁。警察知道是您将任载烨杀害的那一瞬间，他们也就能理解朴民书被杀事件的动机和真实情况了。而能让您不顾自己的生命危险舍身相救的真凶就是……"

"……真凶是？"

意志坚强的文启东第一次连声音都开始发起抖来。

"我除了您的女儿圣熙以外，再也想不出第二个人了。"

"……性格还真急躁。"

他虽然强装镇静，但颤抖的嗓音根本就掩盖不住他内心的动摇。

"是我太性急吗？因为年轻时候的过失，您作为一个豪爽的男人过了大半辈子，不也觉得欠了女儿太多，对她的人生充满歉意，还对此一直念念不忘吗？为了那个可怜的女儿，不管是杀人，还是进监狱，你不也想为她多承担些什么吗？您现在头上受了伤，身体应该也不是很好。今天叫您出来您不还不想出来吗？但只要我一说是跟您女儿有关的事，您不二话没说就直接出来了吗？也不知道您是不是那时就看出了点苗头。"

文启东夹在指间的烟头还在不断燃烧着。他却一直没有说话。

"文警官您偶然间去到朴民书家里，发现了朴民书的尸体和某样重要的东西。而这个东西，就是您的女儿，文圣熙将朴民书杀害的证据，要不我换句话说？就是能让人相信就是文圣熙将朴民书杀害的证据。"

一直故作镇静的文启东嘴角露出一丝苦笑，这都是振久的推理将他步步紧逼成这样的。他停了一会儿，伸着肥胖的脖子看了看周围。周边长椅上的人虽然已经换了好几拨，但依然没有人注意到他们俩的谈话。这让文启东多少安心了一些。

"我当时还有几处疑问，有常识上理解不了的事，有让人觉得有些莫名其妙的事，还有一些就算是想要去理解却怎么也理解不了的事。不过把所有的事合在一起看，发现竟然全都能理解了。"

"都是哪些地方呢？"

"最开始的是我第一次跟您见面的时候。有一点让我产生了'哦？为什么要这么对我呢'这种想法。"

"那是什么？我是哪里做得有些失误吗？"

"当时您听到我被捕了一段时间又被放出来之后的反应显得有些过分夸张了。"

"嗯，我太夸张了吗？"

"任谁看都会觉得那不是为了安慰我而演的一场戏。您当时真的是被吓到了。您跟我才第一次见面，为什么要那么担心我呢？很奇怪吧？还有，就是与您同居的赵美妍的口供让我有些不解。与她见过面之后我就觉得她应该是那种话少又心软的人，但是不缺乏锐利和真诚，更加不是那种不懂事会说胡话的人。她最初录口供的时候告诉警察说那天晚上您在她家里一直跟她在一起，后来又改口说您没去她家，搞得您好像故意捏造自己的不在场证明一样，让警察对你产生怀疑。赵美妍她明显知道这么说会对您不利，但还是执意去改了口供，把您送进了监狱。这也是我感觉比较奇怪的一点。看你们两位的样子，又不像是吵架或者有什么隐情的样子。您被捕的第二天通过圣熙传话让赵美妍实话实说之后，她又赶紧跑到警局说自己记错了，然后将您救了出来。"

"那又怎么了？"

"这您心里不是很清楚吗？像您这种警察虽然帮我骂警察又对我这么好，但我们的关系并不是鳄鱼与鳄鱼鸟那种无法分离的共生关系，而是零和博弈中的参与者之间的关系。您怎么能把这一点藏得这么深还装得对我这么好呢？您被当成嫌疑人被捕的那段时间我过得特别安心、特别幸福。如果把我感受到的那种不安反过来安在您头上的话会怎么样呢？这个问题不是很简单嘛。我要是被怀疑之后被捕入狱的话，您和您想保护的人就能安心了。

"赵美妍她应该只是按照您的指示说话而已。您利用赵美妍的陈述将您的不在场证明说得模糊不清，自然而然地将嫌疑全部往自己身上揽了。为什么呢？因为你要保护真凶。

"出事之后警察第一个传唤调查的人就是文圣熙。敏感的文圣熙觉得自己马上就要变成杀人犯了，所以非常害怕。看到这一幕的您为了保护您的女儿，就想让自己代替她被捕，于是你就让赵美妍帮你反复做不在场证明的证言。然后警察疑心的箭头就直指您而来了。

"但是为了给我酬金跟我见面的时候您被吓了一大跳。因为那时候您才知道我之前被当成杀人犯被捕过，只是因为拘捕令没有被批下来而释放出来而已，但我依然还是第一嫌疑人。那一瞬间您的表情有些狼狈，因为那时你才明白自己根本就没有必要为了保护圣熙将罪揽在自己身上。不过偏偏警察又在这个时候过来将您逮捕，以至于您没有时间去及时解决这个问题。

"您后来通过去跟您见面的女儿让赵美妍推翻之前的证言，让她实话实说。然后您就彻底摆脱了嫌疑被释放了，直接回到了安全地带。

"但是您依然在担心警察会不会对您的女儿圣熙再次展开调查。相反，如果我上升为嫌疑人的话，圣熙就是安全的。所以您经常叫我出来喝上一杯，跟我越走越近，其实这都是为了从我这里了解警察的调查进度。因为无法从警局内部得到情报，所以您只能通过我的嘴来打听打听情况。只要确保我一直处于嫌疑人的地位，您就能保证自己女儿的安全。"

振久停下来看了一眼文启东的表情，但从他的脸上根本看不出任何能称为表情的东西。振久重新开口继续道：

"那天晚上您应该去找过朴民书，想跟他谈谈他与您女儿的离婚问题。圣熙之前说过自己去朴民书家找朴民书谈离婚问题的时候您是在车里面等着她的。她说您脾气火暴，怕您会把事情闹大，所以故意没让您上去。但是您年轻的时候出轨让您夫人痛苦不已，她也完全有可能是觉得让您去追究朴民书是否出轨这件事有些不太合适，这个谁也不好说。反正现在最重要的是，您知道朴民书家的具体位置，也从来没有进过他的家。

"而那天晚上，您想以一个父亲的形象去帮女儿一把，想和朴民书以男人对男人的形式跟他谈一谈他们的离婚问题。所以您在深夜的时候又悄悄去了朴民书的家，对吧？但那时候您并不知道朴民书当时已经被杀害了。按了门铃里面也没有回答，当时您虽然可以一走了之，但您试着拉了一下玄关门，结果门一下子就开了。也许是圣熙根本就没有能把门上锁的钥匙，或者就算她手中拿有钥匙，杀人之后她应该有些六神无主，根本就没想到要锁门这件事。您就顺势打开门进去，结果发现了朴民书的尸体。同时也知道了圣熙就是凶手这件事。

"任谁看都会觉得当时那个事发现场绝对不会是强盗入侵的样子，而且会进出那里的人就只有那么几个人而已。更何况如果要怀疑与朴民书发生冲突之后将他捅死的人的话，大家最先怀疑的对象都会是因为离婚问题会与他产生矛盾的圣熙。再加上平常圣熙的脾气就不太好，她就更容易被怀疑了。偏偏那个时候我又去了现场，结果我就代替圣熙变成了最有力的嫌疑人，不过那时候我肯定想不到这些东西。更绝的是您发现了能指证文圣熙是凶手的那个最有力的证据，而且还把它给带走了。您将那个'东西'放在赵美妍家里，却没想到运气极差地被任载烨那个小混混给偷走了。任载烨肯定在一定程度上知道了朴民书被杀的内幕，也看出来拿这个'东西'能够把您大敲一笔。

他就因为想贪这个小便宜，结果就将自己的小命断送在您的手里。不过这也是因为他根本就不是您的对手。

　　"而那样'东西'就是所有事情的钥匙。我能把真相推理出来也都是因为注意到了这个'东西'的存在。能让任载烨拿着威胁您的东西，就是您不惜杀死任载烨也要拿回来的那个'东西'。怎么样？那应该就是能够指认文圣熙是真凶的东西吧？"

　　文启东终于打破了长时间的沉默，开口道：

　　"就好像你那天晚上就在现场目睹了一切一样。想象力真不错，这一点我承认……你说的这些是不是真相我们先不管，不过都已经到了这个时候，你应该也要说出想从我这里得到些什么了吧。"

　　"很简单，我要我的安全。"

　　"安全？你是想让圣熙跑去警局自首吗？"

　　"这个嘛，我就不清楚了。我又不是警察，对抓犯人这种事没兴趣。不过警察中间虎视眈眈盯着我的人可不少，就以那个叫江度日还是什么的警察为首。他们都为了将我绳之以法铆足了劲儿，那我不就很难过了吗？到时候我要是被捕了也得有话可说不是？"

　　"什么话？"

　　"把那个给我吧。"

323

“什么那个？”

振久两手摊开，做出了一副难堪的表情。

“真是的，不要这样嘛。我们话都说到这个份上了您还不清楚吗？任载烨偷走的那个东西。”

文启东捏了捏自己的鼻梁，再次陷入了沉默。

“我觉得那个东西既可以指认出真凶，也能对围绕朴民书的死亡这一系列理解不了的问题全都给出一个解释。所以请把那个东西交给我。”

文启东深吸了一口烟，像是想为自己多争取一些时间。

“我确实是把任载烨威胁我的那个‘东西’拿了回来。不过它并是你想的那样有多么重要，更不是揭发罪行的决定性证据……它就只是一个微不足道的物证而已。”

“哪种物证？”

振久的语气像是要把谈话内容往什么地方引过去一样。文启东则像在绞尽脑汁想答案一样将视线投向远方。

“我在朴女婿被杀的现场发现了圣熙的发箍。”

“发箍？”

“是啊。我当时以防万一就把它带了出来，结果任载烨就把它偷走之后拿它威胁我。虽然不是什么重要的东西，但我还是担心圣熙受到牵连，所以才被那家伙钻了空子，轻易敲了我一笔。”

振久一脸冷漠地摇了摇头。

“真的是这样吗？发箍到底是谁的警察不也没办法知道吗？”

“那个发箍内侧有圣熙用签字笔写上去的‘MSH’几个字。”

“是吗？那就先当作这么回事吧。不过，圣熙为了和朴民书讨论离婚问题去过他家好几次，就算是她的发箍落在朴民书家，警察也不会起疑心，不是吗？那种很常见的东西有非要拿出来的必要吗？拿出来不会更加危险吗？”

“这个……发箍上沾了点朴女婿的血。”

“还挺像样的。一眼就能看出来您以前是位多么优秀的警察。这么短的时间之内竟然能编出这么好的理由，果然很棒。”

“你到现在还不相信我吗？”

“是，我不能相信。如果真是那样的话您怎么不立马把它销毁呢？”

切中要害的一句话。文启东这回没能回答上来，他已经没什么话好说的了。

“您到现在都一直在小看我呢。那个东西到底是什么，我大概也已经猜到了。”

“怎么可能！你绝对想不到。”

文启东在不知不觉中已经自己矢口否认了那个东西是文圣熙的发簪，他虽然尴尬地咳嗽了一声，但振久却没有理他。

"不把那个东西销毁的理由应该是这个吧？那个东西虽然是圣熙所犯罪行的证据，但万一罪行被揭发，圣熙被捕的话，这个东西应该能在审判时发挥重大的作用，所以您才一直拿着它，对吧？怎么样？都这时候了您都还觉得我会想不到它是什么东西吗？"

文启东的脸上有些发烫，过了很久才开口说道：

"真的是吓到了，吓到了。振久你这家伙真的太恐怖了。"

振久没有回答，只是冷冷地盯着他。

"我举双手双脚投降了。为什么我刚开始就没看清你是个怎样的人呢……为什么圣熙偏偏委托你去调查朴民书呢？我觉得可惜的就只有这一点。"

文启东的话由感叹变为了自言自语，而振久那种单调的语调却依旧单调。

"您现在应该明白我大概猜到那个东西是什么了吧？如果您还准备拿个假的或者拿出个莫名其妙的东西给我看的话，我劝您还是把这点儿小聪明收回去吧。"

振久说完这句，一声不响地给文启东递过去催促他快做决定的眼神。也不知道文启东是不是还对那个东西有些迷恋，闷了好久才轻声叹了口气说道：

"……你能保证自己不会成为第二个任载烨吗？"

"保证，是没用的。"

"呵呵呵。"文启东笑得无比空虚，但振久根本就不关心他的情绪是否有波动，只是面无表情地看着他，云淡风轻地说道：

"那个东西如果被我拿在手里的话，我当然也就抓住了您的弱点，自然有可能成为第二个任载烨，第二个威胁者。但我现在不是在向您承诺自己不会那么做，毫无计划地求您把东西给我。从文警官您的立场来看，我这个不知从哪儿滚出来的不知天高地厚的家伙的确也没有什么东西来保证我自己比任载烨厉害。但是我确实掌握着事情的真相，而我想要的只是在我需要的时候能证明我无罪的证据而已。啊，对了。反正现在说这些话都已经毫无用处了。您懂我的意思吗？反正您已经做好了思想准备才出来跟我见面的，不就是想要将这件事解决的吗？与那个相比，您看这种说法怎么样……我最后的一张牌。"

振久转过头去看着文启东，压低声音一脸真挚地对他说了一句话。文启东茫然地看着日鉴湖，失去焦点的眼神再次聚焦，脸上也恢复了些血色。他咬了咬嘴唇，不断发出"嗯，嗯"的声音。

"等会儿，我现在有些混乱，你等我一下。"

文启东再次抽出一支烟叼在嘴里。他连着抽了三四支，振久就像空气一样在旁边安安静静地等了这么长时间。从振久的表情可以看出，他十分确信文启东会按照他说的去做。

"话都说到这个份上了，我有一个地方对你特别好奇。"

文启东抬起头来对振久说道。

"您对我好奇的地方是？"

"像你这么有才的人为什么要走上这条路呢？"

"……"

看振久没有回答，文启东又自己轻轻点了点头继续说道：

"你的道德意识与其他人有些不一样。你不知道该如何熟练地戴着假面做人。虽然我不想把你称为坏人，但你的情操确实与我有些不一样。要融入社会其实很不容易，想做一个好人就必须变得平凡。想要在别人创造出来的社会上得到认可，把什么事情做成功非常难，这个东西其实与个人的能力无关……是这样的吧？"

"……这是我很久之前听到过的话。"

振久情不得已地慢慢接了这句话。

"难道是你父亲？"

振久又不说话了。文启东将烟头斜线扔进了垃圾桶。

"我知道了。"

文启东突然站起身来。

"给我点时间让我想一想。还有些事需要处理一下。"

"我知道了。"

振久这次回答得毫不犹豫。文启东没有再看振久，径自踩着蹒跚的步伐离开了。他的背影显得苍老了许多，肩膀无力地耷拉了下来。

四天后的下午，一个小包裹送到了振久位于王十里的家中。

正好那天海美也在，她听到门铃响了之后赶紧跑出去，然后拿着一个包裹走了回来。

"发件人是……'文启东'哎？"

海美的眼睛瞪得像兔子的眼睛似的。振久接过包裹，站在客厅里直接将它拆开。小小的盒子里面有一张叠得厚厚的便签纸。振久将便签纸拆开，一把挂在塑料上的小钥匙啪嗒一声掉落在地上。四方形的塑料板上，阴刻着"21"的字样，便签纸上的字迹很粗重。

振久君。

我苦恼了很久之后终于决定相信你，也决定把东西寄给你。

夹在里面的钥匙是昌信地铁站里储物箱的钥匙。上次把东西放在家里被偷过一次之后我就把它放在了外面的储物箱里。你在那儿就能找到你想要的那样东西。

不管因为什么原因，我已经杀了人了，就是任载烨。你可以把这张便签交给警察，然后那个抢劫的小子就能洗清罪名了。反正我已经做好消失的准备了，就算他们是优秀的韩国警察，估计一时半会儿也很难找到我。虽然我很为圣熙和美妍担心，但财产我已经都处理好了……女儿从小到大，我欠了她太多太多。这应该是我作为一个父亲能最后帮她做的事了。虽然这不是我的本意，但让你受了这么多牵连，真的很不好意思。

"消失那个是什么意思？"

在旁边一起看信的海美问了一句之后又自己回答道：

"难道……？"

虽然海美好像在往不好的方面想，但这也只能是推测而已。振久拿着便签纸，静静地在客厅里站了很久。虽然自己几天前将文启东步步紧逼，但对他做出的这个决定还是感慨万千。对文启东来说，做出这个决定肯定也苦恼了好几天。这虽然不是文圣熙所希望的方式，但文启东这次做了一回真正的父亲。

振久和海美立即换上衣服出门直奔昌信站而去。春日的阳光将街道晒得暖洋洋的，午后的昌信站里显得稍微有些萧条。

虽然还不知道储物箱里放着的是什么东西，但在这个地方取东西也不用在意周围人的眼光还是很不错的。反正也没有人会对他们两个人上心。

储物箱 21 号。

钥匙找到了自己的位置，嗖的一声就轻松插了进去。咔嗒一声，储物箱的门被打开，包裹专用的灰色信封映入眼帘。振久将信封拿出来看了一眼，发现里面确实有个小"东西"。

振久先估摸着猜了一下。

但是仔细看了一眼，发现那个东西超出了自己的想象。

这个小小的"东西"，就正是文启东一看见朴民书的尸体就能断定自己女儿是凶手的理由，是任载烨确信能够从文启东手中榨取巨额现金的理由，是文启东从任载烨手中拿回来之后也不忍销毁小心保管的理由，是朴民书这个正直的绅士偷偷去看精神科医生的理由，也是朴民书拒绝魅力满分的韩书媛求爱的理由。

而且这些所有的理由都让人太不可思议了。

和振久一起见证那个"东西"的海美不禁捂着嘴惊声尖叫道：

"我的天哪！哥哥，这都是些什么？"

与振久不同，海美根本就没做好任何的心理准备。

春色正浓的春天像极了秋天，金色的阳光洒满了大地。人们的脚步就像踩在明亮的世上一般轻快。在这个春日正盛的时节，有两个人面对面坐着，他们之间沉闷的氛围与春日的暖阳形成两个极端。

振久看着对面快要藏到桌子底下的人开口说道：

"我们真是好久不见了呀。"

"……不久吧。"

对方看了看周围，轻轻对振久的招呼作了回答。

"看来您好像不太想见到我呀，心情应该不好吧。我昨天给您打电话的时候您有察觉到什么吗？"

"这个……我不太清楚呀。是让我们走得近一点儿的意思吗？"

"如果是因为其他事见面的话也有可能是那个意思。"

"那今天是因为什么事？"

"当然是那件事了，朴民书去世的那件事。"

"呼。"

对方揉了揉额头上的皱纹，深深叹了一口气。

"许多人因为那件事已经很痛苦了。你还过来找我是想干吗？"

"被朴民书的死亡搞得最痛苦的人是我。"

对方无可奈何地笑了笑。

"因为你被警察抓进警局？就因为这个理由？"

"对。警察把我放出来之后一直在想方设法地想把我再抓进去，就因为这个，他们的眼睛里都能冒出火来了。而我就是为了我自己的生存才不得不对朴民书死亡的这件事这么上心。"

"那你有成果吗？"

"今天我们的见面就是我的成果。"

"什么意思？"

"因为我已经找到了杀害朴民书的人。"

"……嗬，真无语。"

对方慢慢转过头去，将视线投向虚空。然后像是在说别人的故事一样没有一丝感情地说道：

"我的不在场证明很奇怪吗？不是，你发现了我的DNA吗？不是，到底为什么警察不去找凶手，反而一直是你在找呢？"

"没有物证。就像您所说的，我不是警察，也没有那个地位去保护证据。我要找凶手的原因呢，很简单。因为我去过一次拘留所，在那里过得不是很愉快，所以我觉得那个地方不值得我帮真凶去背黑锅。"

"我还以为有什么好理由……原来是没有证据找我套话来了呀。现在我总算是有点儿明白了。因为你已经没办法了，所以现在就找他周围的人一个个地问，一个个地招惹一番是吧？"

"其实我今天还是有点儿自信的。证据是在法庭上用的，而我相信您今天肯定会将实情全部都说出来。我拿来了可以让你那么做的理由，我说到这个份儿上，相信您也多少有些感觉了吧。"

对方的指尖有点微颤，为了不让自己的声音听起来有些颤抖，对方顺了顺气继续说道：

"我好像有点儿太小看你了。原本还以为你会哭哭闹闹地赚取别人的同情，现在还挺让我意外的啊。难道你心里还在打着什么算盘想让我开口吗？"

"我不喜欢那种最后一刻把恶人感动，然后将问题解决后皆大欢喜的那种新派电视剧。那种东西也不现实。"

"噗，所以我就是最后的那个恶人吗？"

"恶人这个表达方式，抱歉，这并不是我的本意。我并不在意是谁杀了他，谁对谁错。我也不想为了判断那些东西让自己头疼。但是我现在受到了牵连，情况变得有些困难了。当然您并没有向我挥刀干吗的，我只是连带受了一些伤害而已。而我希望的也只是把这一点修正过来就可以了。"

"可是这可怎么办呢？我不想为别人而做自己不想做的事情，我根本就不想开这个口。"

突然，振久的眼里闪过一丝光芒。

"那就没办法了，我们只有从朴民书死的那天开始说了。"

"那些恐怖的事我不想说。"

"怎么会呢？你们之间不是热恋的情人关系吗？与肮脏的婚姻无关的那种纯洁的爱情。不是吗？方秀妍教授？"

听到振久这种酸不啦叽的语调，方秀妍不禁失笑。她好像申请暂时休战似的从放在旁边座位上的包包中掏出一支烟，振久帮她点上了火。她深吸一口，然后向着蓝天长长地吐出一股白烟。她夹着烟的手指轻微地颤抖着。

麦迪逊大学沐浴在春光骀荡的阳光下，校园中充满着温暖和和平的氛围。学生们明亮高扬的说话声从远处传来，但却听不太真切。期中考试后被解放的学生们的脸上荡漾着幸福的微笑。振久和方秀妍就坐的地方是一个实木圆桌，椅子还带有靠背。桌子被摆在树底下，阳光透过稀疏的枝条洒下斑驳的光影。树木巨大的枝干和低垂下来的茂盛的叶片恰好阻挡了外部的视线，但坐在里面的人却能展望整个校园。这里对相对来说比较冷清的麦迪逊大学来说也是一块风水宝地，很多人都想占用这个地方，但至少现在，这里的氛围与那种生动、年轻、自由的感觉相去甚远。

为了等这一支烟抽完，他们两个人都没有说话。振久像是下了很大的决心一样定定地盯着方秀妍说道：

"您之前说那天朴民书给您发信息说马上就要到，结果一直没有出现这样的话吧？"

"是，我们没见上面。"

方秀妍将烟头揉灭后悠然自得地回答道。

"方教授您那天其实见到了朴民书。"

"没有，没见到。"

"没见到的话不就没办法杀人了吗？"

"我说过我不见他，不是，我没见过他。见都没见过，我怎么杀人？不管是拿刀捅还是勒他的脖子不也要先见面才能做吗？"

方秀妍转过头来，毫不畏惧地盯着振久的眼睛反驳道。

"没错。所以我还不知道事情的真相之前一直在怀疑文圣熙是不是真凶。而我这样怀疑的理由等会儿再给您看。但是从手机的通话记录来看，不管是方教授你，还是文圣熙，你们俩都没有杀人的嫌疑。那天晚上 10 点 10 分朴民书给您打了个电话，10 点 50 分给您发短信说自己快到了。照这么看的话，朴民书应该是往仁川来见您的途中突然因为其他的事返回了自己家，然后被杀害的。这让我和警察们都觉得很荒唐。这到底是怎么回事呢？不过在这里，只有一个让人特别无语的简单解释。也是唯一的一个解释。"

"我为什么要听那个解释呢？"

方秀妍虽然想打断振久的话，但振久并没有理她。

"那天晚上，不对，是那天傍晚开始您就一直在朴民书的家里。那天上午朴民书给您打的那通电话应该就是他约您傍晚时分在他家见面的电话。而您那天傍晚去他家之后两个人还气氛很好地喝了啤酒。但是您并没有停留太久。大概一个小时多一点儿吧？最迟应该是在 9 点 30 分左右从他家出来准备回仁川。您当时应该是有一些自己的事情要赶回仁川吧。"

"真是无语。竟然将我的行动时间都编造得这么准确。我是应该说你太优秀呢，还是说你太搞笑呢。"

"两种都不是。这其实是连初中生都能算出来的非常简单的算术题而已。那天晚上 10 点 10 分朴民书的手机给您的手机打了个电话，从这一点出发，再考虑到从金湖洞到仁川大概所需要的时间，倒着推算一下就能得出这个结论。这里有一个重要的事实，也是已经确认的事实就是，并不是'朴民书给您打了电话发了短信'，而是'朴民书的手机给您的手机打了电话，也发了短信'这一点。我说的这一点是什么意思呢？也就是说方教授你那天回家的时候一不小心拿错了手机，将朴民书的手机带走了。你们两位的手机都是前段时间风靡手机市场的新型iphone，对吧？我那天在事发现场看到了朴民书的手机，您的手机我上次也看见过了。乍看起来根本就不容易分清手机到底是谁的，我说得对吧？您很有可能就是看错了之后将朴民书的手机带走了。

"您9点30分左右从他家出来，差不多快到家的时候，也就是10点10分左右发现手机拿错了，所以就有了10点10分的那次通话。朴民书的手机给您的手机打的那通电话，其实是您用错拿的朴民书的手机打给留在他家里您的手机的电话。而朴民书在自己家里用您的手机接了这个电话。那时候您应该告诉朴民书说'手机拿错了，我现在就回来取手机'，然后又重新回了首尔。10点50分左右的时候您差不多到了他家，于是给他发了条短信，说'差不多到了'。因为那条短信是从朴民书的手机发给您的，所以我和警察都一直以为是朴民书去了仁川。而事实其实是您差不多到了金湖洞朴民书家的信息。在那之后，不就明摆着的吗？去朴民书家拿手机的您就把他给杀害了。"

"呼。"

方秀妍把头转向别处,长叹了一口气。

"你说我拿错手机的这个事听起来还挺像模像样的。解释也能解释得通,还挺有意思的。不过这些都是你的设想而已。你这个故事最奇怪的部分你知道是什么吗?我是回来把手机还给他的,为什么突然要把他杀了呢?我这是为什么呢?"

"你问我这个理由啊,我今天已经把它给带过来了。"

"什么?"

刚才还理直气壮的方秀妍现在的脸都有些绿了。她听到振久的这句台词之后好像感觉到了些什么,这让她有些害怕的样子。

"其实我是先拿到这个证据之后才会想到您是凶手的。再然后我才想到您可能是误把朴民书的手机拿错这件事。

"您上次来城东警察局录口供来王十里的时候,不是来过我家吗?那天晚上您喝醉酒之后睡在我家沙发上,我则睡在自己的床上。但是我分明在入睡之前隐约听到客厅里有点儿动静,这肯定只能是您干的了。醉酒之后倒头大睡的人突然为什么这么做,又是因为什么原因呢?偏偏那时候海美按响了门铃,我被惊醒之后去客厅一看,发现您依然躺在沙发上睡着。我当时就觉得您应该是在背着我找什么东西。竟然给我装喝醉酒,理由应该是什么呢?然后我就将它与某件事给联系了起来。

"您可能不知道，文启东，也就是文圣熙的父亲，他在事发当天的那天晚上从朴民书家里拿出来了一样东西。他在案发现场发现那个'东西'之后认为那个'东西'应该是文圣熙的杀人证据，所以将它拿了出来。不过您当然不可能知道这件事。我把这两件事联系起来之后就有了一种联想。教授您也与那个'东西'有着利害关系，而你认为它应该在我手里，所以想来我家把它找出来。"

"你这思维有些太跳跃了，如果像你这样写报告的话应该拿不到学分哦。"

"如果写报告的话应该会那样吧。不过我这么想还有其他的理由。城东警察局传唤您的理由是因为在房间电灯开关上发现了您的指纹吧。您因为指纹被发现，无可奈何只能实话实说，也就是您说的那天朴民书一直没去您家，然后您就在凌晨的时候来了首尔，之后就发现了他的尸体。好，在这儿呢，如果按照我的推理，也就是假设您是凶手的话。等了很久发现朴民书还没去您家，然后您再去找他的这个理由就不成立了，对吧？那么，您这个凶手为什么在事发几个小时后又重新回到了案发现场呢？用常识想想会得出什么结论呢？只能是犯案之后因为过度慌张直接逃离了现场，后来又想起来自己把有可能成为犯罪证据的东西，也就是那个具有决定性意义的东西落在他家了。

所以您就回去想拿回那个东西，我这么想是对的吧？当然啦，您并没有找到那个东西，因为文启东已经将那个东西带走了。而那个东西，您以为是我拿走的，所以您装作喝醉酒后跟我回家，就是为了去找那个东西。我这么想应该很自然吧？

"可能在这之前您应该很惊讶吧，那个东西到底会去哪儿呢？但是我因为拘捕令被驳回后被释放了，释放之后我就去找了您，那时我不是跟您说过我是在朴民书死后进过他家，然后被警察当作嫌疑人抓进了拘留所吗。听到这个故事您当时一方面很惊讶，一方面也明白了一些问题。'我杀人之后这个叫金振久的小子去过朴民书的家，而那个东西不见了，那么肯定是金振久把东西拿走了。'您肯定是这么想的。那个东西对您来说应该很可怕吧。因为它既可以证明文圣熙的罪行，也能证明您的罪行。我对那个东西只字不提，您心里应该反倒更加不安吧？所以您去找那个东西是势在必行。于是您给我打电话约我出去，假装喝醉酒后跟我回家，等到我进卧室之后就开始在我家里找那个东西。正好那个时候我的女朋友海美闯了过来打乱了你的计划。

"但是就如我刚刚所说的，我当时手中并没有那个东西。它其实在文圣熙的父亲文启东的手中。您将朴民书杀害之后，文启东偶然间进入他家将那个东西带了出来。

"朴民书死的那天晚上,他家的访客还真是一个接一个啊。首先是您过去将他杀害,接着文启东进去将那个东西带了出来,然后是我去了一次,最后您又进去找那样东西。您将朴民书杀害之后特别慌张地逃了出来,以至于忘了锁上玄关的门。也托你的福,后来我和文启东进去的时候都畅通无阻。

"文启东以为水果刀的刀柄和啤酒瓶、杯子上面会沾有女儿文圣熙的指纹,所以他还把那些地方的指纹擦掉了。其实真凶是教授您,和朴民书喝酒的人也是您。虽然我不清楚您将他杀害之后,或者是后来回去找东西的时候是不是分别和文启东都擦过指纹,但我能肯定的是文启东肯定擦过一遍,他这一行为也直接保障了您的安全。文启东因为相信是圣熙将朴民书杀害的,所以他一直都没有把东西拿出来,一直藏得严严实实的。文启东这段时间没忍心去问女儿这些事,一直坚信圣熙就是凶手,也让他自己受了不少罪。他是把这个东西当作可以证明女儿罪行的证据了。我告诉文启东说凶手另有其人,说您方秀妍才是真凶了之后他才将这个东西交给了我。"

振久将那个"东西"放在了桌子上。

"虽然有些突兀,但我还是想在这里说一下戒指的事。朴民书在被杀的前一天特意去珠宝店订做了戒指。他订的是情侣戒,但女戒订做了两个。女士的戒指已经确认是文圣熙的了,他当时要求戒指内侧用斜体刻上'MSH'三个字。

"我对朴民书的妻子文圣熙说谎了。我告诉她那个戒指是为她而造的。我之前认为文圣熙是凶手的可能性并不为零，所以几天前我见她的时候故意将戒指交给她，观察了一下她的反应。结果她感动到流泪，那时我就觉得，原来真凶不是她。如果她是真凶，知道这个'东西'的话，不可能会出现那么强烈的反应。

"其实我对文圣熙所说的话有'一半'是假话。那么为什么一半是假的呢？因为那两个女戒中的一个并不是文圣熙的，它属于另一个女人。而这个人就是韩书媛，她与朴民书在一个公司上班，一直倾心于朴民书。'MSH'这几个字母很有意思，把它倒过来看就变成了'HSW'，这正是韩书媛名字的大写。戒指上的字根据看它的方向不同，既可以是文圣熙，也可以是韩书媛。就连珠宝店的人都被他骗了过去，她们一直以为朴民书是要给夫人一个双倍的惊喜。那么朴民书为什么要这么做呢？您可能也猜到了，他这样做可以同时和两个女人交往，同时免除了换戒指的麻烦，也不用去冒戴错戒指的危险，可以在不同的'爱人'面前公然戴着'爱人之间的情侣戒'。他之前见其他女人的时候摘下情侣戒后被妻子文圣熙发现过，所以这次他吸取教训，找到了一种更加先进的手法。

"当我想到这三个戒指是为了同时骗过两个女人的工具之

后，我就明白了现在放在桌上的这个东西的作用。当然这也有其他的一些契机。"

振久指了指桌子上的那个东西。

这个"东西"就只是一个手掌大小的毫不起眼的笔记本，不，应该说是手册更加贴切。它好像已经有些年头了，外面包着的那层黑色塑料已经老化了，纸张的周围也已经有些泛黄了。

振久适当地翻到中间的某一页，将它摊开来。

手册里记录着很多女人的姓名、简历和对她们的评语。

"这本小小的手册是朴民书专门用来记录跟他交往过的女人的。其实我虽然之前已经猜到了一部分，但一直以为只是几篇简短的日记而已，见到实物之后我也确实被吓了一跳。在公司里风度翩翩的这个男人一走出公司的大门就摇身一变，变成了专业捕猎女人的高手。他就是披着小王子外衣的专业花花公子，或者要称他为《化身博士》中的那个杰克尔和海德吗？啊，他还有些不同。杰克尔和海德是本身就是两种不同的人格，但朴民书只是将自己的人格隐藏起来而已。当然我指的是他在白天的时候。

"朴民书的存在应该怎么形容呢？忽明忽暗吧。要不然就是太过规圆矩方吧。虽然曾经是流行过一句话叫作普通人的时代，但其实我们周边的普通人才最罕见。但是朴民书真的就如字面所写的那样，是一个普通的男人。他知书达理，工作杰出，不管在哪里表现得都既不过分也无不足，也绝对不会强出风头。如果去问一个说得自己好像很了解朴民书的人，他也顶多就能说出对朴民书的印象如何而已，根本没有一个人能真正了解他。不是天生的个性，而是有意识的伪装，这反而更有可能展现出正常的那一面。在那个有严格的条条框框约束的公司里，人们往往都会不自觉地显露出自己的本性，但朴民书像是将自己的本性谋杀了一样，藏得严严实实。这一点我不得不佩服他，他的确是一个杰出的演员。他所追求的真正的人生其实是在晚上，在那个白天完全相反的人格睡觉的时候。

"那种背着别人做事的人中间有的人有收集癖。这个手册就是朴民书长时间以来捕猎的记录，它的意义应该就类似于获得物、战利品吧？我数了一下，差不多有接近 200 名，这个数字是不是太过于庞大了？我连海美这一个女朋友都应付不过来，朴民书能做到这样，我不得不说他是一个在女性心理方面具有杰出才能的人才。

"更偶然的是，我不久前想起过一个叫巴纳姆效应的名词。我不太清楚朴民书知不知道有这个效应，但是他确实将这个效应广泛应用了起来。而他最喜欢用的一句台词就是'你虽然外表看起来很开朗，但其实内心很孤独……'。很老套的一句话吧？但是现在的人有几个不孤单呢？就算是平时性格开朗的人，晚上独自一人对酒酌饮的时候也会感到一股凄凉。当人感到孤独，给某人打电话却被拒绝的时候，就更加能体会到孤独的本质。这句话适用于每一个人。不过，因为演技而接受他的女人会觉得他能够懂得自己不为人知的内心，并因此对他抱有感激之情。在这方面，朴民书确实是一个鬼才。这种明摆着骗人的台词从他这种专业人的口中说出来就更容易让人上钩。韩书媛甚至还说过只有朴民书懂她的这种话。更绝的是，朴民书还会根据不同的对象调节轻重缓急。比如说对韩书媛这种积极的女性，他就会采取欲擒故纵的办法，故意让韩书媛干着急。这本手册就是记录朴民书的那种特别才能的结果，而且这还是他亲手记录上去的。"

方秀妍对这个手册怀有不好的记忆，她一直在努力回避。手册被从中间翻开之后她就一直没碰过它。振久重新将手册拿起来翻到了前面的部分。

"手册前面写了这样的一句话。也许活动的原则，就像是一种名言警句。"

振久用低沉的嗓音照着手册读了起来。

"'在自己的职场寻找对象对新手们来说是最危险的。'……既然信奉着这样的原则，朴民书也只能在公司里做到风度翩翩了。也正因为这一点，女职员们反倒更加喜欢朴民书。其中就属韩书媛对他最为倾心。不过朴民书还是将她拒绝了，这一点他应该觉得很可惜吧。韩书媛可以算是一个大美人，只要是一个男人，应该都会对她抱有好感。所以朴民书肯定不能让这只到手的鸭子飞掉，于是，他准备辞职不干了，并且准备重新开始接近韩书媛。不过从表面上来看好像依然是韩书媛接近他的方式。也就是说他的想法是自己马上就要离职了，现在跟她交往也没什么问题了。于是他们就约好了一起吃晚餐，虽然中间还夹了一个名叫杨善美的女职员。朴民书这时心里肯定直呼快哉，赶紧定制了情侣戒。因为做三只戒指花的时间可能会更长，所以他提前去做了准备。珠宝店好像告诉他需要花2周的时间，而他也很确信当戒指拿到手的时候韩书媛就会完全成为自己的囊中之物。他应该计划好了一切，等时机一到，将戒指送给韩书媛，然后成功地一举抱得美人归。

"从他的行为来看，他一直都没有太过着急。和韩书媛吃饭的那天他好像也早就计划好了一样，只是吃了个饭就回家了。那天傍晚他不还和您约好了在他家见面吗，从这一点就能推断出来。也许他想用第一次约会给韩书媛留下些遗憾，反正还有公司同事一起吃饭给他提供了掩护。他真是名副其实的专业级人士。"

振久放下手册，看着方秀妍。她紧咬着嘴唇强忍着愤怒，眼角开始有些泛红。振久将视线转回手册继续说道：

"啊，还有这种东西呢。'全智爱——纯真。再有几次就

能结束。'全智爱是朴民书去看的那家精神科医院的护士。我
还一直以为他去精神科是因为心里有些不为人知的苦恼才去接
受治疗，这一点让我想了很久。那时完全是自己先入为主，以
为他肯定是为了治病才会去医院。没想到他并不是因为心里疾
病去的精神科，而是看上了在那里工作的小美女，想要去诱惑
她的呀。

"好，我们再来看看有问题的这一部分。这部分也是让文
启东误认为是女儿文圣熙遭受侮辱之后怒火中烧将朴民书杀死
的部分。"

方秀妍没有说话，振久轻轻读出了一句话。

"文圣熙——没意思。但是钱很多。"

方秀妍的额头上冒出了青筋。看来她现在的愤怒应该不只
是自己的，还加上了她对其他女性的郁愤。

"对他来说，妻子也只不过是一头猎物而已。妻子的钱，
虽然准确地来说应该是文启东的钱，他是因为可惜了这些钱才
努力地想要避免离婚。所以才为了挽回妻子的心，故意准备了

一场情侣戒的戏码。反正那天晚上，文启东应该在尸体旁边看到了这一部分。然后以为就是自己的女儿那天晚上去朴民书家里之后偶然间看到了这一部分，一怒之下将朴民书杀害的。他虽然为了包庇女儿，将这本手册从案发现场带了出来，但却一直没有将它销毁。因为如果女儿因杀人罪被捕，那个时候这本手册就有用了。这本手册的作者，女儿的丈夫就是这种人，所以看到这个东西的瞬间怒火中烧，误将其杀害。这种理由一般都能在审判的时候得到妥善处理。"

振久再次停了下来。现在方秀妍的情绪这么激动，振久也不好意思再这么一泻千里地分析下去。不过，今天振久是为了自己的生存而来，听到方秀妍本人承认罪行之前他不能停下来，虽然这么做对方秀妍来说很残忍。振久开始继续说道：

"而且，最近还有关于方教授您的内容。这些话对您这种自尊心很强的人来说可能有点不爱听……"

方秀妍突然抬起右手摇了摇，打断了振久的话。她大声说道：

"别读了，我求你不要再读下去了。我全都承认。是，是我做的。我自己也不知道怎么回事，就直接拿刀向他捅了过去。你知道他用那种深邃的眼神看着我，说了几次我爱你吗？朴民书那个人真的……那天晚上我偶然间看到这个的时候，当时我的那种羞耻心和受到侮辱的感觉，是你根本就无法想象的……"

"……"

振久什么话都没说，轻轻放下手册看着方秀妍。展开的手册里写着这样一句话。

方秀妍——狗。再玩儿几次就扔掉。

方秀妍扑倒在桌子上失声大哭起来。情绪失控让她的肩膀随着哭声不断耸动。痛彻心扉的哭声响彻天空。